JAVIER RUESCAS
MANU CARBAJO

edebé

© Javier Ruescas y Manu Carbajo, 2016

© de esta edición: Edebé, 2016
Paseo de San Juan Bosco, 62
08017 Barcelona
www.edebe.com

Atención al cliente: 902 44 44 41
contacta@edebe.net

Directora de Publicaciones Generales: Reina Duarte
Diseño de la colección: Lola Rodríguez

Primera edición, marzo 2016

ISBN 978-84-683-1631-4
Depósito Legal: B. 29697-2015
Impreso en España
Printed in Spain

Cualquier forma de reproducción, distribución, comunicación pública o transformación de esta obra solo puede ser realizada con la autorización de sus titulares, salvo excepción prevista por la ley. Diríjase a CEDRO (Centro Español de Derechos Reprográficos) si necesita fotocopiar o escanear algún fragmento de esta obra (www.conlicencia.com; 91 702 19 70 / 93 272 04 45).

*A todos los que no tienen miedo
a enfrentarse a sí mismos.*

J. R. y M. C.

1

El tiempo había dejado de tener sentido para Eden. Las agujas del reloj podían haber comenzado a girar en el sentido opuesto y ella ni lo habría notado. *Segundos, minutos* u *horas* eran palabras que habían perdido su significado en aquella habitación donde las puestas de sol o los amaneceres ya no marcaban el paso de los días. Ahora lo hacían las visitas de aquella mujer que muchas veces creía parte de sus sueños y que se encargaba de alimentarla y de cargar su corazón cada vez que pensaba haber sentido su último latido.

No había ventanas allí dentro. Tan solo paredes blancas y una cristalera enfrente en la que veía su reflejo cuando encontraba las fuerzas suficientes para abrir los ojos y enfocar. Las luces del techo también eran blancas y, aunque a determinada hora se atenuaban hasta dejar la estancia en penumbra, no dirigían su ritmo de sueño. Al contrario: solía desvelarse en la semioscuridad con la misma facilidad con la que perdía el conocimiento bajo aquella iluminación que le hacía daño a los ojos. Y es que, aunque era incapaz de descansar, Eden hacía tiempo que había olvidado lo que era estar realmente despierta.

La misma mujer que se encargaba de darle de comer y de recargar la batería de su corazón entraba para limpiarla con ayuda de una palangana llena de agua tibia y de una esponja que le arañaba la piel. Su cuerpo tan solo estaba cubierto por un fino camisón color crema y por una sábana que cambiaban cada cierto tiempo, en concreto, después de cada uno de aquellos análisis y pruebas que la dejaban aún más exhausta. No había correas ni esposas que la sujetaran de ninguna manera a la cama. Ya no. Al principio había luchado contra ellas; había tirado y forcejeado hasta dislocarse el hombro. Fue entonces cuando comenzaron a administrarle los tranquilizantes. Ignoraba cuántos días estuvieron suministrándoselos, pero para cuando aquel goteo se detuvo, era incapaz siquiera de levantar los brazos del colchón. Desde hacía varios días, quizás semanas, tan solo la debilidad de su propio cuerpo le impedía levantarse y huir.

Un cable conectaba su brazalete a un monitor que detectaba las constantes de su corazón. Los pitidos que emitía se habían convertido en la única melodía que jamás cesaba, estuviera sola o acompañada, dormida o despierta. Incluso se colaba en sus sueños y se mezclaba con los recuerdos de su vida anterior, pervirtiéndolos hasta que era incapaz de saber si aquello era producto de su imaginación o lo había vivido realmente.

La Ciudadela seguía muy presente para ella. Durmiera o estuviera despierta, no dejaba de pensar en quienes se habían quedado allí. En Madame Battery, en Darwin, en Aidan..., en Ray.

Y en Dorian apuñalando a Logan.

Cada vez que aquel recuerdo le sobrevenía, las lágrimas se escurrían por sus mejillas hasta el almohadón, sin fuerzas

para levantar la mano y poder secárselas. El forcejeo posterior, el pañuelo empapado en cloroformo, los intentos de huir antes de que la realidad se fundiera en negro...
Creyó que había muerto.

Después despertó en aquella habitación, y sintió el dolor en el pie, el cansancio y aquel mareo que no remitía nunca y que solo había sentido en alguna de las largas marchas fuera de la Ciudadela. Su cuerpo parecía reclamarle energía. Comida. Agua. Sobre todo agua. Pero no se la daban; no la suficiente, al menos. Únicamente la necesaria para mantenerla con vida. ¿Qué querían de ella? ¿Por qué no la dejaban morir?

En aquel cuarto no existía forma alguna de distraerse, y eso era lo peor: sentirse encerrada, no solo en aquel lugar, sino también en su cabeza, con sus recuerdos, y sus pensamientos, y sus sentimientos de culpa ¡y de rabia! ¿Dónde estaba Ray? ¿Qué había ocurrido en la Ciudadela? ¿Dónde la habían llevado?

Estaba tan cansada que ni siquiera encontraba fuerzas para responderse a sí misma ni para formular preguntas en voz alta cuando no estaba sola. En lugar de eso, su mente la transportaba sin piedad a través de la memoria, provocándole alucinaciones que la hacían creer que aún tenía alguna oportunidad de corregir el pasado y cambiar el futuro.

Había noches en las que se despertaba y creía estar en mitad de alguno de los durísimos entrenamientos de los centinelas, cuando ella aún no era más que una cadete recién alistada. Otras, se descubría riéndose a carcajadas en las barracas donde comían todos los soldados en los ratos de descanso; besando a Aidan en secreto; o jugando con Samara... Había días en los que revivía con dolorosa claridad lo cómoda que había sido realmente su vida junto a los leales, cuando abandonó las madrigueras... y lo fácil que hubiera sido quedarse allí... y olvidar a los rebeldes.

Pero siempre despertaba de aquellos extraños sueños

cuando menos lo esperaba y volvía a encontrarse entre aquellas cuatro paredes.

Tantas veces le había sucedido, tantas veces había vuelto a hablar con Logan o a sentir las caricias de Ray en su piel, que empezaba a dudar de cuándo estaba soñando y cuándo despierta. Pero entonces volvía el dolor y recordaba que vivía en una pesadilla peor que las que podía generar su imaginación.

—Buenos días, Eden, ¿has dormido bien?

Lo escuchó a lo lejos, como si entre ella y aquellas palabras hubiera una tormenta que le impidiera distinguir su procedencia. Era extraño, porque Eden estaba caminando en ese momento por la Ciudadela, exactamente por la Milla de los Milagros, y la calle estaba vacía. Ni rastro de los borrachos ni de los comerciantes habituales, ni tampoco de las mujeres que a veces se asomaban a las ventanas colindantes para colgar la ropa húmeda. Lo que se alzaba frente a ella era el Batterie, con las luces refulgiendo en la noche. Ignorando la voz se dirigió al bar; la puerta estaba entreabierta y la música inundaba el local, pero tampoco había nadie allí.

—¿Battery? —llamó—. ¿Ray? ¿Kore?

No obtuvo respuesta.

En el suelo había cristales, y aunque curiosamente no lo había advertido en un primer momento, algunos de los muebles estaban tirados por el suelo, algunos rotos. Eden se agachó y recogió un taburete para colocarlo junto a la barra. Ahí también había botellas y vasos rotos.

—Eden, vamos a comenzar con las pruebas...

La chica se volvió a toda velocidad y se colocó en posición de defensa, pero a su espalda no había nadie. La voz parecía proceder de todas partes y de ninguna al mismo tiempo. La habría imaginado, pensó, y siguió caminando por el bar hasta la mesa del fondo, junto al escenario en el que Kore y el resto de las chicas encandilaban a todos los hombres que entraban allí. A ella nunca se le había dado bien bailar. De hecho, lo odiaba. Y Madame Battery lo había comprobado de la peor manera posible cuando, durante su primera semana allí, la obligó a danzar una noche. Al principio no había ido mal la cosa, incluso había llegado a creerse que podría salir airosa de la prueba. Pero entonces, en mitad de una de las piruetas que tanto había ensayado con Kore, un hombre alargó la mano y le acarició el muslo derecho. Antes de que pudiera retirar la mano, Eden le agarró los dedos y se los dobló hacia atrás hasta que oyó el chasquido que le confirmó que se los había roto.

Durante tres semanas se quedó sin paga, ya que Madame Battery la obligó a correr con los gastos de la operación del tipo, pero al menos quedó relegada a limpiar y a servir copas detrás de la barra, como ella quería.

Por suerte, cuando conoció a Samara y entró en el ejército como centinela, dejó de vivir en el Batterie. Solo se pasaba de vez en cuando a tratar algunos temas con los rebeldes. Pronto olvidó lo que era malvivir en el Barrio Azul y dejó de frecuentarlo.

En ese instante sintió un escalofrío en el pecho. Al levantar la mirada advirtió la batería que había sobre una de las mesas del bar. Ya tenía cargado un tubo de *Blue-Power* y los electrodos conectados, listos para ser usados.

Solo había probado una vez aquella sustancia que alteraba el corazón de tal manera que los sentidos parecían disolvérsete en un éxtasis indescriptible. ¿Quién había dejado eso allí? Sabía lo caro y lo difícil que era conseguir aquella sustancia y no entendía cómo alguien...

De repente sintió el impulso de gastarlo en ella. Sin pensárselo más, se quitó la chaqueta y la camiseta y se quedó con el sujetador. A continuación, se sentó en una silla cercana y se colocó los electrodos en el pecho. Por los viejos tiempos, pensó. Y después presionó el botón de activación y dejó que la energía inundara su cuerpo de un solo golpe.

Cuando la electricidad atravesó su corazón, Eden cerró los ojos y apretó los dientes. Al volver a abrirlos, la luz blanca que la rodeaba era tan potente que tuvo que apartar la mirada. Y fue entonces cuando se dio cuenta de que ya no estaba sola.

—No nos vuelvas a dar estos sustos —le dijo la mujer que había junto a su cama, sentada en una silla con las piernas cruzadas.

Poco a poco, sus ojos fueron acostumbrándose al nuevo ambiente y empezó a sentir miedo. Volvía a estar allí, atrapada en aquella pesadilla eterna. Junto con su respiración y sus latidos, el pitido en la máquina a la que estaba conectada aceleró el ritmo y la mujer se acercó a ella para acariciarle el pelo.

—Tranquila, Eden. Está bien. No ocurre nada, ¿lo ves? —y le sujetó la muñeca para mostrarle el brazalete con la luz roja brillando en él—. No vamos a dejar que te vayas.

La chica parpadeó despacio y miró a la mujer mientras le quitaba del pecho los electrodos que le habían colocado. Llevaba la melena oscura recogida en una coleta baja y las pocas arrugas que surcaban su rostro se concentraban alrededor de los ojos. Siempre vestía con una bata blanca y sus manos tenían dedos largos y ágiles que no se estaban nunca quietos mientras hablaba. Desde la primera vez que la visitó, Eden tuvo la sensación de conocerla de antes, pero no lograba precisar de qué. O quizás no la conocía de nada y solo buscaba un vínculo porque era la única persona que le dirigía la palabra y era amable, dadas las circunstancias.

La mujer recogió toda una serie de bártulos y los guardó en su maletín, pero regresó junto a Eden y le acarició el cabello.

—Siento que tengas que estar así, es por tu propio bien

—explicó, y después se acercó hasta su oído para añadir en voz baja—: No dejaré que te hagan daño.
En ese instante, se abrió la puerta de nuevo. En el tiempo que Eden tardó en intentar volverse para ver quién era, el hombre que acababa de entrar se acercó a la mujer para hablar con ella.

—Vamos a proceder con el primer sujeto —le dijo.

Se trataba de un hombre mayor, con las cejas grises bien pobladas y el cuello arrugado bajo aquel traje que tan extraño resultaba en un lugar como aquel.

—Deberíamos esperar —le advirtió la mujer—. Aún es pronto y no hemos terminado con...

—No le estoy pidiendo permiso, señorita Collins. Solo le estaba informando, e invitándola a participar en la operación.

Cuando le colocó la mano sobre el antebrazo, la mujer dio un respingo que solo pareció advertir Eden.

—Será un momento histórico y me gustaría contar con su presencia.

Ella compuso una sonrisa y se apartó del hombre para recolocarse la bata.

—Muchas gracias, doctor. Allí estaré.

—Estupendo —contestó él, sonriente. A continuación se volvió hacia Eden y frunció el ceño—. Deberíamos tomar una decisión respecto a esta. Hay algo en ella que... —pareció querer sondear su alma antes de continuar— me preocupa. Es peligrosa.

—Está controlada —le aseguró la mujer, y Eden, de haber tenido fuerzas, se hubiera reído al escucharles hablar de ella como si no estuviera allí.

—Eso espero. No queremos sorpresas.

La señorita Collins debió de percibir la amenaza en su voz tan claramente como Eden, porque enseguida se irguió y se colocó entre el hombre y la cama.

—Está bajo mi cuidado —dijo—. Y no tendrán sorpresas: sé cómo es.

El otro soltó una carcajada y asintió.

—Si eso cree...

—Lo sé.

El hombre y la mujer se retaron con la mirada en silencio antes de que él asintiera y se diera la vuelta.

—Espero verla esta tarde en la sala de operaciones —remarcó, y antes de abandonar la habitación, añadió—: No me falle.

La puerta se cerró con un chasquido y la mujer regresó junto a Eden.

—Yo te cuido. Yo te cuido... —le dijo, con una voz tan suave y arrulladora que, sin darse cuenta, arrastró a Eden poco a poco de vuelta al sueño... y a las pesadillas.

2

Quedaba poco para que el amanecer comenzara a bañar la Ciudadela. Ray se encontraba en la azotea de la Torre, cubierto por varias mantas e inmerso en la pesadilla de cada noche. Tan solo el vaho que se escapaba de sus labios confirmaba que seguía vivo.

Había pasado casi un mes desde la toma de la Ciudadela. Un mes desde la batalla que desintegró al gobierno y lo cambió todo. Las celebraciones por la victoria ya habían quedado atrás. Ahora el bando rebelde se enfrentaba a un panorama que no dejaba de complicarse día a día y que amenazaba con provocar una guerra interna si no lograban controlarlo pronto.

Ray se había dejado convencer por Darwin para que les contara la verdad a los ciudadanos sobre su auténtica naturaleza y la razón por la que los humanos los habían retenido durante años allí. Varias semanas después de la huida del gobierno, él mismo, desde la plaza pública y a través de las pantallas holográficas de la Ciudadela, les explicó el origen de los *lobos*, los *infantes*, los *cristales*... y los electros. Les contó la verdad sobre la guerra biotecnológica que había aniquilado casi por completo a la raza humana y la razón por la cual ellos podían vivir en el exterior aunque sus corazones latieran con energía externa. Lo hizo de la manera más clara posible, sin olvidar un solo detalle ni edulcorar la terrible realidad. Sabía a lo que se exponía, pero era lo mínimo que merecían después de tantos años de ignorancia.

Las reacciones no se hicieron esperar: incredulidad, negación, sorpresa, enfado... La gente pedía más información, cuando lo que en realidad suplicaban era que todo aquello fuera mentira. Sin embargo, no lo era. Algunos, los más débiles, o quizás los más sensatos, como le escuchó decir a Madame Battery una vez, no soportaron la verdad y prefirieron acabar con todo quitándose la vida. Pero no era por esos por los que debían ser fuertes, repetía Darwin en las asambleas que organizaba con los rebeldes, sino por todos los que se habían quedado a pesar del duro golpe de realidad, por los que seguían preguntándose cómo mejorar su situación, cómo hacer de la Ciudadela el hogar anhelado. Cómo sobrevivir.

Para eso se había organizado el Comité. Dirigido por Madame Battery y por Darwin, los ciudadanos tenían ahora la oportunidad de compartir sus opiniones y sus quejas, y brindar su ayuda para reconstruir aquel nuevo mundo. No estaba siendo fácil. Todas las noches, e incluso a veces a la luz del día, había altercados que se generaban en muchas ocasiones por disputas sin importancia y que solían acabar en sangre. Por suerte, al menos contaban con la ayuda de medio centenar de centinelas que, durante la batalla contra el gobierno, se habían puesto del lado de sus vecinos, amigos y familiares. Ahora ellos podían aplicar todo lo que les habían enseñado en el ejército para mantener el control en la medida de lo posible, siempre bajo la supervisión de Darwin.

Tras la destrucción del Batterie, y sobre todo por operatividad, el Comité había terminado instalándose en las antiguas oficinas del equipo del gobernador Bloodworth. Muchas de las salas de control en los edificios que rodeaban la Torre habían quedado destruidas o habían sido saqueadas durante el ataque, pero una vez lograron reiniciar el sistema eléctrico, manteniéndolo al mínimo, todo fue más fácil. Desde allí, poco a poco, habían ido tomando las riendas de la situación, y la anarquía que había comenzado a generarse en algunos barrios a base de robos, trifulcas e incluso asesinatos fue reducida al mínimo en las primeras semanas. Sin embargo, el descontento de la gente iba en aumento. Ray percibía el resentimiento, la envidia y el miedo con que lo miraban cuando le veían caminar por la calle. Y la razón era sencilla: él no necesitaba energía para subsistir; ellos sí. Y se estaba agotando.

Para mantener bajo control la ira del pueblo por no tener los brazaletes solares que les habían prometido, el Comité había optado por ofrecer energía gratuita a todos los ciudadanos para recargar sus corazones. El problema radicaba en que el suministro era limitado, ahora que el complejo humano ya no los abastecía, por lo que, si no encontraban una solución pronto, nada de aquello habría servido y los humanos, finalmente, habrían logrado su objetivo de aniquilarlos a todos.

Por eso Ray ya no salía a la calle. Por eso se había encerrado varios días atrás en el Óculo de la Torre sin intención de volver a bajar. En cada mirada con la que se cruzaba podía leer la cuenta atrás que los mataría a todos. Cada habitante le recordaba que se agotaba el tiempo, y lo que era peor: que cada día que pasaba era un nuevo día sin Eden a su lado.

«Ni se te ocurra dejarme aquí».

Las últimas palabras de la chica lo perseguían día y noche, pues ni siquiera en sueños tenía oportunidad de pedirle perdón, de decirle lo mucho que sentía haberle fallado. En cuanto cerraba los ojos volvía a ver el *jeep* alejándose en el horizonte, la nube de polvo a su paso y la mirada de Dorian cuando los traicionó.

Había perdido la cuenta de las veces que había insistido a Darwin para que le dejara ir en su búsqueda, pero la respuesta era siempre la misma: «No es la prioridad ahora mismo». La primera vez que escuchó aquello, acabaron enzarzados en una pelea que a punto estuvo de cobrarse algún hueso roto de no haber intervenido Aidan a tiempo. Aun así, no cambió nada: el único que conocía el paradero del nuevo complejo era Jake, y tenía órdenes expresas de no revelárselo a nadie. Especialmente a Ray.

En el fondo el chico sabía que Darwin tenía razón, que antes debían concentrarse en que la nueva Ciudadela no se viniera abajo, pero la impotencia de no hacer nada por Eden lo estaba consumiendo por dentro. Al menos allí arriba podía limitarse a lidiar solo con sus pensamientos.

Una ráfaga de viento le erizó el vello de la nuca y le desveló lo suficiente como para que decidiera incorporarse. Los primeros rayos de luz rasgaban con tintes rojizos el cielo y el desierto que los rodeaba. Empezaba un nuevo día y no parecía que fuera a ser distinto a los anteriores. Inconscientemente, como cada minuto que pasaba allí arriba, a más de trescientos metros del suelo, Ray volvió a buscar a Eden en aquel inmenso océano de arena y rocas con la desesperante ilusión de verla aparecer.

—No me extraña que te guste estar aquí arriba, pero deberías traerte algo más de abrigo.

Ray ni se inmutó al escuchar la voz de Darwin a su espalda. El otro tampoco se extrañó. Caminó hasta el borde de la azotea, desde donde el chico observaba el horizonte sentado, y preguntó:

—¿Has dormido aquí?

El chico alzó la mirada y contestó lapidario:

—Sí.

—¿Cuántas noches llevas sin bajar? ¿Ya comes algo?

Por toda respuesta, esta vez Ray volvió la vista al frente y guardó silencio. Con aquel, habían sido ya tres amaneceres seguidos los que había visto desde la Torre, y en ese tiempo tan solo había bajado al baño y a recoger algo de fruta y agua para subsistir. Apestaba, lo sabía, y el cabello despeinado y el suave vello negro que ahora enmarcaba su rostro debían de empeorar aún más su aspecto, pero le daba lo mismo.

—Ray, no puedes seguir así. Vas a caer enfermo y la medicina no es nuestro fuerte.

—¿Qué quieres, Darwin? —le interrumpió él.

—Tengo que enseñarte algo que he encontrado.

—No me interesa.

Ray no apartó los ojos del sol ni cuando surgió de entre las montañas y arrastró las sombras de los edificios de la Ciudadela.

—Ray, por favor. No hace falta ni que bajes, te lo puedo enseñar en el despacho —añadió, señalando las escaleras por las que había subido—. Es importante.

—Ya sabes lo único que me parece importante —le espetó el chico.

—¿De verdad crees que esta actitud va a ayudarte a salvarla?

Ray se volvió como un relámpago.

—Ni se te ocurra...

—¿Ni se me ocurra qué? Espabila, de una vez. Ahora más que nunca te necesito. ¡No puedes estar aquí encerrado! ¿Qué diría Eden? ¿¡Eh!?

—¡¡BASTA!! —gritó Ray, lleno de rabia, aunque enseguida se desinfló y, con voz queda, intentando contener las lágrimas, repitió—: Ya basta. No... No puedo, Darwin. No puedo hacer esto sin ella.

El hombre se acuclilló a su lado y lo agarró de la barbilla obligándole a que le mirara.

—Puedes. Claro que puedes, Ray. Nunca me vuelvas a decir que no puedes hacer algo, porque es mentira —dijo—. «No puedo» es la manera más cobarde de decir que uno no quiere hacer algo.

—Dar... —dijo Ray con los ojos, inundados en lágrimas.

—No, Ray. No voy a consolarte, ni a alimentar tu dolor. ¿Te crees que me da igual Eden? ¿Que no la tengo en mis pensamientos cada vez que me despierto? No eres el único que la quiere. Yo también me culpo por lo ocurrido. ¿Pero sabes qué? No me puedo permitir el lujo de encerrarme aquí arriba y ver cómo los días pasan, porque tengo una responsabilidad con esta ciudad.

Ray bajó la cabeza, consciente de la fuerza de los argumentos de Darwin. Sin embargo, era más fácil aferrarse al dolor y torturarse de espaldas a la realidad.

—Si no hubiera dejado a Dorian con ellos... —continuó lamentándose el chico.

—Si no hubieras dejado a Dorian con ellos probablemente Eden estuviera aquí y Logan seguiría vivo. O no. Igual estaríais los tres muertos, y Samara también.

Ray volvió a alzar la mirada.

—Tienes que dejar de culparte por todo, Ray. Las cosas pasan y uno tiene que seguir adelante.

Acto seguido, Darwin sacó de uno de sus bolsillos un objeto que depositó en la palma de la mano del chico: se trataba del brazalete solar falso.

—Esta ciudad te necesita. Eres la esperanza de esta gente, su motivación, aunque no lo creas. Eres su emblema —dijo Darwin—. Y también lo eres para nosotros.

Darwin le palmeó la espalda y se levantó antes de alejarse por donde había venido.

—Estaré en el despacho, por si cambias de opinión —añadió, sin girarse.

El silencio era su enemigo mortal, y más después de haber escuchado a Darwin. La culpabilidad y la desazón le impedían moverse. Sí, el hombre tenía razón: la ciudad se venía abajo y sin su presencia cada vez más personas estaban dejando de confiar en los rebeldes. Sin embargo, no podía hacer nada por evitarlo. Había perdido a mucha gente en su vida: a sus padres, a sus amigos..., pero en el fondo ninguno de ellos era real. Eden sí. Y se la habían arrebatado.

—No sigas... —se dijo en voz baja, y por primera vez desde que estaba allí arriba, obedeció y logró serenarse.

Tenía que salir de esa espiral: alimentar la tristeza no iba a traer a Eden de vuelta sana y salva. Porque estaba viva; de eso estaba seguro. Y lo esperaba en algún lugar de aquel vasto desierto. Quizás, por fin, Ray tenía la oportunidad de hacer un trato con Darwin para que le dejara ir a buscarla. Solo tenía que escuchar lo que tuviera que pedirle y después negociar.

Se puso de pie y echó un último vistazo al paisaje antes de darse la vuelta. No era más que un chico de diecisiete años. Un clon, en realidad. Y sus recuerdos no eran más que una mentira. Aun así, había ayudado a liberar la Ciudadela. Había sido un gigante a pesar de su insignificancia. Y volvería a serlo. Por Eden.

Descendió las escaleras de caracol hasta el antiguo despacho de Bloodworth y se acercó a Darwin, que se inclinaba sobre un puñado de documentos mientras los leía y organizaba en silencio. La estancia acristalada estaba tan desordenada como había quedado tras la pelea con Kurtzman y los cristales desperdigados del ventanal y las inclemencias del tiempo habían estropeado en tan solo cuatro semanas el suelo de madera.

—¿Qué querías enseñarme?

Darwin se giró y, sonriendo, le hizo un gesto para que se acercara.

—Hemos encontrado mucha información en la base de datos del gobierno, aunque destruyeron la más relevante antes de marcharse. Sin embargo, Allegra ha conseguido *hackear* algunos archivos que contenían una sorpresa de lo más interesante.

Mientras decía aquello, el hombre apartó unas cuantas hojas y dejó a la vista un enorme mapa de California, Nevada, Utah, Arizona, Colorado y Nuevo México con diferentes cruces y círculos pintados de negro.

—¿Qué es esto? —preguntó Ray.

—Sabíamos que el gobierno tenía brazaletes solares y que su plan era darle a todo humano uno para que no tuviera problemas cuando se le inyectara la vacuna *electro*, ¿correcto?

—Correcto.

—Ahora bien, ¿por qué Logan, Eden y el resto de los miembros del campamento exterior estaban buscando materiales para crear placas solares?

—Porque... ¿no había placas solares? —preguntó Ray confuso.

—Exacto. El gobierno había saqueado la mayor parte de los lugares que funcionaban con energía solar —concluyó Darwin—. Pero se dejaron algunos...

Ray alzó una ceja y, cuando volvió a mirar los puntos que había marcados en el mapa, entendió lo que eran.

—¿Insinúas que aún quedan placas en estos sitios?

—Si los registros no mienten, sí. En esta tabla —dijo mientras sacaba otros papeles—, figuran estas localizaciones divididas por estados. Casas privadas, centros de ocio, supermercados, oficinas... En esta columna de aquí están apuntados los edificios a los que les llegaron a extraer las placas. Sin embargo, hay algunos que siguen intactos.

Darwin dejó los papeles con las tablas a un lado de la mesa y volvió a centrarse en el mapa.

—He trazado las coordenadas de los lugares inexplorados y hay unos cuantos en los alrededores. La Ciudadela es esto —dijo, señalando un círculo en Las Vegas—. Las cruces marcan los posibles sitios en los que aún quedan materiales.

—Y quieres explorarlos.

Darwin contestó con un asentimiento de cabeza y Ray comenzó a leer con más detenimiento los documentos que el rebelde había traído. Se fijó entonces en que cada uno de los lugares que no había saqueado el gobierno tenía un signo de exclamación.

—Si no los vaciaron sería por algo. Probablemente las placas estén en lugares inaccesibles...

—O infestados por *infantes*, *lobos* o cualquier otro peligro, lo sé —sentenció Darwin—. Pero por el momento es nuestra única baza para intentar controlar la hecatombe dentro de estas murallas.

Ray lo miró con preocupación y Darwin se acercó a él.

—La gente cada vez está más nerviosa —explicó—. Si no queremos quedarnos sin recursos, vamos a tener que cortar el grifo de la energía gratuita pronto, y eso levantará ampollas. Sobre todo entre los seguidores de Chapel...

—¿Chapel? ¿Ese leal estirado?

Darwin se encogió de hombros y asintió.

—El tipo ha ido ganando simpatizantes con sus estúpidos argumentos para desacreditarnos, sobre todo entre los leales que no aceptan que les hayamos privado de las comodidades que antes tenían.

Ray se rascó la cabeza e intentó procesar la situación. Después de tantos días solo y con el hambre que sentía, le estaba costando asimilar aquella avalancha de información.

—O sea, que quieres ir a estos sitios a por las placas solares y, en el caso de que estén, comenzar a construir brazaletes solares, ¿no?

—Sí. Tauro ha resultado ser un ingeniero de lo más capacitado y asegura que sería capaz de construirlos a partir de los diseños que hizo Logan antes de...

Darwin no terminó la frase y Ray tampoco insistió. Aún resonaban en su cabeza sus últimas palabras antes de morir: «Esto no ha acabado».

Y era cierto. Deberían estar preparándose para el ataque que los humanos descargarían tarde o temprano sobre la Ciudadela y no intentando controlar las ridículas rencillas internas de un puñado deególatras incapaces de ver más allá de sus narices. Las cosas tenían que cambiar. Y Ray no podía seguir manteniéndose al margen ni ser un lastre como los otros. Pero a cambio necesitaba una última cosa:

—Lideraré tus expediciones y seré quien quieras que sea delante del pueblo —dijo Ray—. Sin embargo, mi ayuda tendrá un precio.

—Ray, no puedo...

—«No puedo» es la manera más cobarde de decir que uno no quiere hacer algo..., ¿no? —le contestó el chico, serio—. Dame un día. Dos como mucho. Es lo único que te pido. Necesito ir allí y ver que sigue con vida.

Darwin se acercó al ventanal roto y, tras meditarlo, contestó:

—Le diré a Jake que se prepare, y si las cosas se complican, más os vale volver aquí echando leches.

—Tienes mi palabra. A Jake no le pasará nada.

—No es Jake quien me preocupa —dijo Darwin, frunciendo el ceño—. Eres tú.

3

Lo primero que Ray advirtió cuando finalmente se decidió a bajar del Óculo fue que todo seguía funcionando igual que cuando decidió retirarse. Mientras atravesaba los pasillos de las instalaciones del antiguo gobierno, comprendió que, en el fondo, él no era tan imprescindible como había llegado a pensar, cosa que le tranquilizó y le inquietó a partes iguales. Necesitaba tener la mano ganadora para convencer a los demás de que aprobaran su plan.

Darwin había convocado una reunión esa misma tarde con el Comité para tratar el asunto de las expediciones y el rescate de Eden. Aquella sería su oportunidad de hacerles comprender la urgencia de liberar a la rebelde y no podía desaprovecharla. Sin embargo, le bastó con poner un pie dentro de la antigua sala de interrogatorios para darse cuenta de que no sería tan sencillo.

Jake, Darwin y Aidan eran los únicos que habían llegado. Y solo el primero se acercó para abrazarle, ilusionado de verle.

—¡Tío, pensé que te habían abducido! —dijo el chico—. Me alegro de que vuelvas a estar entre nosotros.

—Yo también —intervino Aidan, con una sonrisa tan fría que Ray tuvo que hacer un esfuerzo por no bajar la mirada—. ¿Cómo te ha ido en tu retiro espiritual? ¿Te han venido bien las vacaciones?

—Aidan... —le amonestó Darwin, sin tan siquiera girarse hacia él.

—Hola a todos —masculló Ray, finalmente.

Se lo tenía merecido, pensó. Habían contado con él para levantar de cero la nueva Ciudadela y él les había dado la espalda.

En aquel instante se abrió la puerta y, por un segundo, a Ray le dio un vuelco el corazón al creer que Eden había entrado por ella. Pero enseguida comprendió que su imaginación le había jugado una mala pasada.

—Vaya, vaya, mirad a quién tenemos aquí —dijo Kore, palmeándole la espalda de camino a darle un abrazo y un beso a Aidan.

—¿Pero tú has estado en la Torre o jugando a ser el último superviviente? —le provocó Madame Battery, que hizo su aparición justo detrás de la rebelde y arrugó la nariz al pasar junto a él—. Veo que Bloodworth no tenía ducha allí arriba.

—¿Y Carlton? —preguntó Darwin mirando de reojo a la mujer.

—Con Samara y Diésel; han ido a hacer unos recados.

Darwin se aclaró la garganta y les pidió a todos que tomaran asiento. Mientras obedecían, él sacó de un cilindro el mapa que le había enseñado a Ray por la mañana y lo extendió sobre la mesa para explicarles lo mismo que le había contado a él.

—Yo he estado cerca de estas dos zonas de aquí —intervino Jake cuando su hermano le dio permiso—. Una es una mansión que debió de incendiarse hace tiempo y la otra es una fábrica, pero está tapiada —añadió, mientras señalaba las cruces situadas al norte.

—Pues podría ser buena opción empezar por ahí... —dijo Aidan.

—¿Y las del sur? —preguntó Kore.

Jake estudió el mapa unos segundos antes de responder.

—Creo que esto de aquí es una urbanización. Me suena que la visité hace tiempo; había un centro comercial. Quizás las placas solares estén ahí —sugirió, alzando la mirada.

—Pues no sé a vosotros, pero a mí me suena más seguro el centro comercial que la fábrica tapiada —resolvió Kore.

Aidan se inclinó hacia ella y le susurró con una sonrisa:

—¡Tú lo que quieres es ir de compras, que lo sé yo!

Kore contestó con una risita y Ray apartó la mirada, incapaz de dejar de pensar en Eden. La toma de la Ciudadela había servido para unir a la pareja hasta el punto de que nunca se separaban, si no era estrictamente necesario. Desde aquel día la actitud de Kore con el resto del mundo había cambiado por completo: lejos quedaban ya sus berrinches y rabietas, y aunque no había perdido ese humor ácido que la caracterizaba, parecía que el odio que había sentido hasta entonces se hubiera ido apagando con cada beso de Aidan.

El soldado, por su parte, aparentaba estar prácticamente recuperado de las torturas a las que le habían sometido cuando lo capturaron. Sin embargo, la cicatriz sobre su ceja izquierda o los gritos que a veces le desvelaban en la noche seguían siendo pruebas evidentes de lo que había sufrido.

—Bueno, dejaos de bromas. Lo intentaremos primero con la fábrica y después con el centro comercial —dijo Darwin, trayendo a Ray de vuelta al presente—. Según lo que encontremos en esos dos lugares, tomaremos la siguiente decisión.

—Ray, ¿tú vas a venir con nosotros? —preguntó Kore.

—Eh... Sí, pero... —el chico miró a Darwin y se aclaró la

garganta antes de añadir con tono tajante—: antes, vamos a ir a por Eden.

Se produjo un silencio sepulcral en la sala. No le pasaron desapercibidas la mirada que cruzaron Madame Battery y Darwin, ni la manera en la que Aidan apretó la mano de Kore. Pero en ese momento Jake golpeó la mesa con el puño y preguntó:

—¿Cuándo nos vamos?
—Sí. Yo también quiero ir —añadió Kore.
—¡Eh, un segundo! —intervino Aidan—. Tranquilos todos: estamos hablando de ir al puñetero complejo.
—¿Y? —preguntó Ray, a la defensiva.
—Pues que no es una decisión que debamos tomar a la ligera, chico —contestó Madame Battery, poniendo los ojos en blanco.
—No, desde luego que no —prosiguió Ray—. Por eso hemos dejado pasar un mes para ir a buscarla. Porque es una decisión que no se debe tomar a la ligera.
—Ray... —Aidan fue a decir algo, pero el chico no se lo permitió.
—¿Acaso te abandonamos a ti cuando te detuvieron? ¿O dejamos que Logan muriera en la plaza?
—Eso fue distinto. ¡Ocurrió aquí dentro! —exclamó Battery.
—¡Me da igual! —gritó Ray, poniéndose en pie—. ¡Nunca abandonamos a uno de los nuestros! ¡NUNCA!

Darwin se acercó a él y le puso la mano en el hombro para tranquilizarle, pero el chico se revolvió contra él.

—¡No me toques!

Todos se le quedaron mirando de nuevo en silencio, esta vez con el miedo y la lástima reflejados en sus ojos. Los estaba perdiendo y no podía permitírselo. Eden los necesitaba. Por eso se obligó a serenarse y respiró profundamente antes de volver a hablar.

—Siento haber desaparecido. Lo siento de verdad. Aidan, sé que te he fallado porque contabas conmigo para la Nueva Guardia. Lo sé y lo lamento, pero... —meditó sus palabras antes de seguir—. Necesitaba desaparecer unos días. Ahora me he dado cuenta de que la prioridad es esta ciudad y de que tenemos un compromiso con su gente. Pero entended que no puedo quedarme de brazos cruzados sabiendo que tienen a Eden.

El chico se llevó la mano a la sien y cogió aire de nuevo para concluir:

—Solo os pido que confiéis en mí y me ayudéis con esto. Eden está viva. Lo sé. Y se lo debemos.

Dicho aquello, volvió a sentarse y se dispuso a escuchar, una vez más, cómo le negaban con cualquier excusa su petición. Pero entonces Kore se aclaró la garganta y dijo:

—A pesar de cómo te traté cuando te conocí, no dudaste en ayudarme y apoyarme con el rescate de Aidan —y palmeó la mano de su chico—. Y Eden es... mi amiga. Yo también pienso que ya hemos perdido demasiado tiempo. Así que cuenta conmigo, Ray.

El chico le lanzó una sonrisa cargada de gratitud mientras Jake decía:

—Sin mí estáis perdidos ahí fuera, y lo sabes —después se volvió hacia su hermano mayor—. Vamos a por Eden.

Darwin asintió al escuchar al más joven y miró al centinela, que permanecía en silencio y concentrado aparentemente en algún punto de la mesa.

—¿Aidan? —preguntó Kore.

El aludido reaccionó y, tras sonreír a su chica, miró fijamente a Ray.

—Sabes que ella también es importante para mí. Más de lo que te crees —dijo Aidan—. No os voy a negar que me parece una locura, pero veo que es imposible deteneros, así que iré con vosotros.

A Madame Battery no le hizo ninguna gracia la decisión, pero finalmente Darwin les hizo prometer que, si las cosas se ponían feas, regresarían inmediatamente a la Ciudadela, y todos se mostraron de acuerdo. Concluyeron la reunión para ponerse manos a la obra: debían preparar el viaje.

Tardaron un par de horas en estar listos. Madame Battery exigió a Ray que se acicalara un poco antes de salir para que los habitantes de la Ciudadela no le vieran con aquel aspecto de vagabundo. Así, tras un afeitado y una buena ducha, se puso en marcha junto a Aidan, Jake y Kore, que le lanzó un reloj para que se lo pusiera en la muñeca. Eran muy pocos los que habían ido encontrando con los años y por eso solo los utilizaban para poder estar sincronizados en las misiones.

Nada más salir de la zona de la Torre, se toparon con una manifestación de una veintena de personas que, en cuanto identificaron a Ray, aceleraron el paso y comenzaron a agitar sus pancartas mientras gritaban cánticos de protesta.

—¿Dónde están? ¡No se ven! ¡Los brazaletes del Comité!

Cuando llegaron frente a ellos, un hombre tan alto como Aidan y delgado como una espiga se acercó. Lucía unas gafas de sol con cristales circulares y llevaba el pelo repeinado hacia un lado. Debía de rondar los cuarenta años y por sus ropas blancas recordaba a una especie de nuevo mesías escapado de una comuna *hippie,* dispuesto a inculcar su verdad a todo aquel que quisiera escucharle.

—¡Ray, el chico del brazalete! —exclamó, con una voz nasal que a todos les resultaba desagradable—. ¿Qué se siente al saber que posees algo que el resto del pueblo necesita?

—Anda, Chapel, lárgate —intervino Aidan—. Tenemos prisa.

—¿Que tenéis prisa? ¡Nuestras exigencias también corren

prisa! ¡Nuestra vida depende de ello! Queremos lo que nos prometisteis —añadió, con gesto de rabia mal contenida, y a continuación se volvió hacia la gente—. ¿No es así, amigos?

El grupo de indignados lanzó silbidos y gritos, incluso pudieron escuchar el golpe de alguna cacerola.

—Quiero hablar con Darwin —exigió Chapel.

—Ya sabes cómo funciona el Comité: pide una cita y te recibirán encantados —intervino Kore.

—¡Lo he hecho y me han contestado que hablarán conmigo dentro de dos meses! —se indignó el hombre.

—Es que tenemos mucho jaleo, Chapel. Hay cosas más importantes que solucionar —dijo la chica.

—Más importantes... —se burló el agitador.

—¡Sois igual que los otros! —gritó un hombre al fondo—. ¡Sois el nuevo gobierno!

—¡Queremos poder elegir! —exclamó un tercero.

—¡Chapel lo haría mucho mejor que vosotros! —aseguró una señora que se agarraba al brazo de un joven pelirrojo.

El hombre larguirucho alzó el brazo en ese instante y, con una sonrisa de orgullo, se quitó las gafas de sol. Era la primera vez que Ray lo veía sin ellas; hasta entonces no había advertido que sufría estrabismo y que su ojo izquierdo miraba siempre hacia fuera.

—Como veis, amigos —dijo, dirigiéndose a ellos—, este pueblo tiene un punto de vista diferente acerca de quién debería gobernar en esta ciudad, y yo lo comparto.

—Eso está claro... —masculló Jake, conteniéndose la risa.

Chapel, que se percató de su comentario, miró con furia al joven, se volvió a poner las gafas, agarró el megáfono del tipo que tenía más cerca y comenzó a recitar un nuevo cántico manifestante.

—¡No estamos ciegos! ¡La verdad encontraremos!

Los rebeldes se desviaron para tomar un camino distinto,

mientras los indignados se acercaban a la puerta de la zona de la Torre para seguir mostrando su descontento. Al cabo de un rato, cuando llegaron al límite sur de la muralla, dejaron de escuchar los gritos y pitidos. Allí, en uno de los almacenes de los centinelas, se encontraban varios *jeeps* cargados de gasolina que ellos se habían encargado de reparar. Saludaron a los compañeros que vigilaban aquella zona y eligieron el vehículo más cercano. Jake se montó de piloto, con Ray en el asiento de al lado, y una vez estuvieron listos, arrancaron y salieron de la Ciudadela levantando una humareda de polvo tras de sí.

Condujeron durante más de dos horas sin hablar demasiado, cada uno inmerso en sus pensamientos y con el sol recalentando el coche a cada minuto que pasaban en aquel desierto. La carretera se encontraba atestada de baches, rocas y vegetación que los obligaba de vez en cuando a reducir la velocidad o a salirse del camino para esquivarlos. Kore y Aidan se durmieron uno apoyado en el otro. Ray no podía apartar los ojos del horizonte, ansioso por llegar y volver a encontrarse con Eden y...

—Vamos a parar aquí —anunció de pronto Jake.

Ray se incorporó en el asiento y miró a través de la ventanilla. Habían llegado a una estación de tren abandonada.

—Coged lo que necesitéis porque vamos a seguir a pie —sentenció el chico mientras se bajaba, seguido por los demás.

Aidan y Kore procedieron a ocultar el vehículo bajo una lona de camuflaje mientras Ray admiraba las montañas que se cernían sobre la estepa.

—El desierto de Mojave —dijo Jake, apareciendo tras él—, ¿habías estado alguna vez?

Ray lanzó una mirada vacilante al chico al oír aquella pregunta.

—Bueno, ya me entiendes...

—No, Mojave no está en mis recuerdos —contestó Ray—,

pero mis padres sí que hicieron espeleología por aquí. ¿A cuánto estamos de la Ciudadela?

—A unos doscientos kilómetros.

—¿Me estás diciendo que hay un túnel de esa longitud que conecta la Torre con la Ciudadela?

—*Conectaba* —le corrigió—. Te recuerdo que Bloodworth lo hizo saltar por los aires antes de irse.

Aidan y Kore reaparecieron y dieron el visto bueno para comenzar la marcha, pero Jake propuso esperar dentro de la estación a que oscureciera para evitar ser descubiertos.

Una vez se acomodaron, Ray decidió dar una vuelta por los alrededores y cerciorarse de que no había nadie. Se armó con el Detonador y salió por otra puerta con los cristales cubiertos de polvo para pasear entre las vías de tren. Eden estaba cerca, lo sentía. Era incapaz de explicarlo, pero notaba su presencia allí. Casi podía escuchar su voz en el silencio del desierto. O quizás solo estuviera sufriendo una insolación...

Dio la vuelta y regresó con sus compañeros. Jake se había echado a dormir con la cabeza apoyada en su mochila y Aidan y Kore hablaban en susurros cerca de allí. Ray decidió quedarse a hacer guardia, hasta que las horas de insomnio le pudieron y al final, a pesar de luchar contra ello, el peso de sus párpados le obligó a entrar en un sueño profundo.

Cuando quiso darse cuenta, Jake le estaba despertando. El sol ya había desaparecido y lo único que quedaba de él eran unas pinceladas rosas dibujadas en el cielo.

—Hora de ponerse en marcha —le dijo el chico.

Ray asintió y se levantó.

Sí. Por fin había llegado el momento, se dijo. Y pasase lo que pasase, no pensaba regresar a la Ciudadela sin Eden.

4

La gravilla crujía con cada paso que daban, desquebrajando el silencio de la noche y fundiéndose con el canto de los grillos que los acompañaba. La luna llena iluminaba el desierto y recortaba con claridad la inmensa montaña a la que se dirigían.

Jake lideraba la marcha. Detrás iban Aidan y Kore, con Ray cerrando la fila. Todos llevaban puestas unas gafas militares de visión nocturna que habían salvado de los almacenes de los centinelas y que les permitían avanzar de forma segura sin necesidad de usar linternas.

Tras casi una hora caminando, por fin se sentían más cerca de la montaña. Ray se volvió para mirar atrás y advirtió lo lejos que habían dejado la estación. Cuando la pendiente comenzó a empinarse, Ray se quedó sin aliento ante el escenario surgido frente a ellos. La montaña estaba compuesta por un centenar de montículos de arenisca tan altos que no apreciaban su final, con las paredes repletas de agujeros. Parecía como si unas hormigas gigantes hubieran escavado allí su nido y los túneles condujeran hasta las profundidades de la tierra. Jake, menos impresionado que los demás, estudió el entorno antes de dirigirse a todos:

—Vale, aquí es donde se complica la cosa...

—No nos vas a meter en un nido de *infantes*, ¿verdad? —preguntó Kore.

—La única forma de entrar en el complejo es atravesándolo —sentenció el chico.

—¿Y cómo entra y sale la gente? Está claro que por aquí no...

—En realidad, ni entran ni salen —intervino Ray—. Recuerda que lo que conectaba esto con la Ciudadela era ese túnel de metro moderno.

Jake se alejó hasta un montículo de rocas y sacó un papel de su mochila. Después encendió una linterna que proporcionaba una tenue luz para que sus compañeros vieran el símbolo que había dibujado en el papel, compuesto por una paloma con una rama en el pico sobrevolando tres edificios.

—Tenemos que seguir este símbolo.

—¿Cómo sabes que nos llevará al complejo? —preguntó Aidan.

—Lo reconocí la última vez que estuve aquí... y, además, en algunos archivos del gobierno se referían a él como el emblema del complejo.

—Ya, pero no sabemos adónde nos pueden llevar —continuó Aidan—. Igual están puestos de forma aleatoria.

—Es lo único que tenemos... Podemos probar suerte o darnos la vuelta. Porque cualquier otra opción sería un suicidio. Creedme, eso de ahí dentro es un laberinto.

Ray volvió la cabeza hacia el agujero más cercano y de pronto se dio cuenta de la locura que estaban a punto de cometer; de lo mucho que les estaba pidiendo a sus compañeros. ¿Y si una jauría de *infantes* hambrientos aguardaba en la oscuridad? ¿Y si aquel símbolo de la paloma era en realidad una trampa?

—Aidan tiene razón —dijo al fin—. Estamos tentando demasiado a la suerte y no puedo pediros que os metáis en este nido por mí. Todo esto ha sido una mala idea... Debería seguir yo solo.

—Estás loco... —replicó Aidan—. Yo no he dicho eso. Bajo ningún concepto te vas a meter ahí por tu cuenta. Hemos venido todos asumiendo las consecuencias, así que vamos a pensar la manera en la que podemos hacer frente a esas cosas, si es que nos las encontramos.

El antiguo centinela se quitó la mochila de los hombros y comenzó a sacar diferentes objetos de ella: barras de luz ultravioleta, bolas que lanzaban destellos, granadas cegadoras..., además de varias armas de fuego. Todos se le quedaron mirando perplejos.

—¿Esperabais que fuera a venir sin ningún juguete? —preguntó Aidan con una sonrisa repartiendo al mismo tiempo los artilugios y armas entre todos.

Mientras explicaba cómo se organizarían dentro, Ray se colocó el Detonador en el brazo y lo activó para que fuera recargándose.

—Ray y Jake, vosotros encabezaréis la marcha. Kore y yo os cubriremos las espaldas, e iré dejando *migas de pan* para regresar al exterior... —añadió, mostrándoles las bombillas verdes con pinchos que llevaba en el cinturón.

—¿Listos? —dijo Jake.

Todos asintieron y se adentraron en el laberinto de rocas.

Como había dicho, Aidan fue clavando los dispositivos a medida que avanzaban y Jake estudiaba el suelo y las paredes siguiendo el símbolo de la paloma. A pesar de la ayuda de los binóculos de visión nocturna, el miedo se había instalado en el pecho de Ray y el sudor comenzaba a humedecer su camiseta. Todavía tenía pesadillas con aquel hotel y el nido de *infantes* en el que se habían metido tiempo atrás. Por nada en el mundo quería volver a pasar por algo similar y una parte de él le suplicaba que se diera la vuelta y se alejase de allí lo antes posible. Por suerte, la otra le recordaba con la misma insistencia el rostro de Eden, y su imagen era demasiado poderosa como para echarse atrás.

De pronto, Jake alzó la mano y les hizo una señal para que se escondieran tras un saliente en la roca. Después susurró:
—*Infantes*.

Aidan se aproximó al borde y echó un vistazo rápido.
—He contado ocho, pero seguro que hay más —dijo, cuando se volvió—. ¿El camino es por ahí?

Jake asintió.
—Son como pirañas. En el momento en el que uno de ellos nos vea, atacará el resto —dijo Ray, reprimiendo un escalofrío.

Aidan estudió el camino y, tras meditarlo unos segundos, dijo:
—De acuerdo. A la de tres salís corriendo hasta la siguiente gruta. Kore, lanza una de tus granadas cuando pases por ahí, pero no dejéis de correr, ¿entendido?

Todos asintieron.
—De acuerdo. Uno, dos..., ¡tres!

Aidan arrojó al instante una de las bolas que llevaba; en cuanto esta tocó el suelo, la cueva entera se iluminó con un estallido de luz tan potente como la del sol. Unos gritos agónicos atravesaron los túneles igual que una sirena rota. Los *infantes*, con sus esqueléticos cuerpos blanquecinos y sus expresiones salvajes, intentaban cubrirse el rostro mientras se retorcían de dolor en el suelo.

Los rebeldes corrieron sin mirar atrás. Pronto, los gritos comenzaron a transformarse en gruñidos y gemidos, y Kore decidió que era el momento de lanzar una de las granadas. Esta vez, sin embargo, cuando el arma explotó, no solo quedaron cegados los *infantes*, sino también ellos. Ray tropezó y tuvo que apoyarse en la pared para no acabar en el suelo.

—¿Estás bien? —le ayudó a recuperar el equilibrio Kore, y ambos continuaron avanzando a toda prisa hasta que, de pronto, dejaron de sentir el suelo bajo sus pies.

Con un chillido, cayeron rodando por una pendiente hasta una gruta aún más profunda. Ray aterrizó sobre Jake, que iba delante, y Kore sobre él. Aidan apareció segundos después, deslizándose por la tierra y dejando a su paso varias barras de luz ultravioleta encendidas para evitar que las criaturas los siguieran.

—Tenemos que seguir avanzando. ¡Deprisa! —los alentó Aidan.

Se pusieron en pie y siguieron corriendo en formación. La adrenalina se había apoderado de Ray y ahora podía fijarse en cada detalle, atento a cualquier peligro que pudiera surgir de improviso. Por eso advirtió aquel sonido diferente.

—¡Esperad! —exclamó, deteniéndose de golpe.

—¿Qué ocurre? —preguntó Jake, recuperando el aliento.

—Shhh... —le chistó—. Escuchad.

Se trataba de un sonido grave y monocorde, como un vendaval constante.

—¿Lo oís?

—¿El qué? —se impacientó Kore.

—¡Eso! —dijo él, emocionado—. ¡Parece un conducto de ventilación! Tenemos que estar cerca de las instalaciones de aire del complejo.

Ray se pegó a la pared y se dejó guiar por su oído, adelantando a Jake.

—¡Ray, espera! —le pidió el chico, pero él lo ignoró y siguió avanzando.

Con cada paso que daba, más cerca escuchaba cómo las aspas cortaban el aire. *Fum..., fum..., fum...* Parecían cristales batiendo sus alas. ¡Una entrada! Solo tenía que seguir adelante y...

De repente algo cayó sobre él. Antes de que pudiera apartarse, sintió cómo unas uñas le arañaban la piel de la cara.

—¡Ray! —escuchó gritar a Kore.

No tuvo tiempo de responder.

Con los ojos cerrados, se lanzó contra una de las paredes más cercanas y, de un golpe, logró que el *infante* lo soltara. Inmediatamente, le apuntó con el Detonador y descargó un rayo de energía que lanzó a la criatura contra la otra punta de la cueva, de donde ya no se levantó más. Sin embargo, ni Ray ni sus compañeros le prestaron ninguna atención: sus ojos se encontraban clavados en las alturas de la cueva, donde varias decenas de ojos parpadeaban al son de unos gruñidos que no tardaron en convertirse en amenazadores rugidos.

Aidan fue el primero en reaccionar: lanzó otras dos bolas de luz blanquecina hacia arriba y, en el tiempo que ellos se cubrían las cabezas, el destello cegó a la jauría de *infantes*.

—¡Ray, continúa! —gritó Aidan.

Sin tiempo que perder, Jake y Kore comenzaron a disparar a las bestias mientras seguían al chico. Ray, con el tiroteo y los gritos, era incapaz de concentrarse en el sonido de las aspas. Pero cuando llegó a una bifurcación creyó sentir una corriente de aire distinta y optó por tomar el camino de la derecha. Le tranquilizó descubrir otra placa con el símbolo del complejo un poco más adelante.

—¡¡Nos están alcanzando!! —avisó Aidan desde la retaguardia.

El chico aceleró el ritmo corriendo más deprisa, pero con las gafas de visión nocturna le costaba percibir las distancias y temía acabar en el suelo si no tenía cuidado.

En ese instante, volvió a escuchar el sonido del conducto de ventilación y recuperó parte de la esperanza, aunque seguía sin ver nada más que piedras y rocas. Los gruñidos se escuchaban cada vez más cerca, igual que el sonido de decenas de pisadas sobre gravilla y los gritos de Aidan.

Y entonces, tras una bifurcación del camino, ante él apareció el final del túnel y una puerta de metal... con una cadena.

—¡Está cerrada! —maldijo Ray, tras intentar abrirla.

Aidan lanzó su última bola de luz y, cuando esta estalló, contemplaron con total nitidez la horda de *infantes* que se encontraba a escasos metros de ellos. Kore hizo estallar un par de granadas con un grito previo de aviso para que todos se taparan los ojos.

A pesar de los gemidos de dolor y aullidos, seguía habiendo muchos *infantes*. E iban a por ellos. Jake se puso a dar patadas a la puerta de metal, pero no había forma de que esta se abriera.

—¡¿Qué pasa con esa puerta?! —se desgañitaba Aidan mientras avanzaba hacia atrás, agitando en el aire la barra de luz ultravioleta para mantener a las criaturas a una distancia prudencial.

Jake no lo pensó más: sacó su pistola y comenzó a disparar a la cadena hasta que, al tercer tiro, logró partirla y la puerta se abrió.

—¡Vamos! —exclamó Kore, y uno tras otro fueron pasando mientras los *infantes* alargaban los brazos para intentar alcanzar al centinela sin dejar de mostrar sus dientes—. ¡Aidan, deprisa!

El soldado zarandeó la luz de izquierda a derecha y la lanzó contra las criaturas que tenía más cerca antes de cruzar al otro lado de un salto y dejar que sus compañeros cerraran tras él. Los golpes y los arañazos sobre el metal no se hicieron esperar, pero entre todos resistieron el envite y Kore pudo atrancar la puerta con una barra que encontró en el suelo.

—Pan... comido... —dijo Jake, con una sonrisa agotada. Mientras recuperaban el aliento, se dieron cuenta de que habían ido a parar a un cubículo completamente vacío.

—¿Pero qué...? —preguntó Aidan.

—Está hermetizado —explicó Ray—. Imagino que es para evitar cualquier vía de contaminación. Tomad aire, se nos van a taponar los oídos —añadió dirigiéndose a la siguiente puerta que producía el vacío.

Segundos más tarde, entraron en una sala de máquinas con techos altos destinada, como Ray había adivinado, a la ventilación del complejo.

El ruido de las aspas resultaba ahora ensordecedor y la única fuente de luz anaranjada provenía de las bombillas de emergencia de las paredes. El suelo había dejado de ser de gravilla y ahora lo cubría una malla de acero que rodeaba la enorme máquina que se cernía sobre ellos.

Cuando Ray sacó la linterna y comenzó a estudiarlo, comprobó que se trataba de un inmenso cilindro que surgía del piso inferior y atravesaba el techo. Por detrás de las rejillas podían observarse los ventiladores que había dentro.

—Esto debe de ser uno de los extractores de aire —supuso, alzando la voz para que lo escucharan—. Los tubos parecen suficientemente grandes como para que quepamos y nos arrastremos por ellos. Si encontráramos la manera de acceder, claro...

En ese momento, Kore, que se había levantado para estudiar también el lugar, le hizo una señal y el chico se acercó para encontrarse con una trampilla que pudieron abrir de un solo tirón.

—Ahora hay que hallar la manera de parar las hélices —dijo Ray.

Bastó con decir aquellas palabras para que, de pronto, se produjera un golpe metálico y todos dieran un respingo.

Cuando se giraron, se encontraron con Jake, que había introducido otra barra de metal, deteniendo las aspas.

—Genial. Quedaos aquí, no tardaré en volver —dijo Ray mientras introducía sus piernas en el conducto de ventilación.

—No vas a ir tú solo —replicó Jake.

—Alguien debe quedarse aquí.

—Kore y yo nos quedaremos —dijo Aidan—. Jake te acompañará.

—De acuerdo. Si no estamos de vuelta de aquí a dos horas, marchaos.

Y tras esas palabras, Ray se introdujo en el tubo y comenzó a arrastrarse por él seguido de Jake. Avanzaron intentando hacer el menor ruido posible, deteniéndose cada vez que llegaban a una nueva estancia para estudiarla a través de las rejillas de ventilación. Enseguida la presencia de otra gente le confirmó que habían acertado; que estaban dentro del nuevo complejo.

Se arrastraron tan deprisa como el reducido espacio les permitía hasta que llegaron a lo que aparentaba ser un cuarto de mantenimiento sin ninguna actividad. De un golpe, Ray forzó la trampilla y saltó al interior de la habitación sujetándose a los armarios que había atornillados contra las paredes. Una vez abajo, se acercó a la puerta y comprobó por el ventanuco que se encontraban en mitad de un pasillo bastante transitado y que todo el mundo vestía el mismo uniforme.

Sin perder un instante, se dio la vuelta y abrió los armarios hasta dar con un mono azul que no dudó en ponerse encima de su ropa.

—Será mejor que me esperes aquí —le dijo a Jake mientras le entregaba el Detonador y el brazalete falso.

—¿Qué? Ni de coña. No he venido hasta aquí para quedarme en este cuarto.

—Jake, solo hay un uniforme y podrían pillarte... No tardaré mucho. Reconoceré la zona y volveré, ¿de acuerdo?

—Te doy media hora. Como no estés aquí para entonces...

—Como no esté, te largas —sentenció él—, no me esperes. ¿Me has entendido?

Jake asintió, molesto, y Ray abandonó el cuartucho y comenzó a andar por el pasillo intentando pasar desapercibido. El corazón le latía desbocado en el pecho. ¿Qué rumbo debía tomar? ¿Dónde tendrían a Eden? Cada vez que se cruzaba con alguien, bajaba la cabeza y aceleraba el paso para que nadie reparara en él. Por suerte, todo el mundo parecía demasiado ocupado con sus quehaceres como para advertir su presencia.

Aquel lugar era una copia exacta del primer complejo. Probablemente, dedujo al ver a tantos hombres y mujeres con batas blancas, se encontraba dentro del núcleo, en la zona restringida para la mayor parte de la población.

Caminó hasta encontrarse con varios ascensores y un cartel en el que se indicaba qué había en cada planta. El chico estudió todos los nombres hasta que dio con uno que no le sonaba del otro complejo: «Galeras», ponía. Motivado por su instinto, decidió elegir esa opción.

Bajó solo en el ascensor. Era increíble lo bien que estaba yendo todo, cosa que, en el fondo, le preocupaba. No podía estar resultando tan fácil..., ¿o sí? Daba lo mismo. Lo importante era encontrar a Eden. Y estaba seguro de que pronto volvería a reunirse con ella.

Las puertas del ascensor se abrieron entonces con un «*ding*» y se encontró en mitad de un largo pasillo que se extendía a ambos lados. Extrañado de no ver a nadie, eligió el camino de la derecha, pero tras dar apenas unos cuantos pasos sintió que algo no iba bien.

Ray se detuvo en seco, y fue a darse la vuelta cuando escuchó una voz a su espalda que le confirmó sus sospechas.

—Hola, Ray.

Dorian lo miraba con una sonrisa triunfante y los brazos cruzados. Había caído en su trampa. Se lo había puesto en bandeja. El chico echó a correr hacia el otro lado, pero en ese instante aparecieron al fondo Bloodworth y Kurtzman, rodeados por varios centinelas armados.

—Me alegra verte, chico del brazalete —le saludó el antiguo gobernador de la Ciudadela.

A un gesto de Kurtzman, cuatro de los soldados se acercaron a él y lo sujetaron a pesar de sus intentos por liberarse.

—Desnudadle y llevadlo al pabellón 9 —ordenó el capitán de los centinelas.

—¿Qué? ¡No! —gritó Ray, sin dejar de revolverse—. ¡Ni se os ocurra tocarme!

Pero no sirvió de nada. Uno de ellos le dio un golpe en la nuca que lo dejó aturdido y casi sin fuerzas. En menos de un minuto, le quitaron la ropa y lo tiraron al suelo, donde cayó de rodillas sobre el frío mármol.

Mientras Dorian se cambiaba las prendas por las de Ray, Kurtzman se acercó para estudiar al rebelde y advirtió los arañazos que los *infantes* le habían hecho en la cara.

—Maldita sea... —masculló para sí.

Dorian se acercó a él cuando estuvo listo.

—¿Sucede algo? —preguntó.

—Nada importante —contestó el capitán, y antes de que el chico lo viera venir, le lanzó un zarpazo a la mejilla.

Dorian se revolvió ante la sorpresa, dispuesto a defenderse, pero Kurtzman dio un paso atrás y le explicó el motivo del ataque.

—Ahora sí estás listo —añadió el hombre—. El otro rebelde está en el cuarto de mantenimiento del primer piso. Vuelve con él.

Ray levantó la mirada y se encontró con la de su clon.

—¿Qué..., qué estás haciendo? —preguntó el chico, casi sin fuerzas.

Dorian se acercó a él y lo agarró de la cabeza para decirle al oído:

—Ser tú.

5

Dorian cerró la puerta del cuartucho y esperó a que Jake abriera la rejilla de ventilación tras la que se escondía para asomarse.

—Tío, estaba a punto de largarme —dijo el rebelde—. ¿Y Eden? ¿Has averiguado algo?

Dorian compuso el gesto de pena que tantas veces le había visto a Ray y negó con la cabeza.

—No va a ser tan fácil como pensaba... —dijo, mientras se quitaba el mono y se quedaba con la ropa que había traído su clon—. Creo que será mejor que regresemos a la Ciudadela y tracemos un nuevo plan.

—Pero...

—Hay dos centinelas en la puerta de su habitación y otros dos dentro.

—¿En la habitación? —preguntó el chico, extrañado.

—Y médicos. Un montón, tío. Pero parece..., parece que está bien. Que la están cuidando.

Dorian tuvo que contener las ganas de sonreír por lo bien que se le estaba dando imitar la manera de hablar de Ray.

Había tenido dudas de si sería capaz de hacerlo, pero viendo el gesto de Jake, convencido de estar hablando con su amigo, se convenció por completo.

—¿Entonces?

—Será mejor que nos marchemos —repitió, encaramándose al armario mientras el otro chico se apartaba para dejarle entrar en el agujero de la pared—. Al menos hasta que podamos tomar el complejo. De otra forma, sería un suicidio.

Dorian advirtió la duda en los ojos de Jake, pero sabía que no era por su brillante actuación, sino por aquella decisión. Aun así, no insistió.

—Pásame ese mono azul, lo guardaré. Quizás en el futuro nos sea útil —dijo el chico, y Dorian no tuvo más remedio que dárselo para que lo metiera en la mochila.

Después regresaron por el estrecho tubo de vuelta hasta donde los esperaban Kore y Aidan.

—¡Estábamos empezando a preocuparnos! —exclamó la chica en cuanto vio aparecer la cabeza de Jake por el conducto.

Dorian se apresuró a salir detrás de él con ayuda de Aidan, que le tendió la mano.

—¿Y bien? —insistió la chica.

—Es imposible —dijo Dorian, bajando la cabeza como tantas veces le había visto hacer a Ray—. Nos matarían en cuanto pusiéramos un pie en esa planta.

—¿Te han visto? —preguntó Aidan.

—No, pero ha faltado poco: he podido acercarme lo suficiente como para verla. Está viva —añadió, y Kore suspiró con fuerza—. Dormía cuando me he acercado, y he visto que había médicos entrando y saliendo constantemente del cuarto.

—¿Está... en coma?

Dorian negó más rápido de lo que debería y se obligó a poner un gesto de duda.

—No lo parecía, al menos. Me ha dado la sensación de que

estuviera teniendo una pesadilla por cómo se agitaba en sueños y movía los labios.

—Tenemos que volver y sacarla de allí —dijo Kore, pero Aidan la detuvo antes de que se metiera en el tubo.

—¿No le has oído? Necesitamos volver con refuerzos.

—Lo siento... —añadió Dorian, fingiendo que intentaba controlar el llanto.

Como esperaba, enseguida sintió el brazo de Jake sobre su hombro.

—La sacaremos de ahí. Te lo prometo, tío. Y todos los que le han hecho esto pagarán por ello.

Dorian asintió y Kore le pidió que dibujara en el cuaderno de Jake la disposición de las plantas que había podido visitar, antes de que se le olvidase. Dorian lo hizo, a pesar de que se confundió varias veces a posta y metió algunos pasillos que no existían o que llevaban directamente a las zonas más protegidas del complejo.

Mientras tanto, se dedicó a compartir con ellos toda la información que Bloodworth le había hecho aprender para no levantar sospechas y que Darwin no dudara de que estaba diciendo la verdad.

Una vez listos, Aidan fue a sacar la barra de metal que habían colocado entre las hélices de la turbina para que el sistema de ventilación volviera a activarse, pero Dorian lo detuvo a tiempo.

—No podemos volver por ahí —dijo, señalando la puerta tras la que esperaban los *infantes*—. Hay otro camino mucho más seguro.

Antes de que ninguno pudiera decir nada, Dorian les explicó la disposición de los conductos de ventilación.

—Los he estado siguiendo mientras espiaba el complejo y estoy casi seguro de que saldríamos a otro de los túneles de la montaña.

—Casi seguro... —repitió Kore.

—¿Prefieres ir por allí? —le preguntó él, señalando la puerta, y acto seguido se obligó a rebajar el tono—. Puede que por el otro lado también haya *infantes*, pero contaremos con el factor sorpresa.

Aquello lo dijo para sonar convincente, pero sabía perfectamente que no encontrarían ningún problema si tomaban ese camino. Los rebeldes debían de creerse muy listos habiendo llegado tan lejos, cuando la verdad era que el gobierno llevaba aguardándolos mucho tiempo. Y habían actuado exactamente como ellos esperaban que lo hicieran.

Desde que Jake pisó por primera vez la entrada del nuevo complejo durante una de sus expediciones, habían estado preparándose para aquel momento. Y cuando raptaron a Eden con la caída de la Ciudadela ya sabían que tarde o temprano regresarían con Ray a la cabeza. Tal y como había sucedido. Sí, el margen de error era muy alto, pero cuando Bloodworth le contó su plan a Dorian él les aconsejó cómo actuar y les prometió que solo tendrían que esperar.

—Yo voto por probar el camino de Ray —dijo Aidan, y comprobó que en su pistola aún quedaban algunas balas—. Salir por esa puerta sería igual de útil que cortarnos las venas aquí dentro.

Kore observó en silencio al centinela y después asintió.

—Por cierto, toma —añadió Jake, tendiéndole a Dorian el Detonador con el que había cargado hasta ese momento.

El chico no supo qué responder durante unos segundos. Aquel arma era como una insignia de Ray entre los rebeldes. Cuando se lo pusiera, se convertiría definitivamente en él, sin vuelta atrás.

—Gracias —dijo, mientras se lo colocaba en el brazo.

El armatoste pesaba más de lo que aparentaba y debió de notársele la sorpresa en la cara porque cuando alzó los ojos, Kore le observaba con extrañeza.

—¿Estás bien? —le preguntó la chica.

—Eh, sí, sí. Me he hecho daño antes en el hombro y me molesta un poco, pero estoy bien —añadió, con una sonrisa tranquilizadora.

—¿Nos ponemos ya en marcha? —intervino Jake, impaciente—. Ray, tú diriges. ¿Podrás orientarte?

Dorian soltó una risotada de superioridad por la nariz, pero enseguida se aclaró la garganta y respondió que sí con la humildad que habría presentado su clon.

Hacía días que se había aprendido ese camino de memoria. Debía reconocer que para ser humanos corrientes, incapaces de sobrevivir ni siquiera al aire del exterior, los dirigentes del complejo le habían impresionado.

De vez en cuando, el clon fingía detenerse para comprobar que estuvieran siguiendo el camino correcto, para después seguir arrastrándose por el conducto. Tras él iban los demás. Habría sido tan fácil ametrallarlos allí mismo... Pero no habría servido de mucho: buscaban pescar un pez mayor. Si ahora acababan con ellos, todo el plan se habría ido al garete. Sin embargo, si Dorian lograba engañarlos y se infiltraba entre los rebeldes como habían planeado, podría destruirlos desde dentro y distraer su atención de cosas más importantes.

El plan le había parecido una locura al principio. ¿Cómo iba a hacerse pasar por Ray sin levantar sospechas? Eran tan distintos como el agua y el aceite. Sí, compartían los mismos rasgos y el mismo aspecto, pero más allá de eso parecían de mundos distintos. Unas semanas atrás, habría bastado que hubiera dicho cualquier cosa para descubrirse que no era su clon. Unas semanas atrás. Porque ahora, después de horas y horas de entrenamiento y de revisar todas las grabaciones que las cámaras de la Ciudadela habían podido recoger de Ray, había logrado aprenderse cada gesto y cada ademán característico de él.

La forma de hablar había sido lo que más le había costado asimilar. Sin micrófonos que hubieran recogido sus palabras, había tenido que entrenar con sus recuerdos y con la única persona que odiaba incluso más que a su propio clon: el Ray original. A través de los escasos vídeos de archivo que habían recuperado de su juventud y de su entrenamiento personalizado, Dorian había logrado imitar con bastante precisión la manera de expresarse del otro.

—¿Falta mucho? —preguntó Jake en un susurro, tras él.

—No, ya estamos llegando —contestó, controlando la ansiedad y la claustrofobia que le provocaba sentirse atrapado en un lugar tan estrecho.

Minutos más tarde, ante él apareció el final del conducto. Con un golpe de hombro, arrancó el ventanuco y se asomó para confirmar que habían llegado a una sala muy parecida a la que habían dejado atrás, pero sin turbinas funcionando.

De un salto, el chico cayó al suelo y después ayudó a los demás a bajar. Como en la otra habitación, la única luz provenía de una bombilla rojiza de emergencia, pero no necesitaban más.

—¡Mirad, la puerta! —exclamó, haciéndose el sorprendido.

—Espera, no sabemos lo que hay al otro lado —le recordó Aidan, cargando su arma y acercándose a la salida—. Estad preparados para defenderos. A la de tres. Una, dos... y tres.

En ese momento, descorrió el enorme pestillo que bloqueaba la puerta y la abrió. Al otro lado se encontraron con una nueva habitación hermetizada y, tras ella, un túnel largo y oscuro, como Bloodworth le había dicho. Pero, a diferencia de los otros, aquel estaba libre de *infantes*.

—Solo nos queda una bola de luz —informó Jake.

—Y un par de balas en mi pistola.

—En la mía tres —informó Kore, comprobándolo.

—Pues tendrá que valer —dijo Dorian, tomando una vez más la delantera y sacando el aturdidor que le había robado a Ray.

Apenas había dado unos pasos cuando Aidan se colocó a la cabeza del grupo.

—Déjame ir delante, por si aparece alguno de esos demonios —pidió, y él cedió sin rechistar.

Caminaron en silencio, atentos a cualquier sonido que pudiera avisarles de la presencia de los monstruos, pero como Dorian ya sabía, no apareció ninguno. Aun así, cuando llegaron al final del túnel y la noche los recibió con una brisa fría, él también suspiró; aunque ellos tenían más que perder si decidían traicionarle, en el fondo una parte de él temía haber cometido algún fallo y que hubiera caído en su trampa.

—¿Dónde hemos salido? —preguntó Kore.

Jake estudió el mapa que llevaba dibujado en sus notas, echó un vistazo a su brújula y a las estrellas y señaló la dirección correcta.

—La estación de tren está por allí —dijo, y los demás le siguieron al trote.

Dorian continuaba sin creerse su suerte: había funcionado. Se había infiltrado como Ray. ¡Lo había conseguido! Sin querer, emocionado ante aquella situación, no pudo evitar una suave risotada que llamó la atención de Kore.

—¿Por qué... estás tan feliz? —le preguntó la chica.

En la distancia ya se advertía el lugar en el que habían ocultado el vehículo.

—No estoy feliz —se apresuró a contestar Dorian, maldiciéndose por su error—. Pero me tranquiliza saber que Eden está viva, y que no la tienen en una celda, torturándola.

Aidan, unos pasos por delante de ellos, volvió la cabeza y asintió.

—Estará bien. Eden es más fuerte que todos nosotros juntos —afirmó, y Dorian asintió con una sonrisa triste.

El regreso a la Ciudadela fue más rápido de lo que esperaba. Con Jake al volante, concentrado en el camino, y Kore y Aidan dormidos detrás, Dorian tuvo tiempo de repasar con calma el plan que había trazado con Bloodworth y la directiva del complejo.

Lo primero que debía hacer era presionar para derrocar a Darwin. A fin de cuentas, todo el mundo sabía que el chico prodigio, el clon con el brazalete ansiado, era él, y aquello le otorgaba un poder superior sobre los demás.

Gracias a los espías que habían infiltrado en la Ciudadela y cuyas identidades le habían sido reveladas, sabía que aquello era un polvorín a punto de explotar: entre los ciudadanos que exigían los brazaletes de luz solar que les habían prometido y las gentes que empezaban a apoyar un cambio de poder, la labor de Dorian sería sencilla.

Era él quien estaba engañando al gobierno de los humanos, y no al contrario. A fin de cuentas, él era el único ser capaz de soportar el aire de la superficie sin morir. Bueno, él y Ray. Pero a Ray le quedaba muy poco tiempo de vida...

Cuando el *jeep* cruzó las puertas de la muralla de la Ciudadela, Dorian reprimió un escalofrío. Aún recordaba cómo había huido de allí con Eden. Aquello había sido idea de Kurtzman. Si de él hubiera dependido, habría acabado con ella allí mismo y se habría quedado a esperar la reacción de Ray. Pero el capitán de los centinelas tenía razón: habían logrado más cosas de aquella manera. Un pez mayor. Todos recibirían su merecido, a su debido tiempo.

Estaba empezando a amanecer cuando abandonaron el garaje donde escondían los antiguos vehículos de los centinelas y siguieron a pie hasta las antiguas residencias del gobierno. Había temido ese momento desde el principio: todos esperarían que Ray supiera dónde ir, cuál era su nueva habitación, en qué salas se reunían para tratar los temas de la Ciudadela...

—Iré a avisar a Darwin de que ya hemos vuelto —dijo Aidan—. Vosotros dirigíos a la sala de interrogatorios.

Sin rechistar, Jake emprendió la marcha y Dorian lo siguió, tomando nota mental del recorrido. Aunque había pasado un tiempo en las oficinas de la Torre, aquel lugar era inmenso y encima los rebeldes, tras la batalla por la toma de la Ciudadela, lo habrían cambiado entero.

Cuando llegaron a la sala acordada, Jake se sentó en la silla más alejada y apoyó la cabeza sobre la mesa antes de cubrírsela con los brazos. Dorian se quedó unos segundos de pie sin saber qué hacer y después lo imitó. Estaba sudando. Se sentía nervioso y temía que los demás lo percibieran. Se estaba secando las palmas de las manos en el pantalón cuando la puerta se abrió y por ella entraron Kore y Aidan seguidos de Darwin y Madame Battery.

—Aidan ya me lo ha contado todo —dijo el rebelde como saludo—. Lo siento mucho, Ray. Te prometo que en cuanto controlemos la situación en la Ciudadela iremos a buscarla.

—Gracias... —contestó Dorian, asintiendo con afectación—. Al menos me tranquiliza saber que está viva.

Nadie contestó al comentario, pero al chico no le pasó desapercibida la mirada que volvió a echarle Kore.

—Nosotros hemos cotejado toda la información sobre las bases con placas solares —añadió Darwin—. Y estamos listos para actuar. Tal como habíamos quedado, iremos primero a esa fábrica del norte que parece deshabitada y en la que, si los documentos no mienten, encontraremos suficiente material como para comenzar a trabajar.

—¿Y cuándo salimos? —dijo Jake, levantando la cabeza.

—Mañana mismo. He avisado a un equipo de rastreadores

de confianza que os acompañará. Ray, ¿estás listo para ir con ellos?

Dorian contuvo las ganas de sonreír al escuchar aquel nombre en boca del líder y asintió.

—Lo estoy.

6

Ray sintió el goteo constante sobre su frente antes de parpadear varias veces y abrir los ojos. Quiso ponerse de pie, pero el latigazo que notó desde la nuca hasta la cadera le impidió moverse. Se encontraba tumbado sobre un suelo de hormigón, helado y con las ropas empapadas por culpa del charco de agua.

Fue entonces, al ver que aquellas prendas que llevaba no eran las suyas, cuando recordó de golpe lo ocurrido. La emboscada. Kurtzman. Dorian alejándose por el pasillo con su ropa. Aquella sonrisa de victoria. Su grito y... nada más.

¿Dónde le habían llevado? La cabeza le daba vueltas. ¿Cuánto tiempo llevaría allí, inconsciente? Necesitaba ubicarse y regresar con los rebeldes para avisarlos. Se incorporó de nuevo, pero esta vez, al hacerlo, se dio un cabezazo contra el lavabo que tenía sobre él y siseó una maldición. Después se llevó la mano a la cabeza, dolorido, y advirtió que tenía algo viscoso en la nuca... Sangre.

Por fin se puso en pie como pudo y comprendió que lo habían metido en una celda. El habitáculo era más pequeño que su habitación de Origen y tenía una cama, un lavabo y una letrina. Tres de las paredes eran de hormigón gris, igual de frío que el suelo; la cuarta pared estaba llena de barrotes y daba a un pasillo en el que, de primeras, no vio a nadie más.

El chico se crujió el cuello y estiró los músculos como pudo. Observó que las ropas que le habían puesto eran totalmente blancas. Se quitó la camiseta de manga larga para escurrirla y dejarla colgando en uno de los lados de la cama. Luego, agarró la manta que había en ella y se cubrió a pesar del olor a rancio que desprendía. Sentía frío, mucho frío. A saber cuánto tiempo habría estado tumbado encima del charco.

Su cabeza comenzó a ametrallarle a preguntas para las que no tenía respuestas: ¿seguía en el complejo?, ¿cuánto tiempo había pasado?, ¿y sus amigos?... Recordó que le había pedido a Jake que si no volvía en media hora se marchara. Una parte de él se alegró de ello, pero otra supo que algo no iba bien, que todo aquello era una jugada de Dorian y del gobierno. ¿Cómo podía haber sido tan estúpido?

—¿Hola?

No estaba solo, había alguien en la celda de al lado. Un hombre.

—Hola —respondió Ray, sin apenas voz.

Necesitaba un buen trago de agua, al menos para quitarse aquella sensación de tener una lija por lengua.

—Ya pensaba que habían dejado un cadáver —dijo el otro.

Ray se dirigió al pequeño lavabo hasta saciarse. Aún con el agua escurriéndosele por la barbilla, preguntó:

—¿Cuánto...? ¿Cuánto tiempo llevo aquí?

—Unas doce horas —respondió el otro con una seguridad que dejó pasmado a Ray.

El chico cogió entonces una de las toallas que había al lado del retrete y comenzó a secarse con cuidado la cabeza. Observó que en la herida se le había formado una costra y que la sangre que había era culpa de lo húmedo que tenía el pelo.

—¿Qué es este lugar? —preguntó mientras se dirigía a la pared que daba a la celda de su nuevo compañero.

—Un hotel —respondió el otro con humor—. ¿A ti qué te parece?

—Me refiero a... si estamos en el complejo o...

—¿Sabes lo que es el complejo? —le interrumpió, sorprendido—. ¿Quién eres?

En aquel momento, Ray se dio cuenta de que igual no debería haber dado esa información.

—Me llamo... Ray —dijo, al fin.

El silencio que se produjo le incomodó aún más.

—Yo, Carlos. ¿Qué has hecho para acabar aquí, Ray?

—Existir... —murmuró.

—¿Cómo dices?

—Nada. No importa.

De repente, sonó una campana y las puertas de las celdas comenzaron a abrirse solas. Ray, instintivamente, se echó hacia atrás. No sabía si salir o quedarse allí. Tampoco sabía si quería conocer el sitio en el que estaba. ¿Seguiría en el complejo o le habrían enviado a otro lugar mucho más lejano?

—Puedes salir, ¿eh? —dijo Carlos asomándose por el pasillo.

Debía de rondar los veinticinco años; tenía rasgos latinos, tez morena, perilla y la cabeza rapada. Vestía como Ray, pero llevaba la camiseta remangada y dejaba a la vista unos potentes antebrazos y un cuerpo fuerte y atlético.

—Será mejor que te pongas la camiseta antes de que te vea Cranker —le advirtió.

—¿Quién?

En ese instante, un estridente pitido resonó por todo el pasillo y los reclusos, Carlos y dos tipos más, se pegaron a los barrotes de su celda, firmes como soldados. Ray, asustado, se puso la camiseta lo más rápido que pudo y salió para imitar a los otros. Al fondo apareció un hombre de uniforme que comenzó a pasearse entre ellos mientras estudiaba a cada uno de los presos con desagrado. Llevaba un cinturón del que colgaban una porra, un *walkie-talkie* y una pistola. Sus ojos eran azules y estaba prácticamente calvo, a excepción de los laterales. Cuando llegó a Ray, se detuvo.

—¡Stewart! —gritó, e inmediatamente llegó un segundo celador con algo de ropa nueva que dejó sobre el camastro de Ray.

Mientras esto sucedía, el otro no apartó ni un segundo los ojos de Ray, retándole con la mirada a que se atreviera a parpadear siquiera. Cuando el escrutinio terminó y el hombre se alejó de allí, Ray tragó saliva y recuperó el aliento. Un nuevo golpe de silbato anunció que ya podían moverse.

—Ese es Cranker —apuntó Carlos.

Ray entró de nuevo en su celda y se cambió la camiseta.

—¿Y ahora podemos salir tan campantes? —preguntó.

—Hasta que nos ordenen volver, sí —explicó Carlos avanzando por el pasillo—. Somos libres... a excepción de este.

Se habían detenido enfrente de la única celda que permanecía cerrada. Allí, un hombre sentado en el suelo de espaldas a ellos parecía estar meditando en absoluta concentración.

—¿Por qué? ¿Quién es? —preguntó Ray sin dejar de avanzar.

—Es un *lobo*. Pero no uno cualquiera. Se hace llamar Crixo y parece que tiene un buen currículo de muertes a sus espaldas. La última vez que intentó escaparse les arrancó la cabeza a cuatro centinelas.

Ray sintió un escalofrío con solo imaginar la escena. Aún le costaba asimilar la clase de mundo que los humanos, en plena desesperación, habían creado.

Al final del pasillo se toparon con un enorme vestíbulo circular con unas escaleras en forma de caracol que ascendían varias plantas repletas de celdas. A diferencia de ellos, que parecían descansar en un ala aparte, el resto de los presos bajaba en fila de a uno y en silencio desde allí.

—¿Por qué nosotros estamos aislados?

—Porque nos consideran especiales —respondió Carlos, con una risotada irónica—. Todos nosotros hemos hecho algo que ha puesto al gobierno en evidencia.

El guiño de ojo que le dedicó bastó para que Ray comprendiera lo que sucedía.

—Entonces..., sabes quién soy, ¿verdad?

—Sé quién eres, sí. Y me entristece que te hayan capturado. Creía mucho en tu causa.

Ray percibió la sinceridad en sus palabras y, para no estar en desventaja, preguntó:

—¿Y tú por qué eres especial?

—Digamos que yo hacía lo mismo que tú, pero desde aquí dentro.

El chico se detuvo de golpe al escuchar aquello.

—Entonces, ¿seguimos en el complejo?

—Sí, pero somos muy pocos los que sabemos lo que es «el complejo» —explicó el latino, dibujando las comillas en el aire—. Del mismo modo que tampoco tienen ni idea del asunto de los clones, así que mejor no lo menciones.

Aunque el tipo se cuidó de no comentar de dónde había salido o por qué había terminado allí, con lo dicho a Ray le quedó claro que su nuevo amigo podía resultarle muy útil en un futuro cercano.

Llegaron a un comedor amplio, sin ventanas, como el resto de la cárcel, y decenas de mesas repartidas en hileras. Ray observó cómo la gente se había colocado en diferentes grupos: había electros, *lobos* y *cristales*. Todos ellos hombres, lo cual le llevó a preguntarse si habría una estructura similar, pero para mujeres, y si Eden se encontraría en ella.

Carlos le pasó al chico una bandeja de metal en la que ya venía la comida preparada con unos cubiertos de plástico y después eligieron una mesa apartada para sentarse.

—¿Y cómo te han capturado? —preguntó el latino—. La última información que me llegó era que los rebeldes habían tomado el poder ahí arriba.

—Y así es. Seguimos controlándolo. Bueno, siguen. Creo... —añadió Ray, con preocupación, mientras probaba la viscosa gelatina salada que había en uno de los platos—. A mí me capturaron fuera de la Ciudadela.

De pronto, el estallido de una bandeja estampándose contra el suelo hizo que todo el mundo se girara hacia el grupo de presos que había más allá. Cerniéndose sobre ellos como un ave de presa, Cranker los estudiaba con la mirada y una mano en alto tras haber lanzado la bandeja.

—¿Quién de vosotros ha sido? —preguntó el celador.

El silencio que se había hecho en todo el comedor era sepulcral. Ni un solo cubierto tintineaba sobre el metal.

—No me hagáis repetirlo, *cristales*.

Los seis presos a los que Cranker hablaba permanecían callados y con las miradas gachas. Pasaron unos segundos hasta que uno de ellos se atrevió a responder.

—No hemos ro-robado nada, Cranker.

—¿Me estás llamando mentiroso? —preguntó el hombre, enojado—. ¿Acaso te parezco un mentiroso? ¡Mírame cuando te hablo!

—N-no, Cranker, no he querido decir eso —se excusó el *cristal*, aterrado.

El celador se acercó al hombre y le miró fijamente a los ojos; después sonrió y le agarró el brazo para colocárselo sobre la mesa. Antes de que el tipo pudiera reaccionar, Cranker tomó impulso y estrelló su puño contra la mano del *cristal*. Los gritos de la criatura al sentir cómo sus huesos se pulverizaban por el golpe resonaron por toda la cárcel.

—¡¿Quién lo ha robado?! —gritó Cranker.

—¡Basta! ¡Por favor! —suplicó el tipo, llorando desconsolado.

Un segundo puñetazo le fracturó los huesos del antebrazo. Incluso a la distancia en la que se encontraban, Ray fue capaz de escuchar cómo crujían. ¿Es que acaso nadie iba a hacer nada? Por un segundo, el chico sintió el impulso de levantarse, pero con el nuevo grito de Cranker se esfumaron todas sus ínfulas de héroe.

—¡¿Quién lo ha robado?!

—¡No lo sé! ¡¡No lo sé!!

El tercer golpe le fracturó el codo.

—¡¿Quién lo ha...?!

—¡¡YO!! —confesó el *cristal*, entre lágrimas, incapaz de soportar más dolor—. Yo lo he robado. He sido yo.

Cranker, complacido, soltó el brazo del tipo y le acarició la cabeza con una ternura repugnante.

—Sé que no has sido tú —le dijo, y se volvió hacia el chico que tenía enfrente—. Sé que ha sido él.

Faltó tiempo para que Cranker sacara la pistola y le pegara un tiro al segundo *cristal*. El cuerpo del preso cayó al suelo como un saco de arena.

—Sacad el cadáver y llevaos a este a la enfermería —ordenó Cranker a sus hombres. Acto seguido, se subió a la mesa para que todos lo vieran y dijo—: Espero que os haya quedado claro que yo sé absolutamente todo lo que pasa aquí. Si me mentís, sabré que lo estáis haciendo. Así que cuando os pregunte algo, más os vale serme leales u os pasará como a estos.

El hombre paseó la mirada por todo el comedor y se detuvo un instante de más en los ojos de Ray, o eso le pareció a él.

—Que os aproveche la comida.

Cuando el alguacil desapareció del pabellón, la gente volvió a lo suyo y las conversaciones se fueron reanudando poco a poco. A Ray se le había cerrado el estómago con lo que acababa de presenciar.

—Hoy ha sido suave —dijo Carlos, aparentemente poco impresionado.

—¿Bromeas? —contestó Ray, ya con las tripas totalmente revueltas y un temblor en las manos difícil de ocultar.

—El otro día hizo que dos hermanos electros se pelearan con porras eléctricas hasta que uno de los dos muriera —explicó el latino—. ¿Y sabes por qué? Porque el pequeño de ellos se tropezó con Cranker en el pasillo y el otro salió a defenderle.

—Vaya monstruo...

—No te haces una idea...

El resto de la comida se mantuvieron en silencio. En la mente de Ray, el disparo seguía reverberando con la misma intensidad que los gritos de dolor que lo habían precedido. Una vez acabaron, Carlos aprovechó para mostrarle a Ray el resto de las zonas comunes de aquella peculiar cárcel.

Además del comedor, había una zona de baños con duchas que los reclusos podían utilizar a determinadas horas según el grupo en el que estuvieran y también había otra parte del pabellón dedicada al deporte, con máquinas de ejercicios, balones y hasta una pared de escalada. Por último, le llevó hasta las taquillas en las que los electros podían recoger su ración semanal de energía para cargar sus corazones.

No obstante, los reclusos especiales como ellos tenían una serie de restricciones diferentes a las de los demás, como le explicó Carlos. Mientras que los presos normales podían disfrutar de hasta doce horas de «libertad» en las zonas comunes, en su caso solo contaban con seis.

—Prefieren que estemos encerrados y bien vigilados a multiplicar la seguridad solo por nosotros —añadió Carlos con sentido del humor—. Somos como estrellas por aquí.

—¿Y dónde encierran a las mujeres? —preguntó Ray, incapaz de verle la gracia al asunto.

El otro preso alzó la ceja al escuchar la pregunta y permaneció en silencio.

—¿Por qué quieres saberlo?

—Simple curiosidad —respondió él, fingiendo desinterés.

Carlos fue a decir algo, pero un nuevo timbre interrumpió la conversación; sus seis horas de esparcimiento habían concluido. Pero cuando estaban llegando a su celda, el latino se giró hacia Ray y dijo:

—Estás aquí por ella, ¿no?

El chico se quedó lívido. ¿Cuánto sabía aquel tipo de él y de los rebeldes? ¿Cómo era posible?

—Hay un pabellón para mujeres —terminó confesando el tipo—. Y sí, Eden está allí.

—¿Cómo sabes...?

—¡Entrad en vuestras celdas! —gritó Cranker en ese momento.

Carlos se alejó de Ray como si nada, pero Ray aún intentaba asimilar sus últimas palabras. Eden estaba viva. Eden estaba allí. Y Carlos sabía dónde. Las puertas de las celdas se cerraron con un sonoro chasquido y cuando el alguacil apagó las luces y abandonó el pasillo, Ray escuchó de nuevo la voz del preso al otro lado de la pared.

—Puedo ayudarte a rescatarla y salir de aquí —dijo, casi en un susurro—. Pero a cambio tendréis que llevarme a la Ciudadela con vosotros.

7

Dorian no pegó ojo en toda la noche. Se sentía extraño tumbado en aquella cama, sin hacer nada, sin poder comenzar con la misión. No obstante, sabía que debía ser paciente o todo se iría al garete. La misión se basaba en los pequeños detalles, en esperar los momentos oportunos, en hacer incluso el menor número de movimientos posibles. Al más mínimo error, podían descubrirle y entonces también peligraría su vida.

Ansioso, se desarropó y se puso en pie. Caminó sobre la moqueta hasta el ventanal tintado, corrió las cortinas y la luz del sol entró a raudales en la habitación. Desde aquella distancia, nada parecía haber cambiado en las calles. Daba igual si esas gentes que vivían allí se encontraban bajo el yugo del gobierno o de los rebeldes, Dorian consideraba que el único favor que podían hacerles era acabar con sus miserables vidas.

Más de una vez le había tentado la idea de huir. De marcharse bien lejos, a la otra punta del mundo. De comenzar una nueva vida y descubrir si en algún otro lugar del planeta había más supervivientes. Pero ya tendría tiempo para eso. Antes quería aprovechar aquella oportunidad para cobrarse su venganza particular.

Un zumbido suave le sacó de sus cavilaciones. Dorian se giró y se acercó a uno de los cajones donde su clon guardaba la ropa interior. Debajo de los calcetines y *boxers*, había un microtransmisor, no más grande que su dedo meñique, con un destello rojo intermitente.

—Maldita sea... —masculló para sí.

Le habían prometido que no lo llamarían durante el tiempo que durase la misión. ¿Y si no hubiera estado solo? ¿Y si alguien hubiera escuchado la vibración o visto la luz?

Molesto, pero sabiendo que debía cogerlo, mantuvo presionada la parte superior del invento y dijo:

—¿Qué quieres?

Pasaron unos instantes antes de escuchar la voz de Kurtzman desde el diminuto altavoz que llevaba incorporada la máquina.

—¿Situación de la misión?

—Estoy dentro. Mañana iremos a buscar placas solares al norte —añadió, caminando hasta la ventana y dejando que el vaho de las palabras susurradas empañara el cristal—. No os pongáis en contacto conmigo. Es peligroso. Como quedamos, confirmaré que sigo vivo avisándoos cada doce horas o si hay alguna novedad particular. Cambio y corto.

Él no podía desconectar el aparato. La única manera que tenía de evitar que volvieran a llamarle era aplastando la máquina con la suela del zapato, pero necesitaba un modo de mantenerse en contacto con el complejo y, al mismo tiempo, era un salvoconducto por si los rebeldes le descubrían.

Como sabía que le sería imposible dormirse, decidió hacer algo de ejercicio y darse una ducha mientras esperaba a que fueran a buscarlo. Frente al espejo del baño comprobó que los arañazos de Kurtzman tenían mejor aspecto y que las horas de gimnasio durante las pasadas semanas habían dado sus frutos, marcando con claridad el contorno de sus músculos.

Por lo poco que había podido observar a Ray cuando lo atraparon, le dio la sensación de que su clon estaba mucho más escuálido que la última vez que se vieron. Por suerte, dudaba que alguno de los rebeldes lo hubiera visto desnudo en los pasados días o que aquel detalle se notara con la ropa puesta. Mientras se duchaba, estuvo valorando las opciones que tenía para llevar a cabo la misión que le habían impuesto. En cuanto lo lograra, Bloodworth ejecutaría a Ray, como le había prometido, y la única posible amenaza de Dorian en aquel mundo desaparecería.

Él, y solo él, sería la criatura más poderosa por el mero hecho de poder sobrevivir en el exterior.

Pasado un rato, Jake llamó a la puerta de su cuarto para avisarle de que iban a bajar a comer algo antes de ponerse en marcha. Dorian guardó algunas pertenencias de Ray en la desgastada mochila y lo siguió hasta el comedor lleno de gente.

Todos los que viajarían con ellos esa tarde les hicieron un hueco en la mesa para que se sentaran a tomar el repugnante plato de comida que Berta había preparado ese día con un buen vaso de café. Después de semanas degustando la deliciosa comida del complejo, aquel mejunje de carne pasada y suficiente condimento como para ocultar su sabor real le parecía aún más vomitivo. Ni siquiera el café, aguado e insípido para su gusto, facilitaba su ingestión.

Pero sin duda lo más complicado para Dorian era mantener el ritmo de conversación al que le sometían los rebeldes. Cuando no era uno, era otro. Todos tenían algo que comentarle, algo que preguntarle. Jake, Darwin, Aidan. La única que se mantenía en silencio, bebiendo su café con la mirada clavada en el tablero de la mesa, era Kore, que en un momento determinado se levantó a toda prisa y abandonó el comedor sin tan siquiera recoger los cacharros.

Por cómo se dirigían a él los demás, parecía que Ray hubiera estado fuera de combate durante un tiempo, lo que le ofrecía la ventaja justa para poder hacerse el despistado sin llamar la atención. Aun así, con lo poco que le gustaba hablar, Dorian tenía que esforzarse por mantener el nivel de conversación habitual de su clon, y no resultaba fácil. Incluso tuvo que fingir más de una risotada que le sonó demasiado falsa por no haberla previsto con antelación.

Eran tres rebeldes más los que los acompañarían ese día, dos hombres y una mujer. Ella se llamaba Simone, rondaba la treintena y llevaba la cabeza completamente rapada y decorada con varios símbolos tatuados desde la nuca hasta la frente. Durante años había apoyado a los rebeldes desde el interior del gobierno sin llegar a involucrarse en ninguna de las misiones y ocultando su verdadera apariencia con una larga peluca rubia que quemó la noche de la revolución. Cuando se produjo el golpe de poder, Simone actuó por su cuenta y se encargó de que el sistema de energía pudiera repararse después de que los *cristales* lo destruyeran.

Los otros dos tipos eran desconocidos para Dorian, pero al poco de sentarse cazó al vuelo sus nombres: Carlton y Houston. El primero, a pesar de no llegarle a la altura del hombro y de ser muchísimo más delgado, desprendía una ferocidad amenazadora que preocupó a Dorian. El segundo era más alegre y bonachón, si bien más grande y alto, y llevaba colgadas del cinturón y en el interior de la chaqueta varias armas que le hicieron pensar que debía de ser buen tirador. Por cómo se dirigían a él, se notaba que habían coincidido en otras ocasiones, así que Dorian tuvo que hacer el doble de esfuerzo para que no advirtieran que no los conocía de nada.

En un momento del desayuno, Jake se disculpó en voz baja cuando nadie le prestaba atención y se acercó al lugar donde Berta servía la comida. Samara estaba allí, apoyada en la pared, sonriéndole. Dorian observó desde la distancia cómo el chico se acercaba a ella y, durante una fracción de segundo, le sujetaba su mano antes de volver a soltársela y señalar hacia su mesa. Dorian, al sentirse de pronto descubierto, saludó desde su asiento; volvió a clavar la mirada en los posos del café y enseguida se maldijo por ello. Había actuado sin razonar, sin pensar qué habría hecho Ray en su lugar. Probablemente habría sonreído más tiempo, o tal vez habría levantado la mano para decirle hola a la chica.

—Buenos días —escuchó en ese momento, a su espalda, y todos interrumpieron sus conversaciones para saludar a Samara.

Dorian también se giró entonces y se obligó a parecer mucho más encantado de lo que de verdad estaba. Incluso le cedió a la chica su asiento, por si quería sentarse.

—No, gracias —respondió ella, sin moverse del lado de Jake.

Por ella sí que daba la sensación de que hubieran pasado meses en lugar de semanas desde que la rescataron de la Torre. Desprendía una energía que no existía cuando Dorian la retuvo en el Óculo, y el pelo, ya sin el tinte moreno, le brillaba con su rubio natural, tan vivo como el rubor de sus mejillas. Era la única chica por allí que lucía un vestido oscuro de tirantes en lugar de pantalones, aunque se cubría la parte de arriba con una cazadora que le estaba un poco grande.

Jake se aclaró la garganta para que Darwin, que estaba apurando su desayuno, le prestara atención. Los demás comenzaron a recoger las cosas en ese momento y Dorian se entretuvo en su asiento para escuchar lo que el joven tuviera que decir.

—Dar, ¿tienes un minuto?

—Yo sí, pero vosotros ya tenéis que marcharos, Jake —contestó su hermano, dando un trago a su vaso.

—Por eso. Eh..., verás... —y se sentó en el banco delante del jefe rebelde—. Me preguntaba..., nos preguntábamos si..., si podría acompañarnos.

—¿Quién? —preguntó el hombre, frunciendo el ceño.

—Yo —respondió Samara, sentándose junto a Jake.

Darwin miró primero a uno y luego a la otra antes de responder.

—No me parece buena idea, Sam.

—¿Por qué?

—Te necesitamos aquí.

—¿Aquí? —le espetó ella—. Me paso el día ayudando en la cocina o de mensajera fuera de la Torre. ¡Lo más interesante que hago es ver cómo Diésel entrena a los nuevos cadetes mientras les ordeno las porras!

—Cada una de esas labores es fundamental para el mantenimiento de la...

—¿Crees que no soy suficientemente buena para hacer lo mismo que hacéis vosotros? —le interrumpió la chica—. ¿No han valido como prueba los casi tres años que he estado infiltrada con Bloodworth?

Darwin alzó las cejas, con paciencia, y Jake le colocó una mano sobre el brazo para tranquilizarla. Dorian tuvo que reconocer que la chica escondía mucho más genio del que aparentaba a simple vista. Con aquella imagen angelical de niña buena era difícil imaginar todo lo que guardaba dentro. Y aunque prefería estar bien lejos de ella hasta que hubiera tomado control de la situación, debía reconocer que una parte de él la entendía y creía que tenía razones de sobra para estar enfadada.

—Ray, ¿tú qué dices?

Dorian estaba tan distraído que tardó unos instantes en advertir que Samara se había dirigido a él.

—¿Eh? Pues...

—Da igual lo que piense Ray —cortó Darwin—. Aquí soy yo quien dirige las misiones. Y vosotros ya estáis llegando tarde a la vuestra, así que fuera de mi vista —concluyó de mal humor.

La chica trató de añadir algo, pero el hombre se puso en pie y dijo:

—De todos modos, no es solo conmigo con quien deberías mantener esta conversación.

—¿Entonces con quién...? —de pronto pareció comprender lo que sucedía—. Ya..., con Battery. Genial.

Jake le apretó el hombro y ella levantó los ojos para despedirse mientras él y Dorian salían del comedor.

—Vaya asco, tío... —se quejaba el chico, ya en el exterior—. Están ciegos. No se dan cuenta de que Sam es mil veces mejor que nosotros.

—Habla por ti —replicó Dorian, y al instante se acordó de sonreír para que Jake pensara que era una broma. Funcionó—. Cuando quiere, tu hermano puede ser bastante... capullo.

Jake asintió.

—Últimamente está insoportable. Como si los demás no nos esforzáramos lo suficiente. O como si estuviera harto de todo...

—Ya... —dijo Dorian, comprensivo, y tras aclararse la garganta añadió—: Jake, si Darwin no fuera tu hermano, ¿lo elegirías como nuestro líder?

El chico lo miró de hito en hito y por un segundo Dorian creyó que se había pasado de la raya. Pero enseguida comenzó a reír y se tranquilizó.

—«Nuestro líder» —y se carcajeó—. Vaya forma de llamarlo, tío.

—Bueno, ya me entiendes. ¿No te parece a veces que esto le empieza a quedar demasiado... grande?

Jake esperó unos segundos antes de contestar.

—La pregunta que me hago no es esa, sino quién podría estar al mando si no fuera él. ¿Battery, que se pasa el día en cama, bebiendo y lamentándose por todo? ¿Aidan, que no se separa de Kore ni medio minuto? ¿Tú?

Con aquella pregunta, se le quedó mirando y Dorian sintió que se ruborizaba. No debía confiarse, se dijo. Ray nunca se plantearía enfrentarse solo a Darwin y ponerse al frente de los rebeldes. Sin embargo, tampoco debía perder la oportunidad de afianzar aquella posibilidad en la cabeza de Jake.

—Yo... no sé si sería capaz. No me imagino en ese puesto —dijo, sonriendo de soslayo.

Jake se encogió de hombros.

—Ahora mismo me imagino a cualquiera, Ray. Lo que está claro es que las circunstancias han sobrepasado a mi hermano y a pesar de ello se empeña en no dejar que nadie le ayude. Se limita a dar órdenes y... Eh, ¿qué sucede allí delante?

Al girarse, Dorian descubrió a una muchedumbre congregada delante del garaje donde guardaban los vehículos para salir de la Ciudadela. Cuando se acercaron escucharon las quejas:

—¡Estáis gastando nuestros recursos en misiones privadas que no nos explicáis!

—Chapel, déjanos pasar —le advirtió Aidan, adelantándose un paso.

Así que aquel era Chapel, se dijo Dorian. Por fin le ponía cara. Con aquella ropa holgada y blanca tan poco común en la Ciudadela y esas gafas oscuras y redondas parecía una broma que hubiera logrado ganarse la credibilidad de la gente.

—No pensamos dejaros marchar sin que nos digáis dónde

fuisteis el otro día y dónde vais ahora. ¡Queremos poder decidir en qué gastáis nuestros recursos!

—¿Vuestros...? —Carlton, al lado de Aidan, resopló indignado—. Escucha, payaso, ninguno de vosotros va a utilizar esos coches de ahí. ¿Qué os importa adónde vayamos con ellos?

Chapel se llevó las manos a la cabeza, indignado, y se volvió hacia sus seguidores.

—¿Habéis escuchado? Nosotros no podemos disponer de esos recursos pero ellos sí pueden usarlos como les dé la gana. ¿Quién dice que no estén haciendo lo mismo con otros que sí que nos importan? ¿Quién...?

—¡Chapel! —exclamó Dorian en ese momento, y todos se giraron para mirarlo.

—¡Mirad a quién tenemos aquí, al chico prodigio! ¡Al portador del brazalete eterno! ¿Te dignas ahora a mirarnos a la cara?

Dorian se quedó asombrado ante la rabia que destilaban las palabras del tipo. Costaba imaginar a alguien fuera del gobierno que pudiera odiar tanto a Ray. Con todo, no se dejó amedrentar, había tenido una idea.

—¿Quieres ver lo que hacemos con estos recursos? —preguntó, acercándose.

—Ray... —le susurró Kore, pero él la ignoró.

—Pues ven con nosotros. Acompáñanos. No tenemos nada que esconder.

—Tampoco tenemos espacio para un espectador, chico —le dijo Carlton, molesto.

Dorian se volvió para mirarle antes de dirigirse de nuevo a Chapel, que se había quedado en silencio.

—¿Qué dices? ¿Vienes? Pero Carlton tiene razón: no solo mirarás. Nos ayudarás. A nosotros y a esta Ciudadela que tanto dices amar.

El tipo boqueó sin saber muy bien qué responder hasta que un muchacho joven, con la piel cubierta de pecas y pelirrojo, dio un paso al frente.

—Iré yo.

Una mujer mayor salió de entre el público para pedirle que se estuviera callado. Su madre, dedujo Dorian. Pero el chico la ignoró y se acercó a los rebeldes.

—¿Y tú quién eres? —preguntó Kore.

—Theo —contestó él—. Y me fio tan poco de vosotros como Chapel.

En el rostro del agitador se dibujó una sonrisa y sus carrillos empujaron las gafas de sol hacia arriba.

—Él será mis ojos y mis oídos —se envalentonó Chapel, dando una palmada en el aire y abrazando al chico antes de que se uniera a los rebeldes. A continuación se volvió hacia Dorian y los demás—. ¡Os estaremos esperando a vuestra vuelta! Estoy deseando escuchar todas las aventuras que tengas que contarnos, Theo. ¡Buen viaje!

Y con esas palabras, se giró, pasó un brazo sobre los hombros de la madre de Theo y se marchó de allí, llevándose consigo a toda la turba de agitadores como un mesías moderno.

—¿Sabes en qué lío nos has metido? —le preguntó Kore a Dorian, enfurecida, en cuanto entraron en el garaje—. Darwin se va a cabrear cuando se entere.

Dorian lo sabía, por supuesto, pero le daba igual. Para entonces, si todo iba como esperaba, ya sería demasiado tarde.

8

Lo primero que Kore, Aidan y Dorian descubrieron sobre Theodoro fue que nunca cerraba la boca. Le daba igual quedar como un impertinente o un pesado, no tenía mesura y cada pregunta que le respondían originaba otras dos aún más molestas.

—Entonces —decía en aquel momento el pelirrojo—, a ver si lo he entendido bien: ¿nos prometisteis unos brazaletes solares antes de tenerlos siquiera?

Kore volvió a poner los ojos en blanco y comentó sin tan siquiera girarse:

—El gobierno se los llevó cuando huyeron de la Ciudadela. Pero sabemos construirlos, por eso...

—Ya, pero nos *mentisteis* —le interrumpió Theodoro, como era su costumbre, con los dientes apretados y la nariz arrugada como si algo le oliera mal.

—¿Si confesamos que os mentimos cerrarás el pico? —le preguntó Aidan, al volante del vehículo.

—Solo quiero que me digáis la verdad. Eso es todo.

—¡Esa es la verdad, maldita sea! —estalló Kore.

El pelirrojo alzó las cejas, haciéndose el sorprendido, y añadió:

—Bueno, no hace falta ponerse violentos... ¿Tú no tienes nada que añadir, Ray? —preguntó, girando el cuello hacia Dorian.

El aludido negó en silencio. Antes de continuar mirando por la ventanilla, sus ojos se encontraron un instante con los de Kore, pero se limitó a pasar de ello y a disfrutar del paisaje. Sabía que no les había hecho ninguna gracia que tomara la decisión de invitar a aquel tipo con ínfulas de periodista de investigación sin haberlo consultado antes, pero contaba con eso. Había improvisado sobre la marcha y en realidad no sabía adónde le llevaría su iniciativa, pero por el momento estaba disfrutando de lo lindo viéndolos a todos tan desesperados.

Llegaron a la fábrica mucho más tarde de lo previsto, tras haber tenido que parar varias veces para que Theodoro hiciera sus necesidades después de que se hubiera acabado una de las cantimploras que llevaban por si la misión se complicaba.

Atravesaron una verja rota y siguieron avanzando hasta una estructura de ladrillos con los ventanales hechos pedazos y las puertas reventadas. Parecía que eran los primeros en acercarse a aquel lugar en muchos años. En cuanto el *jeep* se detuvo, Kore se bajó y se dirigió al maletero para abrirlo y seleccionar un par de pistolas. Al pasar junto a Jake y Simone, que habían viajado en el otro vehículo con Carlton y Houston, masculló:

—Alejadlo de mí o no prometo que vaya a salir vivo de esta...

La mujer del tatuaje en la cabeza soltó una risa gutural y cargó sobre su hombro una de las ametralladoras.

—Más te vale que no le pase nada o Chapel nos echará encima a todo su ejército de quejicas —añadió, divertida.

—Bueno, ¿y ahora qué? —preguntó Theodoro a nadie en particular, mientras se estiraba.

—Ahora toca buscar —contestó Houston.

—Ya veo... ¿Por dónde?

—Por todas partes —respondió de nuevo el grandullón.

El pelirrojo frunció el ceño.

—O sea, ¿que en realidad no sabéis *seguro* si hay placas solares ahí dentro?

Kore no lo soportó más. De dos zancadas se colocó frente a él y lo agarró del cuello para empujarlo de espaldas contra el capó del *jeep*.

—No —le dijo, con los ojos llameando de rabia—. No estamos *seguros* de si habrá placas ahí dentro. Pero lo que sí te puedo prometer es que como no te calles vas a desear haberte quedado en la Ciudadela.

El pelirrojo pareció atemorizado durante los primeros segundos, pero después recuperó la confianza y dijo con la voz tomada:

—Vas a necesitar algo más que amenazas para evitar que todo el mundo sepa la verdad sobre esto.

Bastó escuchar aquello para que Kore alzara el puño dispuesta a golpearle, pero Aidan llegó a tiempo de detenerla y la obligó a que se relajara. Simone tenía razón: lo último que necesitaban era darles más motivos a Chapel y a los suyos para que desconfiaran.

—Pongámonos en marcha —ordenó Aidan, liderando junto a Jake.

Dorian se mantuvo a la cola del grupo, en silencio. Mientras caminaban hacia las escaleras de la puerta principal de la fábrica creyó advertir una sombra en una de las ventanas superiores. Pero antes de que pudiera descubrir qué era, esta se esfumó.

Pensó que Ray, en su lugar, ya se habría puesto a hablar. Su clon siempre intentaba enfrentarse a situaciones como aquella con una verborrea que Dorian no soportaba. Aun así, por el bien de su misión, dijo:

—Este sitio me da mala espina...

—No debería —le respondió Houston—. Dudo que haya nadie ni nada que viva en varios kilómetros a la redonda. Estamos en pleno desierto.

Entraron en el edificio y descubrieron que estaba en peores condiciones que el exterior. Quizás no hubiera entrado nadie en los últimos años, pero sin duda hubo un tiempo en el que alguien o algo se había refugiado allí. Entre los escombros y las cintas mecánicas que alguna vez habían transportado lo que fuera que construyeran en aquella factoría, había bidones negros repletos de cenizas.

—Aprovechemos antes de que nos quedemos sin luz —dijo Aidan—. Kore y yo iremos al piso de arriba a ver si encontramos alguna escalera que nos lleve a los tejados. Ray, Jake, revisad el exterior. Houston y Carlton, bajad al sótano. Es probable que guardaran placas de repuesto en alguna parte. Si alguien encuentra algo, que avise.

Theodoro se aclaró la garganta y preguntó:

—¿Y qué pasa conmigo?

Todos pusieron los ojos en blanco.

—Tú con nosotros al sótano —respondió Carlton.

Si bien aquella opción no le hizo ninguna gracia al pelirrojo, se guardó de comentarlo.

Jake le hizo un gesto en ese momento a Dorian y juntos se perdieron por la parte trasera de aquella planta. La salida de emergencia que utilizaron estaba tan oxidada que tuvieron que empujar ambos a la vez para conseguir abrirla. Fuera había un enorme tanque de agua y un generador que debía de alimentar a toda la fábrica. Cuando Jake se acercó, confirmó que, por las estructuras vacías que se conectaban a él, alguna vez había habido placas solares allí.

—Alguien se nos ha adelantado —dijo.

Aun así, rodearon todo el edificio, comprobando que no hubiera ninguna entre la maleza, y regresaron a la escalinata principal.

—Nada —dijo Jake.

—Nada —corroboró Dorian.

Regresaron al interior para buscar el almacén por si había otras placas de reserva, pero fue en vano. Carlton y Houston aparecieron entonces por la puerta que daba al sótano con una enorme placa solar que cargaban entre los dos mientras Theodoro los seguía con cara de mal humor, como si no le hiciera ninguna gracia tener que reconocer que algo hubiera salido bien.

—¿No ha habido suerte? —preguntó el rebelde a los chicos.

Jake iba a responder que no cuando escucharon un grito proveniente del piso de arriba.

—Kore —dijo el chico, antes de echar a correr por las escaleras con Dorian detrás.

Carlton y Houston dejaron la placa apoyada con cuidado contra la pared antes de imitarlos.

—¡No me dejéis solo! —exclamó Theodoro, y a pesar de la negativa de Houston, los siguió.

La planta de arriba se encontraba aún más destartalada que la de abajo. Había varias estancias separadas por paredes y con las puertas arrancadas de los goznes.

—¡Kore, Aidan! —llamó Jake.

Esta vez fue un grito de hombre lo que les indicó el camino. Dejaron atrás montañas de cartones apilados y atravesaron un pasillo enorme hasta una sala llena de cajas vacías.

Un tipo con las ropas ajadas, barbudo y con los pies descalzos, sujetaba a Kore entre sus brazos, con un trozo de cristal sobre su cuello y la amenaza brillando en sus ojos. Junto a él, había tres tipos más, uno de ellos con un traje hecho jirones, otro con el pecho al descubierto y el tercero, con una sudadera con la cremallera arrancada, relamiéndose con una sonrisa.

Carlton y Houston fueron a sacar sus armas cuando llegaron junto a Aidan, pero el tipo se parapetó detrás de la chica y dijo:

—¡Quedaos donde estáis o le abro la garganta!

Dorian comprendió enseguida que se trataba de *lobos*.

—¿Qué queréis? —preguntó Carlton.

—Comida. Dadnos todo lo que llevéis encima.

—O si no, podemos empezar con este tentempié —añadió el que iba sin camiseta, con una risotada que más pareció un ladrido.

El de la sudadera asintió y fue a morder la pierna de Kore cuando la chica le golpeó con la bota y lo apartó. El tipo rugió enfurecido, pero el que retenía a la rebelde lo calló con una mirada.

Entre tanto, el cuarto *lobo* guardaba silencio con los ojos clavados en Dorian. Sus ropas formales, a pesar de los rasguños, y la manera en la que los estudiaba mostraban que se trataba del líder de la manada. El chico, incómodo por el escrutinio, bajó la mirada.

—No tenemos nada —les aseguró Aidan—. Dejad que nos marchemos y no os haremos daño.

—¿Que no nos...? —el *lobo* que sujetaba a Kore soltó una carcajada que acabó en un gruñido—. ¡Soltad las armas o la degüello aquí mismo!

Los rebeldes se miraron entre sí antes de obedecer. Uno a uno fueron dejando las armas en el suelo y después las empujaron con los pies para acercárselas a los *lobos*.

En cuanto estuvieron a su alcance, dos de ellos se abalanzaron sobre ellas como orangutanes con un nuevo juguete y las atrajeron hacia sí, sin levantarlas. El del chándal se acercó a olisquearlas y un hilo de baba se escurrió desde su boca hasta la metralleta. El del traje arrugado, sin embargo, se mantuvo quieto.

—Soltadla —exigió Aidan.

Kore intentaba mantener la calma, aunque en sus ojos se advertía el miedo.

—¿Qué hacéis aquí?

La voz del cuarto *lobo* tenía un tono grave y cantarín, como si recitara las frases.

—Buscamos placas solares —respondió Jake.

—¿Para qué?

—¡Soltadla ahora mismo! —exclamó Aidan, dando un paso al frente.

Un diminuto reguero de sangre que dejó el trozo de cristal al penetrar levemente en la piel de Kore le obligó a detenerse. Antes de que la gota se escurriera hasta el suelo, el *lobo* relamió la sangre del vidrio y sonrió. Dorian tuvo que contenerse para no reflejar en su rostro la repugnancia que sentía.

—¿Para qué queréis las placas? —repitió el jefe de la manada en su peculiar tono.

—Necesitamos... energía.

Todos, incluidos los rebeldes, se volvieron para mirar a Theodoro, que había sido quien había respondido.

—Necesitamos nuevas fuentes de energía —rectificó Aidan recuperando la atención sobre él.

Los *lobos* se miraron entre sí, incrédulos.

—¿Os estáis... muriendo? —preguntó el de la sudadera, divertido.

—Entonces los rumores son ciertos: os estáis quedando sin energía —añadió el líder y soltó una carcajada.

Al escuchar aquello, los otros tres *lobos* comenzaron a reírse con él.

—¡La Ciudadela será nuestra! —exclamó el tipo del cristal.

Kore aprovechó aquel instante de distracción para golpear con el pie al *lobo* que la tenía sujeta y lanzarse al suelo en cuanto la liberó. El cristal le rozó la cabellera, pero con una rápida voltereta se colocó junto a los rebeldes y empujó por el suelo las armas que acababan de soltar.

El *lobo* descamisado fue el primero en reaccionar, pero antes de que pudiera abalanzarse sobre la chica, Simone apretó el gatillo. El disparo resonó por toda la fábrica. El *lobo* cayó al suelo con la sangre borboteando de su boca.

—¡No disparéis! —gritó Aidan—. Ahora vais a iros por donde habéis venido si no queréis acabar como vuestro amigo.

—¡¿Te has vuelto loco?! —intervino Theodoro—. Acabad con ellos o vendrán más. ¡Nos seguirán hasta la Ciudadela!

Los *lobos* guardaron silencio, sin dejar de gruñir.

—¡Disparadles de una maldita vez! ¡Nos...! —antes de que pudiera acabar la frase, Carlton lo golpeó con la culata de su pistola en la nariz y lo tiró al suelo.

—¡Mi nariz! —estalló el chico—. ¡Me la has roto!

Los rebeldes lo ignoraron y siguieron apuntando a los *lobos*. El disparo había callado sus risas y sus bromas y había introducido el miedo en ellos. Únicamente el jefe permanecía sereno.

—No habéis encontrado todas las placas que esperabais, ¿verdad? —dijo.

—¿Dónde las tenéis? —preguntó Kore.

El líder guardó silencio, como si estuviera intentando ganar tiempo con el único as que le quedaba.

—Hace diez noches pasamos por un pueblo abandonado, a unos cuantos kilómetros hacia el sur.

—¿Con un centro comercial? —intervino Jake, recordando los archivos del gobierno que estudió con Darwin.

Los otros dos *lobos* que permanecían callados asintieron.

—¿Y cómo sabéis que hay placas? ¿Las habéis visto?—insistió Carlton.

—Las hemos visto —afirmó el líder.

—Nos estáis mintiendo —dijo Simone, sin dejar de apuntar.

—Os juramos que es verdad —se defendió uno de los otros, desesperado.

—Estamos de vuestra parte —añadió el líder con una leve reverencia—. ¿Verdad que sí, chico?

Los rebeldes siguieron el dedo acusador del *lobo* que apuntaba directamente a Dorian. Todos se quedaron callados, sin comprender, y él tuvo que hacer un esfuerzo para no decir algo que pudiera descubrir su secreto.

—Eres... Ray —dijo, tras pensarlo unos segundos—. Me recuerdas, ¿no? En el laberinto de arena. Estabas con tu amiga. Nos persiguieron esos *cristales*... Os salvé la vida.

—¿De qué está hablando? —le preguntó Kore.

—Hueles distinto... pero eres tú. Mi memoria... —añadió mientras se golpeaba la cabeza con el dedo—, mi memoria nunca falla. Te salvé la vida. Teníamos un pacto.

—¿Ray? —se impacientó Carlton.

—Es cierto —concluyó Dorian, procurando que nadie advirtiera su desconcierto mientras intentaba recordar, sin demasiado éxito, los detalles de aquella historia que Ray le había contado en el pasado—. Nos salvó a Eden y a mí.

El *lobo* asintió para corroborarlo.

—Pero no es de fiar —añadió Ray—. Intentó aniquilarnos.

—¿Cómo...? —el *lobo* frunció el ceño, sin comprender—. Eso es mentira...

—Nos llevó a un callejón sin salida y llamó al resto de su manada. Podríamos haber muerto allí de no haber sido porque..., porque nos encontramos con Ferguson y los demás rebeldes —concluyó.

—¡Mentiroso! —exclamó el *lobo* con una mirada cargada de odio—. ¡Eso no es verdad!

—¡Sí que lo es! —exclamó Dorian—. Dejadlos vivos y lo lamentaremos. Son *lobos*. Están hambrientos y son unos traidores.

Y como vio que nadie le hacía caso, él mismo levantó el arma que llevaba para disparar al salvaje. Pero antes de que llegara a apretar el gatillo, Aidan lo apartó de un golpe. El proyectil atravesó el hombro del *lobo* que llevaba la sudadera abierta. Durante unos segundos, se hizo el silencio, pero al instante siguiente el salvaje estiró el cuello y soltó un grito de guerra.

Todo ocurrió en cuestión de segundos. Los *lobos* se abalanzaron sobre ellos con una furia desmedida y apenas tuvieron tiempo de alzar sus armas y disparar. La velocidad a la que se movían y la destreza con la que esquivaban las balas eran sobrehumanas, pero al final, los proyectiles lograron su cometido y uno a uno los *lobos* fueron cayendo al suelo entre gemidos de dolor. Cuando la ráfaga de disparos se detuvo, encontraron tres cuerpos ensangrentados.

—¿Y el otro? —preguntó Jake, sofocado.

Nadie contestó. Dorian desvió la mirada hacia el ventanal roto que había unos metros más allá y comprendió que el *lobo* que aseguraba conocerle había escapado en mitad de la refriega.

9

Eden seguía viva, podía rescatarla. Aún había una posibilidad que Carlos conocía. Ray intentó convencer al recluso para que le contara su plan, pero este se negó hasta que volvieran a salir de las celdas.

—Nunca sabes quién puede estar escuchando —había dicho.

Así que a Ray no le quedó otra opción que esperar e intentar controlar aquella tormenta de emociones que le impedía descansar. Sin embargo, los minutos parecían estirarse allí dentro, en la penumbra de su celda y al final terminó sucumbiendo al sueño.

Se despertó alertado por los jadeos que provenían de la celda de al lado.

—¿Estás bien, Carlos? ¿Qué haces? —preguntó el chico, incorporándose en su jergón.

—Flexiones.

Su voz salió con esfuerzo antes de seguir contando en voz baja. Cuando llegó a las ochenta, sentenció con un último jadeo que había terminado la primera serie.

—Deberías hacer lo mismo —le recomendó Carlos, mientras recuperaba el aliento—. Estamos encerrados dieciocho horas aquí dentro y el cuerpo se te acabará oxidando.

—Ya... Quizás mañana —comentó Ray con pereza—. Tampoco espero pasar mucho tiempo aquí. ¿Cuánto queda para que nos dejen salir otra vez?

—Poco.

—¿Ya han pasado dieciocho horas? —preguntó Ray, incapaz de creerse que hubiera dormido tanto tiempo—. ¿Cómo consigues llevar la cuenta con tanta precisión?

—Al principio, durante las horas libres, me fijaba en los relojes de los guardias. Con los días, mi cabeza aprendió a llevar el tiempo sola. Ahora las manillas están en mi cerebro.

Dicho aquello, el tipo comenzó de nuevo con sus ejercicios y Ray lo dejó tranquilo. Su compañero tenía razón, debía obligarse a hacer algo para mantener cierta resistencia física, pero en ese momento solo quería descansar y dejar que su mente asimilara todo aquello.

Tal y como Carlos había augurado, unos minutos después sonó la sirena y las puertas de las celdas se abrieron automáticamente. Cranker esperaba al final del pasillo antes de que ninguno pusiera un pie fuera. Un segundo bocinazo les ofreció vía libre.

Hambrientos, Carlos y Ray se dirigieron al comedor a llenar sus estómagos y charlar. El ambiente no era muy distinto al del día anterior, exceptuando el hecho de que a aquella hora aún no había mucha gente por allí. Cada uno tomó una bandeja con una papilla de color amarillento y eligieron una mesa alejada del resto. Mientras Ray aguardaba a que el tipo empezara a hablar, Carlos comenzó a devorar su comida con una saña salvaje y en no más de tres cucharadas acabó con el contenido de su bandeja.

—¿Y bien? —preguntó Ray, impaciente.

Carlos se limpió la comisura de los labios con la servilleta de papel, dio un trago al vaso de agua que se había servido y comprobó que nadie les estuviera prestando atención.

—Vale, imagínate que esto es el complejo —dijo, mientras ponía boca abajo el vaso de plástico que acaba de vaciar—. Nosotros estamos en la base, encima de nosotros se encuentran los laboratorios y sobre ellos, el resto de...

—Estancias con oficinas gubernamentales y viviendas, sí —le apremió el chico—. Me conozco la estructura general de este lugar.

—Mejor. La cárcel está dividida en dos pabellones: el de mujeres y el de hombres. Uno está a la izquierda y otro a la derecha. Estos dos pabellones son totalmente independientes y la única forma de acceder a ellos es desde la planta superior.

—¿Entonces? ¿Cómo vamos a llegar a...?

—¿Me quieres dejar terminar? —protestó Carlos y Ray se reclinó en su silla—. Como iba diciendo, estos pabellones son totalmente independientes entre sí salvo por una cosa: el conducto de ventilación.

—O sea que si nos colamos en el sistema de aire, ¿podríamos llegar hasta Eden? —Carlos asintió—. Genial, pan comido. Ya lo he hecho antes para llegar hasta aquí.

El latino se rio entre dientes.

—No tan rápido, valiente. La única forma de acceder a los conductos de ventilación es desde las duchas o bien desde una única celda: la de nuestro amigo el *lobo* alfa. Y, dado que es imposible ir a las duchas sin vigilancia alguna, nuestro plan se reduce a entrar por esa celda.

Las esperanzas de Ray se redujeron súbitamente al recordar el aspecto del tipo que habían encerrado en aquel pasillo con ellos.

—Suponiendo que el *lobo* nos dejara escapar por su celda sin matarnos, ¿cómo vamos a entrar en ella? ¿No estaba cerrada?

Carlos sonrió.

—No tendremos acceso directo a la ventilación, pero sí a otros conductos.

Ray comprendió enseguida que su compañero se refería al alcantarillado.

—¡¿Estás de broma?! ¿Cómo vamos a meternos por el retrete? ¡Es enano!

—Baja la voz, ¿quieres? —le advirtió antes de añadir en un susurro—: Dentro de seis horas mira lo que hay detrás del cagadero y luego ya hablamos. Me voy a las duchas, que va a empezar nuestro turno. Y tú no tardes mucho si no quieres quedarte sin tu baño.

Carlos se levantó con su bandeja y se marchó del comedor. En cuanto se quedó solo, las dudas comenzaron a asediar a Ray. Incluso si lograban internarse en los conductos, ¿sabía Carlos la celda exacta en la que se encontraba Eden? ¿Y qué harían con el *lobo* cuando llegaran a su celda? ¿Matarle? ¿Y si todo era una trampa y Carlos solo estaba burlándose de él? Más aún, ¿y si era un enviado del gobierno? Cada nueva posibilidad le desanimaba un poco más, pero la esperanza de rescatar a Eden seguía pesando más.

De repente, a sus espaldas, escuchó unos gritos. Cuando se giró, se encontró con un grupo de *lobos* a punto de enzarzarse en una pelea con varios electros.

—¿A quién has llamado eso, electro? —preguntó uno de los salvajes de pelo largo y voz grave.

—A tu novia —contestó el otro, señalando al *lobo* que había detrás; era dos veces más delgado que su contrincante, pero desprendía una calma pasmosa—. Y deberías relajarte un poco. Tanto estrés podría acabar contigo.

La bestia agarró entonces una bandeja y la alzó sobre su cabeza, dispuesto a tirársela al tipo.

—No me tientes... —le advirtió entre dientes.

Los guardias, que seguían la discusión con atención, se mantenían al margen comentándola entre risas. ¿Qué les pasaba? ¿Por qué no hacían algo? Una pelea entre *lobos* y electros no podía acabar bien.

—Sois unas bestias salvajes, ni siquiera sé por qué estáis encerrados aquí con nosotros. Deberíais estar en... ¡una perrera! —exclamó el electro, provocando las carcajadas de su grupo.

Debía de estar loco, supuso Ray. Nadie en su sano juicio se dedicaría a provocar a un tipo como aquel sin ninguna razón. ¿Acaso no se daban cuenta de que esas peleas a los únicos que hacían más fuertes eran a los que los habían apresado allí; que cada enfrentamiento los debilitaba? Ray no aguantó más. Antes de que su razón le impidiera hacerlo, se levantó corriendo y se interpuso entre el *lobo* y el electro.

—Ya vale —dijo el chico.

Las decenas de ojos que había en el comedor se posaron sobre Ray.

—¿De verdad quieres meterte en una pelea con un *lobo*? —se encaró con el electro—. Porque tú y los tuyos tenéis todas las de perder, aun con los tranquilizantes que llevan encima.

A continuación, se dirigió al *lobo* que sostenía la bandeja y añadió:

—Y vosotros... Os fastidia que os llamen salvajes y bestias. Pero, ¿no estarías demostrándoles precisamente eso si entrarais al trapo? Mira, sé que sois fuertes. Muy fuertes. ¡Todos lo sabemos! Pero enfrentaros a ellos solo empeorará las cosas.

—¿Quién eres? —preguntó el *lobo*, con el ceño fruncido.

—Me llamo Ray y...

—Y eres de los raritos, ¿no? —intervino el electro con una sonrisa macabra—. De los que estáis encerrados todo el día. Lárgate y déjanos en paz.

No tenía ni idea de los motivos por los que esa gente estaba encerrada allí, pero por la cara de psicópata que tenía aquel electro cabía suponer que, al menos en su caso, se lo merecía. De todos modos, tenía razón: sería mejor que no llamara la atención y evitara así tener que hablar sobre su auténtica naturaleza.

Obedeció al electro y se alejó de allí, pero ya era tarde: todo el mundo, incluyendo a los guardias a los que les había fastidiado el espectáculo, mantuvo sus ojos puestos en él hasta que abandonó el comedor.

Sin muchas más opciones, recogió de su celda la toalla que le habían proporcionado y se dirigió a los baños. Cuando llegó, se encontró con un guardia que custodiaba el paso.

—Eres el único que falta de tu grupo. No tardes mucho —le dijo el hombre, mientras comprobaba que no llevaba consigo más que la muda limpia y la toalla.

Carlos estaba terminando de vestirse cuando Ray entró en los vestuarios.

—¿Se te han atragantado las judías? —le preguntó el otro.

—¿Judías? ¿*Eso* eran judías? —contestó él—. No, me he entretenido a la vuelta. Nada importante. Oye, ¿cómo vamos a...?

Antes de que pudiera terminar la frase, Carlos le tapó la boca.

—Aquí no. Cuando termines, te estaré esperando en la zona de las canchas.

Después, agarró su toalla y se fue.

—¡Y no tardes! —le advirtió.

Ray se desnudó y se dirigió a las duchas. Por suerte, aunque eran colectivas, las tenía solo para él, cosa que le tranquilizaba profundamente. El chico se colocó bajo el grifo, tanteó en la pared los surtidores de jabón y dejó que el agua lo empapara entero; tenía una temperatura agradable.

En momentos como aquel, Ray se dio cuenta de lo mucho que añoraba la Ciudadela. Con el tiempo había aprendido a apreciar todas las incomodidades de aquel lugar, y aunque con cierto recelo aún, una parte de él había llegado a aceptar la inmensa ciudad amurallada de Las Vegas como su hogar.

¿Cuánto tardarían sus amigos en darse cuenta de que se encontraba allí? ¿De que Dorian estaba haciéndose pasar por él? ¿De que los necesitaba? Quizás nunca lo llegaran a saber, y entonces solo el plan de Carlos podría devolverle al exterior...

Estaba terminando de enjabonarse, disfrutando del masaje del agua sobre su nuca cuando de pronto el grifo se interrumpió. Inesperadamente, el chorro que antes salía a presión se había convertido en un mísero goteo sin que él hubiera tocado nada. Ray intentó girar la manecilla para dejar entrar agua, pero no sirvió de nada.

Un ruido a sus espaldas hizo que se girara. A unos metros de él se encontraba Cranker apuntándole con una manguera parecida a la que solían utilizar los bomberos para apagar un incendio. La macabra sonrisa que asomó en la comisura de sus labios delató las intenciones del alguacil.

Cuando Ray trató de salir corriendo, un potente chorro de agua helada lo empotró contra la pared. La presión contra su estómago le impedía respirar y sentía cada gota de agua como si fueran alfileres clavándosele en la piel. Ray intentó escapar, pero se escurrió y cayó de morros sobre las baldosas. Ahora el chorro apuntaba directamente a su cabeza, que rebotaba contra el suelo de manera incontrolada. El agua se le metía por las orejas, la nariz y la boca. No podía respirar. No podía abrir los ojos, ni suplicar clemencia. Probó a detenerlo con la mano, pero el picor que sintió en la palma le obligó a apartarla y arrastrarse hasta ponerse de espaldas para recuperar el aliento. Al cabo de unos minutos, Cranker detuvo el chorro helado y se acercó a él para acuclillarse a su lado y decirle en voz baja:

—Recuerda quién es el que pone orden aquí.

Después le dio una palmada en la espalda y se alejó de allí.

Ray no tuvo fuerzas ni para contestarle. Entre toses, fue expulsando toda el agua que había tragado y se quedó allí tirado sin sentir ninguna de sus extremidades, con el labio superior empapado en sangre. Al cabo de unos segundos, la espalda comenzó a dolerle e imaginó los cardenales que le saldrían.

Intentó ponerse en pie, pero volvió a resbalarse y a chocar contra el suelo, incapaz de mantener siquiera el equilibrio. Tiritando, se giró y esperó unos minutos para recuperar las fuerzas.

—¡Ray!

La voz de Carlos la escuchó lejana, pero enseguida sintió los brazos de su compañero levantándole.

—Vamos... —le dijo, mientras le acompañaba hasta los vestuarios.

Allí, el latino lo envolvió en un par de toallas para que entrara en calor y después estudió su rostro.

—Veo que no te ha sentado muy bien la ducha —dijo, con una sonrisa de preocupación—. ¿Qué demonios has hecho para llamar la atención de ese animal?

—Detuve... una pelea entre *lobos* y electros.

—Aquí no puedes ir de héroe, chaval —le advirtió, mientras le daba otra toalla—. Frótate el pecho antes de que te dé un paro cardíaco, anda.

A medida que sus músculos recobraban la temperatura, Ray notó más claramente los golpes que se había dado contra el grifo y el suelo.

—Tenemos... —dijo Ray susurrando—, tenemos que salir de aquí.

Carlos se sentó a su lado y permaneció en silencio. Ray lo miró con desesperación.

—Haré lo que haga falta, pero no puedo seguir aquí por más tiempo. Ni Eden tampoco.

—Pues si quieres salir de aquí tienes que dejar de llamar la atención.

Tras decir eso, se puso de cuclillas enfrente de Ray y comenzó a limpiarle el labio.

—¿Qué haces? —preguntó Ray, sorprendido.

—Ocultarme de la cámara —contestó Carlos mientras le ponía a Ray en la mano un objeto—. Utilízalo para abrir la reja que está detrás del lavabo y quitar el retrete de la pared. Nos iremos de aquí en veinticuatro horas.

Con aquella frase, Carlos salió de los vestuarios y dejó a Ray solo de nuevo. El chico, tras cubrirse con las toallas y ocultarse de las cámaras, abrió la mano para descubrir que su llave a la libertad era, en realidad, una sencilla cuchara oxidada.

10

Tal y como les había dicho el *lobo*, encontraron el centro comercial a varios kilómetros de la fábrica en donde habían dejado los cuerpos pudriéndose. Durante aquel trayecto, nadie habló; ni siquiera Theodoro, que se mantuvo impávido, con un pañuelo empapado de sangre en la nariz y la mirada puesta en el cristal.

Por suerte, nadie le había echado en cara su ataque, ni siquiera Aidan. Cuando regresaron a los coches, Dorian les aseguró que habría jurado que el *lobo* estaba a punto de abalanzarse sobre él y que por eso había actuado. Solo esperaba que aquellos asesinatos a sangre fría por parte de los rebeldes no quedaran impunes y que los *lobos* buscaran la venganza que tanto les convendría al gobierno del complejo... y a él.

Cuando llegaron al aparcamiento del centro comercial y se bajaron, Jake lanzó un silbido de admiración y dijo:

—Este lugar es enorme... Tardaremos horas en revisarlo entero.

—Me preocupa más lo que pueda esconderse ahí dentro

—replicó Aidan—. Preparad vuestras armas y una linterna. Anochecerá pronto.

Se repartieron las pistolas y los aturdidores, además de las pocas bolas de luz que habían sobrado del intento de rescate a Eden, y Kore le entregó a Dorian el Detonador.

—¡Eh! ¿Y yo qué? —se quejó Theodoro—. ¿Tengo que entrar ahí sin protección?

—Nosotros te protegeremos —le dijo Aidan, enfundando el par de pistolas que había cogido del maletero.

—Seguro... —masculló el tipo, acariciándose la nariz.

—La otra opción es que esperes en el coche —añadió Carlton—. Tú eliges.

El pelirrojo masculló algo, enfadado, pero terminó cediendo. Aidan comenzó a organizar los grupos en los que se dividirían para peinar el edificio tanto por dentro como por fuera. Pero cuando iban a ponerse en marcha, Kore llamó a Dorian.

—Ray, ¿puedo hablar contigo un momento?

—¿Sucede algo? —le preguntó Aidan.

—Nada, nada. Id yendo. Ahora os alcanzamos.

Dorian asintió y compuso una sonrisa a pesar de su extrañeza.

—¿Qué necesitas? —le preguntó a Kore cuando estuvieron solos.

La chica se encogió de hombros y se acercó a la parte trasera del coche.

—Quería preguntarte... ¿qué fue lo que viste realmente en el complejo cuando entraste? A mí puedes decirme la verdad... ¿Eden... está bien?

El chico respiró tranquilo y asintió al ver que solo estaba preocupada por su amiga.

—A ver, estaba encerrada, pero parecía que la estaban cuidando. No hay por qué alarmarse.

—Ya... Al menos por el momento, ¿no? —añadió la bailarina, levantando la mirada.

—Eh... Claro, claro —dijo él—. ¿Nos ponemos en marcha?

—Espera, si quieres te ayudo a colocarte el Detonador, que lo llevas algo girado.

—Ah..., sí, gracias —contestó el chico, mientras alzaba el brazo—. La verdad es que me he liado con...

¡ZUMB!

El golpe en la barbilla le hizo trastabillar hacia atrás y caer contra el *jeep*. Antes de que pudiera levantarse, Kore se acercó a él con intención de volver a golpearle.

—¿¡Qué haces!? —exclamó Dorian, sintiendo cómo la sangre empezaba a manar de su nariz—. ¿Te has vuelto loca?

—Tú no eres Ray —le dijo Kore, con una seguridad que heló la sangre del chico—. ¿Dónde está? ¿Qué has hecho con él?

El clon mantuvo el gesto de sorpresa unos segundos más antes de sonreír.

—No te conviene enfadarme, Kore... —hizo un ademán de meterse la mano en el bolsillo del pantalón, pero ella le soltó una patada y le golpeó en el brazo.

—¡Estate quieto! —le advirtió—. Debería pegarte un tiro ahora mismo.

—Hazlo y matarás a Eden y a Ray —dijo, en un susurro—. Mete la mano en mi bolsillo si no te fías de mí y saca lo que quería mostrarte.

Reluctante, Kore se agachó sin dejar de apuntar a Dorian con el arma e hizo lo que le decía el chico. Allí encontró el extraño artilugio que le habían entregado en el complejo.

—Es un transmisor —explicó antes de que Kore preguntara—. Si el complejo no recibe noticias mías cada doce horas, Eden y Ray serán ejecutados. Y créeme que me encantaría no dar señales de vida para que sucediera... Así que más te vale que bajes el arma y no digas más de la cuenta.

—Debería volarte los sesos y correr el riesgo.

—Podrías, pero entonces estarías matando también a tus amigos.

Lo dijo con toda la confianza que fue capaz de reunir, aunque una parte de él temía que el complejo lo traicionara, que Kore no le creyese, le pegara un tiro allí mismo y que nadie castigara a Eden y a Ray.

—Tú decides... —insistió.

—¿Qué haces aquí?

Dorian se encogió de hombros y se secó con la manga la sangre de la nariz.

—¿Tú qué crees? —preguntó él.

Por respuesta, Kore volvió a intentar golpearle con la culata del arma, pero esta vez el chico le agarró la mano con el brazo que tenía libre y con el Detonador le apuntó al pecho. Podría matarla allí mismo. Un solo movimiento y saltaría por los aires. Sin embargo, no le interesaba. Le expondría completamente ante los demás y no solucionaría nada. Era mejor aprovechar aquella ventaja y dejarle claro quién tenía el control sobre la situación.

—Verás, Kore, tienes dos opciones —dijo Dorian—. La primera de ellas es que olvidemos todo esto y actuemos como si nada. La segunda es que les digas a estos quién soy en realidad y sacrifiques la vida de tus amigos y del resto de tus compañeros. Ah, y me encargaré personalmente de que veas cómo me cargo a Aidan para demostrarte toda la imaginación que tengo.

—Tus amenazas no me dan miedo —le advirtió Kore.

—Pues deberían porque no estoy solo en esto. ¿O acaso te crees que el complejo iba a dejármelo todo a mí? Piénsalo. ¿Cómo te crees que dimos el cambiazo? Hay espías infiltrados en la Ciudadela.

La cara de Kore iba cambiando por momentos al comprender la gravedad de la situación.

—La única opción que tienes es dejarme libre y fingir conmigo que soy Ray.

En aquel momento escucharon al resto del grupo llamándolos.

—Esta guerra la habéis perdido. El complejo ha ganado —confesó Dorian, orgulloso, mientras soltaba a la chica—. Así que sé inteligente y sigue mi consejo: no digas nada y huye de aquí en cuanto puedas con tu chico. Esto se va a poner muy, muy feo...

—¿Cómo sé que no me estás mintiendo? —añadió la chica, entre dientes.

—No lo sabes.

Aidan apareció junto al coche.

—¿Qué hacéis aquí? —entonces reparó en Dorian—. ¿Por qué estás sangrando?

Dorian miró a Kore y dejó que ella respondiera; que tomara la decisión.

—Nada —contestó la chica—. Se ha tropezado y estaba ayudándole a levantarse.

—Vamos, los demás nos están esperando —dijo Aidan, poniéndose en marcha.

Carlton y Theodoro eran los únicos que seguían en la entrada del centro comercial cuando ellos llegaron.

—Adelante —ordenó Aidan—. Ray y yo entraremos en el edificio.

La chica fue a interrumpirle, pero el rebelde añadió:

—Kore, tú y Carlton rodeadlo por fuera.

—Prefiero ir con vosotros —insistió ella.

Carlton puso los ojos en blanco y negó con la cabeza, pero Aidan se acercó a ella.

—Estaremos bien. Ray lleva el Detonador. Y yo... Bueno, ya me conoces.

Aidan se acercó a su chica y le dio un beso.

—Nos vemos en un rato —le dijo.

Dorian se fijó en cómo Kore intentaba advertirle con la mirada del peligro de ir con él; fue en vano. Aidan dio la orden y se pusieron en marcha.

—¿Y yo? —preguntó Theodoro, sin saber a qué grupo unirse.

—Tú con nosotros —contestó Aidan.

Antes de desaparecer en el interior del centro comercial, Dorian se dio la vuelta para despedirse de Kore con un guiño de ojo. A él sí le llegó claro el mensaje de la chica: si le sucedía algo a Aidan, acabaría con su vida, costara lo que costase.

Nada más cruzar la puerta, Dorian advirtió el frío que hacía allí dentro. La poca luz del exterior se colaba por la inmensa cristalera que hacía las veces de techo y que iluminaba las dos plantas del edificio. Era la primera vez que estaba en un lugar así, si bien, gracias a los recuerdos básicos que le habían implantado, supo que una vez aquel lugar había estado lleno de familias, jóvenes, niños y ancianos que paseaban de una tienda a otra; que en aquellas macetas enormes, ahora llenas de tierra seca, probablemente hubo flores y arbolitos decorativos; que los suelos habían estado limpios y relucientes, no cubiertos de mugre y grietas; que semejante silencio mortuorio era antinatural allí.

Sus pisadas resonaban por todo el espacio mientras se dirigían a las escaleras mecánicas que conectaban la primera planta con la segunda. Como todo lo demás, estaban apagadas y cubiertas de polvo.

De pronto, escucharon un ruido a sus espaldas. Los tres se volvieron y los rebeldes apuntaron las armas en aquella dirección, pero no parecía haber nada. Fue entonces cuando Aidan reparó en las marcas que había entre la suciedad del suelo.

Huellas pequeñas.

—*Infantes* —identificó, reculando sin bajar el arma—. Tenemos que largarnos de aquí.

En ese momento, Houston silbó desde el piso de abajo y les hizo una señal para que se asomaran a la baranda.

—¡Las tenemos! —avisó—. Venid a echarnos una mano con...

Crack.

El ruido de su cuello al partirse llegó hasta sus oídos con una nitidez que los dejó paralizados durante unos segundos vitales.

—¡Houston! —exclamó Aidan cuando salió de su estupefacción.

Una decena de *infantes* surgieron de pronto de una de las tiendas inferiores y comenzaron a devorar el cuerpo del rebelde. Aidan apuntó con la metralleta a la turba de monstruos y comenzó a disparar.

Los tiros alertaron a los demás electros, pero también despertaron a los otros *infantes* que había ocultos en las profundidades del centro comercial.

—¡Deprisa, hay que salir de aquí! —exclamó el rebelde, dirigiéndose a las escaleras por las que acababan de subir.

No les dio tiempo: un grupo de *infantes* saltó sobre los mostradores y las estanterías de la tienda de ropa que tenían a su derecha y se abalanzaron sobre ellos.

Dorian, en un acto reflejo, activó el Detonador y liberó una descarga que lanzó a las criaturas contra la barandilla y al vacío. Sin otra opción posible, los rebeldes se dieron la vuelta y echaron a correr hacia el fondo del edificio con el ruido de los disparos y de los gruñidos de los monstruos a sus espaldas.

—¡Allí hay más! —gritó Theodoro, justo a tiempo para que pudieran meterse por uno de los establecimientos que tenía los cristales de sus escaparates rotos.

Se trataba de otra tienda de ropa, con las prendas tan bien colocadas que parecía que las hubieran planchado aquella misma mañana. Aidan les ordenó que se agacharan y que no hicieran ruido. Enseguida escucharon la respiración acelerada de varios *infantes* que habían seguido su rastro. Entre gruñidos y pequeños chillidos como de polluelos hambrientos se iban acercando a ellos a medida que el trío se iba internando más y más en el local.

Aidan le hizo una señal a Dorian: había unas escaleras allí, junto a un ascensor de cristal que debía de conectar las dos plantas de la misma tienda. Él asintió, y después agarró a Theodoro de la manga para avisarle de que iba a tener que correr. En cuanto el pelirrojo, muerto de miedo, se preparó, Aidan comenzó a disparar a bocajarro; tenían encima a los *infantes*. Mientras, Dorian empujó el mueble con ropa que tenía más cerca para cubrir su retirada.

—¡Deprisa! —gritó Aidan, saltando las escaleras prácticamente sin apenas tocar los peldaños.

Tras él, Dorian y Theodoro intentaban mantener su ritmo, pero en el instante en el que el falso Ray tocó el suelo de abajo, el centro comercial pareció cobrar vida de pronto con un zumbido. Las luces se encendieron de golpe y el hilo musical comenzó a tronar por todos los altavoces del sitio. Los aullidos de dolor de los *infantes* les pusieron la piel de gallina.

—¡Ray! —lo llamó Theodoro desde detrás.

Al encenderse las luces, había sido incapaz de calcular la distancia que había entre los escalones y se había precipitado al suelo.

—Creo que me he hecho un esguince —dijo, intentando levantarse.

Tras él, cuatro *infantes* se arrastraban por el suelo y los escalones con los párpados cerrados, olfateando el aire en su dirección.

—¡¿Qué ocurre?! —exclamó Aidan desde la entrada de la tienda mientras repelía una horda de criaturas a balazos—. ¡Nos tenemos que ir! ¡Ray!

Dorian miró a Theodoro, que le suplicaba con los ojos que le ayudara. Le dio la espalda y se volvió hacia Aidan para gritar:

—¡Han..., han matado a Theodoro!

—¿Qué estás diciendo...? —le preguntó el pelirrojo, sin comprender nada, y antes de que su mente procesara lo que iba a ocurrir, Dorian activó el Detonador y le puso la palma de la mano sobre el pecho.

Theodoro quiso gritar, pero la electricidad fue más rápida. Quedó tendido en el suelo entre estertores justo cuando Dorian sintió las garras de uno de los *infantes*. El clon se apartó entonces de un salto mientras los monstruos se abalanzaban sobre el cuerpo del pelirrojo y se alejó de allí corriendo y sin mirar atrás.

—No..., no he podido hacer nada... —dijo, componiendo su mejor gesto de terror cuando llegó junto al rebelde—. Lo están devorando, Aidan. Lo están...

El centinela se deshizo del último *infante* a la vista y lo agarró de los hombros.

—No es culpa tuya. Concéntrate y salgamos de aquí.

Desde la puerta principal del centro comercial, Jake les hizo una señal y los dos corrieron hacia allí. Pero en cuanto los vieron las criaturas del piso de arriba, comenzaron a lanzarse sobre ellos como las fieras hambrientas que eran.

Simone apareció entonces para cubrir su huida sin dejar de disparar hasta que los tres salieron al exterior. Una vez fuera, Jake cerró de golpe el portón y colocó una cadena para impedir que los siguieran.

Las luces de los *jeeps* se iluminaron en aquel instante, y los rebeldes corrieron aterrados hacia ellos. Simone se subió en el de Carlton, mientras que Dorian, Aidan y Jake se montaron en el que conducía Kore.

—¿Qué ha ocurrido? ¡¿Dónde está Theodoro?! —preguntó la chica, fuera de sí.

—No lo ha conseguido... —respondió Aidan, con tono lúgubre.

—No... —musitó ella, incrédula—. ¿Qué..., qué le ha sucedido?

Sus ojos buscaron los de sus compañeros en el espejo retrovisor sin dejar de acelerar. Pero cuando su mirada se cruzó con la de Dorian y este le guiñó un ojo antes de cambiar el gesto, entendió lo que había ocurrido. Y la frustración de saberlo y no poder decir nada la abrasó por dentro.

Ahora todos pagarían las consecuencias.

11

Una maldita cuchara. Esa era la herramienta que Carlos le había dado para escapar de aquella cárcel. La broma casi tenía gracia. Con el cuerpo dolorido tras los *manguerazos* de Cranker, Ray volvió a su celda para acostarse un rato.

«Nos iremos de aquí en veinticuatro horas», le había dicho su compañero. Pero, ¿cómo iba a ser capaz de escavar un maldito túnel a través de una pared de hormigón en tan poco tiempo? ¿¡Y con una cuchara!?

Agotado como se encontraba, el chico se tumbó en el camastro y siguió dándole vueltas al asunto hasta que el sueño le venció y se quedó dormido. Fue la sirena lo que lo despertó. Con un gruñido, se incorporó mientras las puertas de las celdas se cerraban para no volver a abrirse en otras dieciocho horas. Dolorido, Ray se levantó la camiseta para descubrir un mapa multicolor de cardenales que le cubrían el pecho, el costado y que se perdían por la espalda.

—¿Cómo te encuentras?

Carlos debió de escucharle gruñir. Ray se arrastró sobre el

colchón hasta apoyar la espalda contra la pared contigua a la celda de su compañero.

—Me siento como si me hubiese arrollado un camión.

—Me alegra ver que al menos han dejado intacto tu sentido del humor. ¿Has mirado eso?

No necesitó que especificara para saber a qué se refería. Ray se levantó de la cama y se acuclilló delante del retrete para estudiar su instalación. Los desagües se conectaban con el interior de la celda a través de una rejilla cuadrada de más de ochenta centímetros de diámetro lo suficientemente grande como para arrastrarse por ella una vez lograra quitarla. Sin embargo, para entrar por el conducto antes tenía que apartar el retrete que se encontraba anclado al suelo con un tornillo y un pastiche de silicona sobre toda su base.

De vuelta en el jergón, Ray se pegó a la pared y respondió:

—Además del tornillo, tiene silicona pegada al suelo. ¿Cómo quieres que...?

—Con lo que te he dado puedes quitarlo. Yo lo he hecho.

—¿Y cuánto has tardado?

—Unos tres días.

—¿¡Tres días!? —exclamó Ray sin poder controlarse—. Me has dicho que tenía veinticuatro horas.

—Pues entonces no sé qué haces aquí hablando conmigo.

El comentario le molestó. Para empezar, ¿a qué venían tantas prisas? ¿Y por qué le exigía que lo hiciera en las próximas horas? Más aún, ¿qué motivos le había dado Carlos para que confiara en él? Ray le contestó con rabia:

—Sabes que no puedes salir ahí fuera sin la vacuna *electro*, ¿verdad?

—Lo sé. Después de recoger a tu chica nos pasaremos por los laboratorios para inyectármela —replicó Carlos.

—Eso no estaba dentro del trato.

—El trato sigue siendo el mismo: yo os saco a ti y a Eden de aquí y vosotros me lleváis a la Ciudadela.

—¿Por qué tienes tanto interés en ir?

—Porque este ya no es mi hogar. Y ahora, si me disculpas, voy a seguir con lo mío —sentenció Carlos.

Esa última conversación le dejó mal sabor de boca. Ray intuía que Carlos le ocultaba algo, pero no sabía qué, ni hasta qué punto podía perjudicarle su secreto. Una vez más, se le pasó por la cabeza la posibilidad de que fuera un infiltrado del gobierno enviado para controlarlo allí abajo. Si no, ¿cómo podía saber tanto acerca de él y de su naturaleza? Pero aquello tampoco encajaba del todo: ¿por qué iba entonces a mostrarle cómo huir de allí?

Fuera como fuese, la otra opción que le quedaba era esperar a que lo rescatasen sus compañeros y temía que para entonces ya fuera tarde. Así que, armado con la cuchara, Ray se acercó de nuevo al retrete y lo estudió con detenimiento. Palpó el suelo en la penumbra hasta que dio con el tornillo y después acercó la cuchara para acoplarla y hacer fuerza hasta que logró que cediera. Durante los siguientes minutos se dedicó a girar y girar el cubierto hasta que, con un leve tintineo, el tornillo rodó por el suelo.

Estaba sudando a mares y la espalda le dolía el triple que cuando había despertado, pero intentó ignorar todo aquello y se concentró en arrancar la silicona de la base con el mango del cubierto.

Por suerte, como había comprobado las pasadas noches, los guardias no vigilaban aquel pasillo, aislado del resto de la prisión, así que los rasguños de la cuchara sobre el suelo de hormigón no alertarían a nadie.

Tardó varias horas en quitar toda la silicona, con los nudillos sangrando por las rozaduras de la piel contra el suelo, pero cuando por fin se desprendió el último fragmento, Ray tuvo que controlarse para no saltar de la emoción. Sin embargo, la alegría le duró poco: comprendió que aún tenía que hacer algo con la tubería que lo mantenía en funcionamiento.

—Carlos —susurró—. ¡Carlos!

No obtuvo respuesta.

—Maldita sea...

Dispuesto a no rendirse, Ray volvió a estudiar el aparato y al final optó por arrancarlo haciendo palanca. Para ello, colocó primero el colchón en el suelo, junto al retrete, para evitar el ruido cuando se desprendiera de la pared, y a continuación comenzó a tirar con fuerza. El urinario fue cediendo poco a poco. Tenía que empujar con más energía y más deprisa. Y eso hizo... hasta que el plástico comenzó a crujir y el metal a chirriar y de pronto...

«*CRACK*».

El retrete cayó de golpe sobre el colchón y de la tubería surgió un chorro directo del desagüe. Con el suelo empapándose y el pestilente olor inundando toda la celda, Ray tiró la manta de la cama sobre las aguas fecales y contuvo las ganas de vomitar.

Una vez limpio el suelo, recogió la tela e intentó lavarla lo mejor que pudo con el agua del grifo, que por suerte utilizaba una cañería distinta, y la dejó colgando para que se secara.

Lo siguiente fue quitar la rendija de la pared. Los tornillos que la sujetaban cedieron con más facilidad que el del retrete y al cabo de un rato se descubrió cantando para sí el himno de la victoria. El interior del conducto estaba húmedo por las goteras, pero comprobó que, de rodillas, cabía por él sin mucha dificultad. Ilusionado por el hallazgo, no dudó en introducirse por el agujero y gatear hasta la celda de al lado.

—¡Carlos! —susurró desde el otro lado de la rejilla contigua—. ¡Despierta!

El recluso tardó unos segundos en advertir de dónde provenía la voz.

—¡Estoy aquí! Detrás de tu maldito cagadero.

—¿Ray? ¿Qué leches...? ¡Lo has conseguido! —exclamó Carlos.

—Claro que lo he conseguido. Venga, ¡vámonos! —le pidió Ray, con la adrenalina tan disparada que ya no sentía ni el dolor de músculos.

—No, aún no. Cuando nos vuelvan a abrir las puertas.

—¿Estás loco? ¿Quieres que nos pillen?

—Tenemos que hablar antes con el *lobo* —sentenció el latino.

—¿Cuánto tiempo queda hasta que vengan a despertarnos? —preguntó Ray.

—Un par de horas, más o menos.

—Suficiente. Voy a ir a verle —contestó el chico, y se dirigió a toda prisa para hablar con el *lobo*, a pesar de las advertencias de Carlos.

Si podían escapar esa misma noche, lo harían. Carlos también había arrancado ya el retrete de su celda, ¿no? Pues no había razón para esperar más. Atravesó todo el conducto hasta dar con la rendija de la celda del preso que buscaba.

—¡Eh! —lo llamó Ray—. Aquí abajo, ¿me oyes?

El *lobo*, sentado en la misma posición de loto de siempre, no se inmutó.

—Verás —comenzó a explicar el chico—, sé que esto te va a parecer una locura, pero quiero salir de aquí y la única manera de hacerlo es a través de tu celda.

La criatura siguió quieta, sin hacer ningún ruido, pero Ray tuvo la sensación de que estaba muy pendiente de sus palabras.

—Lo único que tienes que hacer es desatornillar la rejilla con esta cuchara... —la coló por la rendija para que cayera al otro lado—, y listo.

—No me interesa. Vuelve por donde has venido, electro.

La voz del *lobo* era grave y pausada, más propia de un dragón encerrado en una caverna.

—No soy ningún electro —se defendió el chico intentando mantener la calma—. Mira..., Crixo, te llaman, ¿no?... Sé cómo sois los *lobos*. Y sé que, en el fondo, no sois las bestias que dicen.

—¿Qué eres? —preguntó la criatura con curiosidad.

El chico se dio cuenta de que seguía sin poder arriesgarse a desvelar su identidad. Pero también sabía que si no hacía algo enseguida perdería cualquier posibilidad de que el *lobo* les ayudase, así que optó por jugar su última carta.

—Dejaré que vengas conmigo.

El *lobo* permaneció en silencio varios segundos y después preguntó sorprendido:

—¿Estás dispuesto a que te acompañe? ¿Sabes acaso por qué me encerraron aquí?

—Intentaste largarte, como yo ahora. Los dos podemos beneficiarnos con esto.

Por primera vez en todo ese rato, la criatura ladeó el cuerpo para mirarle directamente a través de la rejilla y alargó el brazo para recoger la cuchara que Ray le había tirado. Después se acercó al conducto y comenzó a olfatear, como si intentara descubrir la naturaleza del chico. Finalmente, preguntó:

—¿Qué tengo que hacer?

Ray comenzó a explicarle cómo llegar a la rejilla y le dijo que contaba solo con un par de horas, según los cálculos de Carlos, para hacerlo antes de que se abrieran las celdas y Cranker regresara.

—¿Por qué te fías de mí? —preguntó el *lobo*.

Ray dudó unos segundos antes de contestar.

—No tengo otra opción.

Con aquella frase, el chico comenzó a reptar hacia atrás para volver a su celda. Pero antes de que hubiera avanzado nada, la sirena le perforó los oídos y las puertas de las celdas se abrieron. ¿Ya era la hora? Tenía que ser un error. Carlos le había asegurado que aún les quedaban al menos dos horas.

A toda prisa, Ray se escurrió marcha atrás desesperado por llegar a tiempo al chequeo.

—Colóquense en su posición —gritó Cranker en aquel instante, y el chico sintió un sudor frío recorriéndole la espalda.

No lo conseguiría, no lo... De pronto sintió el final del conducto y se arrastró fuera tan deprisa como fue capaz. A toda velocidad, volvió a poner la trampilla en su lugar y colocó el inodoro en su posición habitual. Antes de salir y colocarse en su sitio, ajustó el colchón sobre el somier y lanzó la manta encima.

Cuando Cranker ya se dirigía a su celda, el chico salió de un salto y se colocó junto a la verja.

—¿Qué hacías? —le preguntó Cranker, de mal humor.

—Me... me había quedado dormido —contestó él, fingiendo un bostezo e intentando esconder el temblor de las manos.

Cranker le propinó una bofetada.

—Ni se te ocurra volver a bostezar enfrente de mis narices —le advirtió.

De repente, comenzó a olfatear la celda y puso un gesto de repugnancia.

—¿Por qué huele tan mal?

—¿Huele..., huele mal? —preguntó el chico, extrañado—. No sé, yo no huelo nada raro. Aunque claro, a lo mejor ya me he acostumbrado al olor a cloaca o...

—¡Stewart! —gritó Cranker, sin más miramientos—. Chequea la celda.

—¡¿Qué?! No-no pensarás que escondo algo... ¡No tengo nada!

Cranker agarró a Ray por el cuello y lo empotró contra la pared. Los cardenales de la espalda multiplicaron el dolor del golpe.

—Escúchame, mequetrefe, la próxima vez que vuelvas a levantarme la voz, haré que te corten la lengua y que se la sirvan a los *lobos* de desayuno.

Ray se mantuvo tenso en su sitio mientras el guardia revisaba la pared del fondo de su celda; cuando se dirigió hacia la cama, respiró tranquilo. Pero en ese momento, Stewart se agachó para recoger algo bajo la cama. Cuando se dio la vuelta, Ray no daba crédito a lo que había encontrado.

—¿Cómo ha llegado eso ahí? —preguntó Cranker, señalando el cuchillo que su compañero zarandeaba en el aire.

—¡Eso no es mío! ¡Lo juro! ¡No tenía ni idea de que...!

La boca del estómago se le cerró de golpe cuando el alguacil le propinó un puñetazo en la tripa. Ray cayó al suelo, sin aire, pero antes de que pudiera recuperarse, Stewart lo levantó por las axilas de nuevo y su superior se acercó para decirle entre dientes:

—Despídete de volver a ver la luz, chico. Porque vas a pasar una larga temporada en el cuarto.

¿El cuarto? ¿Qué era el cuarto? ¿Adónde le llevaban? ¿Cómo había llegado aquel cuchillo a su colchón? No lo entendió hasta que advirtió la sonrisa de Carlos.

—¿Tú?... —dijo Ray, aún sin fuerzas tras el golpe—. Eres un hijo de...

Otro puñetazo le volvió a callar.

—¡Lleváoslo de aquí! —ordenó Cranker.

Un nuevo guardia entró en el pasillo y, a pesar de sus esfuerzos por huir, lo sujetó junto a Stewart para arrastrarlo fuera. Antes de que pudiera echar la vista atrás, le colocaron una bolsa de tela negra en la cabeza y todo se volvió oscuro.

¿Carlos le había traicionado? ¿Era todo un estúpido juego?

¿Una broma del gobierno? Sus ganas de gritar y de llorar de frustración se iban multiplicando a cada segundo que pasaba. ¿Cómo había podido ser tan estúpido de confiar en él? La esperanza de volver a ver a Eden se iba desvaneciendo poco a poco y las dudas comenzaron a ahogar el resto de sus pensamientos. ¿Y si no existía el pabellón femenino? ¿Y si Eden ni siquiera seguía viva?

Cuando le quitaron la capucha, se topó con una puerta de metal oxidado que Stewart se apresuró a abrir con una llave.

—Bienvenido a tu nuevo hogar —dijo Cranker mientras le quitaba las esposas y lo metía dentro de un empujón.

Ray tropezó y cayó contra el suelo. Intentó levantarse para salir de aquel lugar, pero el alguacil cerró la puerta con tanta fuerza que el metálico sonido retumbó por toda la estancia. Después solo hubo oscuridad. Ni el más mínimo resquicio de luz atravesaba aquellas paredes. Parecía que lo hubieran enterrado vivo, y por primera vez en mucho tiempo, el chico se puso a llorar.

12

—Dime, Dorian, ¿Ray también llora como tú?

Aún recordaba como si hubiera sucedido el día anterior la rabia e impotencia que sintió cuando se dio cuenta de que todo el asunto de la Rifa en la Ciudadela no había sido más que una trampa para capturarle; una artimaña de Bloodworth y los humanos.

Quería matarle. Cuando agarró el abrecartas y se abalanzó con el filo en alto sobre el gobernador de la Ciudadela, estaba dispuesto a acabar con su vida. Pero el hombre resultó ser más rápido y lo esquivó.

—¿No puedes ser menos predecible?

Con un grito, Dorian volvió a lanzarse contra Bloodworth, pero este le propinó un puñetazo en el costado y le hizo caer al suelo. La rabia se diluyó en impotencia y las lágrimas volvieron a inundarle los ojos. Intentó mantenerse sereno, pero ¿qué importaba? Todas sus esperanzas se habían esfumado.

—Mátame... —susurró el chico.

—¿Cómo? —respondió Bloodworth con una carcajada.

—¡Mátame! —le ordenó Dorian, desesperado por acabar con todo aquello de una vez.

El hombre chasqueó la lengua, con lástima, y se acuclilló junto a él.

—Dorian..., si quisiera matarte, ya lo habría hecho.

El chico miró a Bloodworth, sorprendido y callado. ¿Entonces...? ¿Qué quería de él? ¿Qué clase de encerrona era aquella? Si no tenía intención de acabar con su vida, ¿cuál era el objetivo de aquella farsa?

—¿Por qué aceptaste el boleto del viejo? —le preguntó.

Dorian no quiso contestar. Estaba harto de ser una marioneta para todo el mundo. Si había decidido tentar a la suerte con la Rifa era porque...

—Querías tener una vida, ¿no? —sugirió Bloodworth—. Una vida propia.

Dorian lo miró aturdido. ¿Cómo había...?

—Yo soy quien puede darte esa vida que tanto anhelas. No ellos.

Y como si de un encantamiento se tratara, con aquellas palabras Bloodworth logró captar toda su atención mientras le ofrecía la posibilidad de imaginar una vida sin Ray, lejos de aquella revolución que nada tenía que ver con él.

—Yo puedo ayudarte a acabar con él —añadió el hombre—. Y después... serás libre. Podrás hacer lo que quieras.

Dorian no tardó en morder el anzuelo y aceptó sin pensarlo más. Pronto le advirtió a Bloodworth de las intenciones de los rebeldes y fue entonces cuando acordaron el plan que acabaría con el secuestro de Eden y la muerte de Logan.

No había sido su intención eliminar al científico, pero todo se había complicado cuando la chica se torció el tobillo y Kurtzman fue incapaz de matar a Ray. Si hubiera sido por Dorian, habría esperado allí abajo hasta que su clon regresara del Óculo para acabar con él, pero el general le advirtió que, si aparecía el resto de los rebeldes, no saldrían con vida de allí.

Así fue como llegó al complejo y, poco después, se había vuelto a encontrar cara a cara con el tirano que tanto tiempo lo había mantenido encerrado; con su original.

La manera en la que el hombre había entrado en la sala de interrogatorios aquel día; la sorpresa de verle vivo; el posterior impulso de lanzarse sobre él para estrangularlo sin importarle la presencia de Bloodworth o Kurtzman..., todo lo recordaba con una nitidez cristalina.

—Hola, Dorian.

Y su voz. Esa voz apagada, insustancial, sin ningún tipo de emoción y acompañada por un esbozo de sonrisa.

En pocas palabras le explicó cómo había sobrevivido y Dorian se sintió aún más estúpido por no haberlo rematado cuando tuvieron la oportunidad. Pero ya no era el chico de entonces.

—¿Qué hace él aquí? —dijo él—. ¿Qué quieres?

—Queremos que te hagas pasar por Ray —concluyó, y solo al pronunciar el nombre de su clon arrugó los labios como si le costara.

Por supuesto al principio Dorian se había negado: para empezar, nunca se lo creerían. A pesar de las semejanzas, Ray y él eran completamente opuestos. Y para continuar, él no quería volver a saber nada de los rebeldes, no hasta que pudiera aniquilar a Ray con sus propias manos. ¿Otra vez querían convertirle en él?

Con todo, su original no se dio por vencido. Volvieron a reunirse al día siguiente, y al siguiente. Una parte de él deseaba acabar con su creador, pero sabía que la seguridad del complejo no le dejaría salir con vida de allí aunque se cobrara su venganza. En cada nuevo encuentro, el científico le ofrecía una razón más para hacerse pasar por su clon hasta que por fin el plan captó su atención: tenían a Eden y los rebeldes pronto irían a rescatarla; el cambiazo se haría en ese momento, de manera eficaz, rápida y limpia. Sin dejar pruebas. Dorian se infiltraría en la Ciudadela hasta que Bloodworth la recuperara a cambio de la promesa de que Ray sería ejecutado y que él podría elegir si marcharse o quedarse con ellos el tiempo que le viniera en gana.

Le sorprendió descubrir que tenía más cosas en común con su original de las que estaba dispuesto a admitir, sobre todo cuando hablaban de venganza. No era la crueldad lo que había motivado al adulto a experimentar con ellos, sino las ansias de superación, las ganas de demostrar a todo el mundo que él estaba en lo cierto, que existía una cura. Al fin y al cabo, él y Ray eran los únicos humanos sobre la faz de la Tierra capaces de respirar aquel aire contaminado sin sufrir una muerte agónica. Seguía despreciando a ese hombre por lo que le había hecho, pero sus conversaciones con él inflamaron más su odio contra el resto de las criaturas del mundo y en particular contra los falsos héroes, como su clon.

Aceptó a la mañana siguiente, después de haberse pasado la noche dándole vueltas al asunto. Se haría pasar por Ray, aprendería a comportarse como él, para después golpearle donde más le dolería: atacando a sus seres queridos, los mismos que lo despreciaron y lo ignoraron sin tan siquiera conocerlo. Eden había caído, los demás irían detrás.

Todo ese tiempo había sido una marioneta. De su original, de Ray, de los rebeldes y ahora del gobierno. Pero nadie se daba cuenta de que cada día que pasaba aquella marioneta iba adquiriendo más y más fuerza y que pronto no habría cuerda que pudiera controlarla.

—Estamos llegando.

La voz de Aidan lo sacó de sus cavilaciones y le devolvió al presente.

Cruzaron la muralla de la Ciudadela con los primeros rayos del alba. Habían pasado toda la noche viajando en silencio y sin detenerse, siguiendo la estela de polvo que levantaba el *jeep* que iba delante con Simone y Carlton.

Jake y Aidan habían logrado dormirse a ratos, pero él no había sido capaz. La cabeza le palpitaba con fuerza esperando el momento en que cruzaran los portones y las consecuencias de sus actos tomaran forma. Kore tampoco había querido que nadie la relevase de su puesto como conductora. De vez en cuando lanzaba miradas de advertencia desde el espejo retrovisor, pero Dorian las ignoraba todas. Estaba seguro de que la chica no se arriesgaría a provocar la muerte de sus amigos y eso le ofrecía a él una amplia ventaja.

—Recordad —añadió Aidan, tras aclararse la garganta y estirarse la camiseta—, debemos pasar desapercibidos, ir hasta la Torre y decidir con Darwin cómo compartir con la gente la noticia de la muerte de Theodoro, ¿enten... dido?

El centinela se quedó sin aliento al descubrir, al otro lado del enorme portón, a Chapel y a sus seguidores esperando impacientes su regreso. En el breve lapso que emplearon en refugiarse en los garajes, se alzaron los gritos.

—¿Cómo han sabido que llegaríamos hoy? —preguntó Jake a uno de los vigilantes de los vehículos cuando se bajó del *jeep*.

—No lo sabían —contestó el hombre, con hastío—. Llevan ahí viniendo cada día desde que os marchasteis. Les hemos pedido una y mil veces que se largaran, inútilmente. Darwin nos dijo que no armáramos ningún escándalo, así que...

—¿Y ahora qué hacemos? —preguntó Kore a Aidan.

—Utilizar la otra puerta —dijo Carlton, que se acercaba seguido de Simone.

La mujer, a pesar de haberse secado las mejillas, tenía los

ojos rojos y Dorian supuso que habría estado llorando la muerte de Houston.

—Me temo que no servirá de nada —intervino otro guardia del garaje—. Controlan ambas salidas. ¿Qué ha sucedido? ¿Por qué no podéis...?

—En ese caso —le interrumpió Aidan—, habrá que soportar el chaparrón y llegar hasta la Torre tan deprisa como nos sea posible. Pase lo que pase, no habléis.

—¿Y te crees que van a dejar que nos marchemos de rositas? —dijo Kore.

—Tenemos armas para convencerles —sugirió Carlton.

Aidan soltó una risotada irónica.

—¡Claro! Como apenas hay razones, démosles más para iniciar una guerra civil.

El soldado se revolvió de repente como un toro y estampó a Aidan contra el coche a pesar de la diferencia de músculos y altura que había entre ellos.

—¡Mi mejor amigo ha muerto hace menos de seis horas! Me da igual si estalla o no una maldita guerra: probablemente nada de esto habría sucedido si ese imbécil no nos hubiera acompañado.

Aidan apartó al hombre de un empujón y Kore se colocó entremedias.

—No podemos cambiar lo que ha ocurrido, pero podemos intentar ocultarlo: vayamos en coche hasta la Torre. De todos modos, teníamos que llevar los paneles. Así no nos podrán seguir y estaremos protegidos en todo momento.

—¡Los *jeeps* no tienen cristales tintados! Sabrán que Theodoro no va en ninguno de los dos.

—Con más razón para ir en coche y acelerar en cuanto tengamos oportunidad.

Acordaron con los guardias el plan de actuación y regresaron a los coches, después arrancaron y esperaron a la entrada del garaje a que los soldados se abrieran paso entre la muchedumbre para salir tras ellos.

La gente no tardó en empezar a golpear los cristales en cuanto estuvieron fuera. Algunos se asomaron colocando las manos sobre las ventanas para husmear en el interior y los rebeldes se apresuraron a echar los pestillos.

De pronto, la mujer que había intentado impedir que el chico los acompañara cuando se fueron estampó las manos contra la ventanilla y exclamó:

—¿Theodoro? ¡¿Y Theodoro?! ¿Dónde lo habéis escondido?

La voz no tardó en correrse, y antes de que pudieran acelerar, había decenas de voces exigiendo ver a Theodoro y aporreando con puños y palos los vehículos.

—¡Acelera! —exclamó Kore, y Aidan, en cuanto vio la vía libre, obedeció.

Pronto dejaron atrás los gritos y las recriminaciones, aunque sabían que sería por poco tiempo. Callejearon sin detenerse, accionando el claxon para apartar a los transeúntes despistados que gritaban asustados al verlos pasar, y no aminoraron la velocidad hasta encontrarse dentro de las verjas que protegían la Torre.

Aparcaron el *jeep* junto a las escaleras principales y bajaron a toda prisa para sacar de los maleteros las armas y las placas solares que habían encontrado. Antes de llegar al interior del edificio, Dorian se dio la vuelta para vislumbrar, en la distancia, la masa embravecida que se dirigía hacia allí en busca de explicaciones.

—¡Reforzad la seguridad! —ordenó Aidan a los soldados que hacían guardia—. No dejéis que nadie pase, pero tampoco disparéis.

Dicho esto, siguió a los demás hasta el vestíbulo donde Madame Battery y Darwin los esperaban.

—¿Qué ha sucedido? ¿A qué viene este jaleo? —preguntó el hombre. Y después, en voz baja—: ¿Dónde está Houston?

—Será mejor que hablemos en otra parte —sugirió Kore, y Madame Battery encabezó la marcha hasta una de las salas vacías.

—¿Y bien? —preguntó en cuanto estuvieron solos.

—La misión ha tenido complicaciones —comenzó a decir Aidan, y pasó a explicarles el cúmulo de acontecimientos que había concluido con la muerte de Houston y Theodoro.

Cuando terminó, Darwin y Madame Battery se miraron en silencio.

—¿Sabéis en el lío en el que nos habéis metido? —preguntó la mujer, en un susurro cargado de rabia—. ¡Pedirán nuestras cabezas por esto!

—Ya lo están haciendo —comentó Jake, que había corrido la persiana para observar el exterior.

—¿Y no habéis podido traer su cuerpo? —intervino Darwin.

—¡Eran *infantes*, Dar! —exclamó Kore—. ¿Crees que no lo habríamos hecho de haber podido? Pero esas criaturas... —la chica puso una cara de repugnancia al recordarlos.

—Fue mi culpa —dijo entonces Simone, intentando controlar a duras penas las lágrimas—. Yo activé la energía del edificio, por eso se encendieron las luces y...

Carlton negó en silencio antes de volverse hacia Dorian.

—Aquí el único que tiene la culpa es Ray. ¿Cómo se te ocurrió semejante idea? Llevar a un civil en una misión como esta, ¡lo que me faltaba por ver!

Dorian bajó la cabeza, sumiso, pero advirtió cómo le estaba mirando Kore y decidió retarla con los ojos para que recordara las represalias si se le ocurría abrir la boca.

—Pensé que sería una misión de reconocimiento, nada

más —se excusó el chico, intentando sonar convincente—. Lo siento...

—¡Ya puedes sentirlo, ya! —le espetó Madame Battery, abriendo de golpe su abanico—. Porque todos vamos a tener que pagar tu estúpido error. ¿Qué crees que pasará ahora, eh? Esa alimaña de Chapel estaba esperando una oportunidad así para desacreditarnos y levantarse en armas contra nosotros, y tú se lo has servido en bandeja.

Kore se aclaró la garganta en ese momento y dijo:

—Hay algo más que deberíais saber...

Dorian la miró sin poder creerse que fuera hacerlo, pero ella lo ignoró.

—Uno de los *lobos* de la fábrica... escapó.

Darwin no necesitó más información para saber adónde quería ir a parar.

—Habrá que reforzar la seguridad de las murallas. Lo último que necesitamos es un ataque de *lobos* en la Ciudadela. ¡Maldita sea! —exclamó, golpeando con el puño la mesa.

—¿Alguna otra mala noticia que debamos saber? —preguntó Madame Battery, con sorna—. ¿No? Fantástico, creo que vamos bien servidos por hoy.

En ese instante se abrió la puerta del cuarto y un soldado se cuadró delante de Darwin.

—Los disturbios no cesan, señor. Pretenden echar la verja abajo. Dicen..., dicen que ya no somos de fiar. Que quieren las armas de vuelta al pueblo..., que temen que las utilicemos contra ellos.

—¡Y tanto que vamos a utilizarlas contra ellos como me den la noche! —replicó Battery—. ¡Que suficiente tengo ya con estos calores infernales!

—Gracias, mantened las defensas, pero no les hagáis daño —dijo Darwin, masajeándose la frente. Cuando el soldado se marchó, añadió—: Habrá que salir a hablar con ellos y explicarles lo que ha sucedido. Tendremos que convertir a Theodoro en un héroe y compensar a su familia por la pérdida.

—¿Y qué pasa con Houston? —preguntó Carlton—. ¿Va a tener que compartir su reconocimiento con el estúpido de Theodoro?

—No te preocupes tanto por los muertos y preocúpate más por los vivos —le recomendó la mujer.

Carlton se levantó amenazante, pero Battery no se dignó ni a mirarle.

—Vámonos a descansar —le pidió Simone en ese momento, agarrándole de los hombros.

—A lo mejor tienen razón —dijo el rebelde antes de abandonar el cuarto—. A lo mejor no merecemos estar aquí.

El portazo que dio los dejó a todos en silencio durante unos instantes.

—¿Y ahora qué hacemos? —preguntó Aidan.

—Hablar con ellos —dijo Darwin—. Es la única opción que tenemos, si no queremos que se desate una guerra civil.

Kore soltó un bufido cargado de ironía.

—No nos escucharán.

—No, a nosotros no —corroboró el líder de los rebeldes antes de volverse hacia Dorian—. Pero a él sí.

13

Cuando Eden entrecerraba los ojos, la luz ámbar de su brazalete tomaba la forma de un faro. Un faro distante, iluminando la noche y el camino de vuelta a casa. El tiempo en el que cualquier otro color que no fuera el verde era motivo de preocupación había quedado atrás. Sabía que por muy rojo que brillara, alguien se encargaría de suministrarle la energía a tiempo de mantenerla con vida, así que el brazalete se había convertido en un simple objeto decorativo, en su única distracción en aquella habitación de paredes blancas en la que el tiempo se había detenido.

Había olvidado la diferencia entre estar despierta y sedada. Su cuerpo había aprendido a digerir los fármacos que le suministraban y que la arrastraban del sueño a la realidad con la suavidad de las mareas. Solo el brazalete, siempre iluminado, la advertía de cuándo estaba despierta. Como un faro. Su faro...

El pasado resultaba tan distante que había empezado a creer que todo aquello era lo único que había existido siempre. El deseo de ver aparecer a Ray, la necesidad de volver a encontrarse con Kore, Aidan o Samara no eran más que eso, deseos, sueños imposibles, y no tenían cabida en la aséptica realidad de aquella habitación.

De tanto en cuando se levantaba y daba pequeños paseos hasta el espejo que cubría la pared de enfrente. Le fascinaba observar su rostro, acariciarlo, intentando reconocerlo más allá de aquella piel cetrina, del cabello recortado hasta la altura de las orejas y las facciones marcadas. Era ella, pero al mismo tiempo no lo era. Y en el fondo ya no le importaba... Tampoco podía asegurar si alguna vez le había importado. Allí no había espacio para el dolor o la alegría. Solo para la obediencia, las pruebas y el sueño.

Alguien llamó a la puerta y esta se abrió. Sabía que se trataba de la señorita Collins antes de que asomara su cabeza y la saludara; era la única persona en aquel lugar que se molestaba en pedir permiso, como si Eden tuviera posibilidad de negarse.

—¿Cómo te encuentras hoy? —le preguntó, mientras dejaba el maletín junto a la cama y se acercaba para tomarle la tensión y comprobar el estado de su brazalete.

—Igual que ayer y que antes de ayer —contestó Eden, incorporándose un poco en la cama y desperezándose.

Solo cuando estaba con la señorita Collins se sentía lo suficientemente viva como para hablar.

—Tus constantes están perfectas. Vamos a comenzar con la simulación, ¿estás lista?

No esperó a que respondiera. De su maletín sacó una especie de casco que colocó sobre la cabeza de Eden. La chica esperó la conocida presión sobre su cráneo cuando la máquina se activó y la imagen vibró en la visera de cristal ante sus ojos hasta quedar estable.

Cada vez era distinto. A veces se encontraba ella sola en el juego; otras había más gente, gente que no conocía, pero que parecían saber perfectamente quién era ella. Su misión consistía en tomar decisiones: ¿salvar al niño que se estaba ahogando en el río o huir con las provisiones?, ¿repartir el mendrugo de pan que le quedaba o comérselo ella sola?, ¿disparar o proteger?, ¿salvar o matar?...

No tenía ni que verbalizar su decisión. La máquina sabía cuándo tomaba una decisión definitiva y, en consecuencia, pasaba a la siguiente pantalla. Era un juego, nada más. Y aunque era consciente de que con ello alguien la estaba estudiando, aún no había logrado entender para qué ni por qué.

En la simulación de ese día se encontraba en lo alto de un escenario, con millones de personas con los ojos puestos en ella, aplaudiendo y vitoreando su nombre con locura. Los había salvado y ahora le iban a hacer entrega de la medalla del reconocimiento. Sin embargo, Eden sabía que en realidad había sido otro quien lo había logrado, no ella. Lo sabía igual que conocía el resto de los detalles de la simulación aunque no los hubiera visto ni vivido. Una mujer se acercaba en ese momento para hacerle entrega del galardón y agradecerle públicamente su labor. En sus manos estaba aceptarlo o, por el contrario, rechazarlo y presentar ante el pueblo a su verdadero héroe. No era más que un juego, una ilusión, y sin embargo, le gustaba sentirse querida y admirada por tanta gente. ¿Por qué iba a confesar el error si no lo había cometido ella?, se preguntaba inclinando ya la cabeza para que la mujer pudiera colocarle la medalla. ¿Por qué iba a negarse a semejante reconocimiento?

Porque no le pertenecía.

Antes de que llegara a poner el cordel alrededor de su cuello, Eden se enderezó.

—No soy yo quien os ha salvado —dijo, y aunque solo fue un pensamiento, la máquina detectó las palabras—. Fue él.

Cuando señaló al joven que había entre la muchedumbre, la imagen se desvaneció en una luz blanca que la obligó a cerrar los ojos. Al abrirlos volvía a estar en la habitación y la doctora le estaba quitando el casco de la cabeza.

—Estupendo, Eden. Lo has hecho muy bien.

—¿Lo he hecho... bien? —preguntó ella, aún aturdida.

Siempre le sobrevenían unos leves mareos cuando abandonaba las simulaciones.

—Sí, tu evolución ha sido brillante. Tu cuerpo se ha adaptado muy bien al exterior.

Un escalofrío le recorrió el cuerpo al sentirse poco más que un experimento en desarrollo, una mera rata de laboratorio. Ni siquiera descubrir con Ray su auténtico origen le había afectado tanto como aquello.

—¿Qué vais a hacer con nosotros? —preguntó Eden mientras la mujer guardaba todo en el maletín—. Con los clones.

La doctora Collins levantó la cabeza como impulsada por un resorte al escuchar esa última palabra y se volvió hacia ella, turbada.

—¿Te sorprende... que sepa lo que soy? —añadió la chica, haciendo un esfuerzo para no dejarse vencer por el sueño—. Allí fuera no es un secreto... Tenemos una vida, un hogar. Nos habéis tratado como animales, pero somos personas. Que..., que dependamos de baterías no nos hace inferiores a vosotros.

Aunque la doctora parecía estar haciendo auténticos esfuerzos por mantenerse serena, Eden advirtió las lágrimas que comenzaban a acumulársele en los ojos. Antes de que la primera se escurriera por su mejilla, se levantó y se dirigió a la puerta.

—Lo siento... —dijo antes de desaparecer.

La disculpa enervó aún más a Eden. ¿Cómo que *lo sentía*? ¿Sentía que la tuvieran sedada? ¿Que la hubieran arrancado de su vida? ¿Que la tuvieran encerrada allí, experimentando con ella?

Eden se tumbó en la cama y se quedó mirando al techo. Tenía ganas de discutir. Llevaba mucho tiempo sola y la última dosis de medicación parecía estar perdiendo eficacia. Quería enfadarse con alguien y la única persona allí dentro a la que podía gritar era precisamente la única que parecía protegerla y no se veía con fuerzas. Echaba de menos las discusiones con Ray, sus enfrentamientos con Kore o las reprimendas de Madame Battery. Echaba de menos hablar con alguien, reírse, escuchar... Echaba de menos todo lo que existía más allá de aquella habitación. Y la impotencia le ofrecía la rabia suficiente como para levantarse y acercarse tambaleante al espejo de enfrente.

—¡No puedes pedirme perdón e irte sin más! —exclamó, gritándose a su propio reflejo—. ¡Pregúntame cómo me siento! ¡Qué necesito! ¡A quién echo de menos! ¡Pregúntame... eso!

Las lágrimas empañaron su visión y se las tuvo que secar con rabia. Las palabras se le atragantaban y solo fue capaz de colocarse la mano sobre el corazón.

—Pregúntame cómo me siento aquí —añadió—. ¿Qué queréis de mí?

Se estaba volviendo loca. Al otro lado no debía de haber nadie. Hablaba con un cristal y una pared. Se gritaba a sí misma y las palabras rebotaban en aquella habitación.

—¡No puedo seguir así! —gritó, golpeando con los puños, desesperada, el espejo—. ¡¿Qué queréis de mí?! ¡Decídmelo!

La puerta de la habitación se abrió de pronto a su espalda y ella se pegó al espejo, asustada por un posible castigo. No quería más medicación ni más pruebas. La doctora Collins cerró la puerta, se acercó a ella y la sujetó con suavidad del brazo para acompañarla a la cama. No parecía enfadada.

—Tienes que calmarte, Eden. Este arrebato emocional no es bueno para tu estado.

—¿Arrebato emocional? —repitió la chica, liberando su brazo, ofendida—. ¡Se llama humanidad!

La mujer la atrajo hacia sí y después la cubrió con la manta. A continuación, sacó de su bolsillo una foto.

—Estos son Michael y Lily —dijo, con una sonrisa enternecedora—. Tienen tres añitos y son unos diablos, pero los quiero con toda mi alma —añadió, acariciando la fotografía.

En la imagen, los dos niños, de tez morena y pelo castaño sonreían con un brillo que no existía en la Ciudadela.

—Se parecen a ti —confesó Eden, enternecida.

—Sí, aunque tienen los ojos de su padre.

—¿Él... también vive en el complejo? —preguntó ella, intentando que aquella conversación durase tanto como fuera posible—. Tu marido o... lo que sea, me refiero.

—Sí. Él cuida a los niños. Con mi trabajo... —no terminó la frase, se volvió hacia Eden y preguntó—: ¿Cómo tienes información del complejo y de los clones?

Eden rio por la nariz y se encogió de hombros.

—Es una larga historia. Encontramos el complejo anterior a este y...

—¿*Encontrasteis?* —interrumpió la doctora—. ¿Quiénes?

—Un chico y yo. Bueno, en realidad lo encontró él. El caso es que cuando entramos, no estaba del todo abandonado. Había un hombre allí que...

—Ray... —susurró la doctora.

Escuchar su nombre en voz de otra persona barrió las defensas de Eden por completo. Pero enseguida comprendió que el Ray al que la mujer se refería no era el rebelde, sino el científico que había comenzado aquello.

—¿Qué sucede? ¿Le..., le conoces? —preguntó Eden al ver la cara de preocupación de la doctora.

—Dios mío, Eden. Lo siento muchísimo —confesó ella con el rostro desencajado por la pena.
—¿Qué? ¿Qué ocurre?
—Lo hago por mis hijos. Lo..., lo siento.

Y antes de que Eden pudiera volver a preguntar qué sucedía, sintió el aguijón de la jeringuilla en el brazo. El líquido transparente penetró en su sangre y, en cuestión de segundos, su fuerza y la realidad se esfumaron y su cuerpo se derrumbó sobre el colchón, inerte.

El ruido de las aspas rompiendo el aire fue lo primero que escuchó Eden antes de abrir los ojos, pero cuando lo hizo se dio cuenta de que ya no se encontraba en la conocida habitación de paredes blancas. Sintió entonces el frío del acero tanto en sus muñecas como en la cintura y en los tobillos y, al ir a moverse, advirtió que se encontraba atrapada sobre una mesa de operaciones, en un quirófano. El pánico se apoderó de ella.

De pronto, la camilla comenzó a elevarse con un suave zumbido hasta quedar en posición vertical.

—Hola, Eden.

No supo al principio dónde había escuchado aquella voz, pero cuando el hombre se colocó frente a ella creyó estar reviviendo una pesadilla.

—Tú...

Ya no llevaba las sucias prendas que lucía cuando lo vio por primera vez, sino un traje oscuro y una bata blanca sobre él. El cabello desaliñado y la barba habían desaparecido y ahora llevaba el pelo engominado hacia atrás. Con todo, su mirada seguía siendo igual de fría e inerte que entonces.

—Tú estás muerto. Te vimos morir —dijo Eden.
—No. Me visteis caer inconsciente después del tiro que me pegó Dorian. Por suerte, la bala se quedó en el omóplato.
—¿Y cómo...? ¿Cómo...?
—¿He llegado aquí? —la ayudó Ray—. Porque me necesitan, Eden. Os lo dije: soy la única esperanza del ser humano.
—*¿Necesitarte?* ¡Si estás loco! —exclamó ella, asustada.
—Pues este loco ha encontrado la cura para salir al exterior sin baterías, y les ha demostrado que funciona...

Tenía que ser una pesadilla. No podía ser real. ¡Estaba hablando del alma! El alma era la sustancia que convertía la vacuna *electro* en la salvación absoluta y que él mismo se había extraído para suministrársela a Ray y a Dorian. ¿Cómo podía el gobierno del complejo estar tan ciego y no ver que aquello era una locura?

—¿Y qué vas a hacer? ¿Extraer el alma a todo el mundo? ¡Jamás te lo permitirán!

La sonrisa que emergió de sus labios hizo que Eden se estremeciera.

—¿Por qué crees que estás aquí?

La chica no tardó mucho en unir las piezas del puzle.

—Me vas a quitar mi... —susurró ella, sin poder terminar la frase ante el horror.

—Los clones no teníais alma..., al menos al principio. Sin embargo, las vivencias, experiencias, emociones y recuerdos que habéis ido creando han sido los ingredientes necesarios para forjar vuestra propia *alma*.

De ahí, las pruebas. Por eso, la habían martilleado con preguntas, retos y simulaciones, comprendió Eden, con rabia y dolor. ¿Cómo había sido tan ingenua de llegar a sentir lástima por la doctora Collins? Eran todos iguales. Monstruos. Asesinos. Mentirosos.

—El maravilloso trabajo de la doctora Collins nos ha servido para determinar el desarrollo de tu materia, de tu alma, vaya —añadió, mientras comenzaba a preparar sobre una bandeja los utensilios necesarios para la extracción.

Eden calibró que necesitaba ganar tiempo, como fuera. Intentar convencerle de que estaba cometiendo un error.

—Y... ¿cómo sabes que funciona?

—Ya lo hemos probado. ¿Acaso piensas que eres la primera? Llevamos ya varias pruebas de extracción de materia *electro* y funciona —confesó Ray—. La única diferencia que hay con la de un humano es que, mientras que este sobrevive, el electro... no.

Era una pesadilla. Una maldita pesadilla por culpa de los medicamentos. Tenía que serlo. A pesar del frío que sentía allí donde el metal tocaba su piel. A pesar de la humedad sobre sus mejillas por culpa de las lágrimas que no podía controlar.

—¿Por qué hacéis esto? —preguntó, con la voz rota.

—No es nada personal, Eden. Se trata de la supervivencia del más fuerte. El ser humano no está hecho para depender de baterías. Ahora mismo sois como pilas recargables. Vuestro cuerpo recibe, almacena y consume esa energía. Y eso limita a la especie humana. No sois más que eslabones inútiles de la nueva era de este planeta. Estabais de paso y ya habéis cumplido con vuestra función.

—No os dejaremos. Entraremos en guerra, si es necesario —amenazó Eden.

—Oh, ya estamos en guerra, pero eso es cosa de Bloodworth y los suyos. Yo solo me encargo de la parte que de verdad importa —dijo Ray mientras probaba el taladro—. Perpetuar la especie humana.

El científico se acercó a Eden con el taladro, dispuesto a perforarle la parte trasera de la nuca.

Dicen que cuando vas a morir ves pasar ante tus ojos toda tu vida, pero el miedo le impidió a Eden ver otra cosa que aquella mirada inerte y psicópata del hombre que pronto le arrebataría la vida y su esencia.

14

La oscuridad y el silencio le estaban volviendo loco. No soportaba más estar allí encerrado, no con todos aquellos pensamientos que taladraban su cabeza: ¿Cómo había podido ser tan estúpido para confiar en Carlos? ¿Qué haría ahora Eden? ¿Cómo le rescatarían los rebeldes estando allí encerrado? Desesperado, gritó hasta quedarse sin voz, pero fue inútil.

Después se levantó y recorrió el cuarto tanteando con las manos las paredes. Tenía que haber alguna manera de escapar. ¡Siempre había una manera de escapar! Comprender que en aquella ocasión no era así terminó de derrumbarle.

El gemido ahogado de alguien le despertó. Ignoraba cuándo se había quedado dormido, pero cuando se incorporó sobre el suelo de cemento advirtió los forcejeos silenciosos al otro lado de la puerta de metal. A continuación, escuchó unos pasos acercándose y el sonido del cerrojo abriéndose. Rápidamente, Ray se puso en pie y se preparó para atacar. Pero cuando la luz inundó la estancia, tuvo que cubrirse los ojos con las manos y fueron sus oídos los que advirtieron el acento latino de quien acababa de entrar.

—Será mejor que nos demos prisa.

—¿Ca-Carlos? —preguntó Ray, mientras abría los ojos poco a poco.

El recluso no contestó, sino que se volvió hacia atrás y exclamó:

—¡Trae la linterna!

Crixo, el *lobo*, fue quien apareció tras el latino. Con el torso desnudo y las manos cubiertas de sangre, el tipo hizo lo que Carlos le pedía y saludó a Ray con un asentimiento de cabeza. El chico no entendía lo que estaba sucediendo. Nada cuadraba ni se le ocurría una hipótesis que diera sentido a aquello. ¿Estaría viendo alucinaciones?

Carlos, por su parte, no se molestó en aclararle las evidentes dudas. Lo apartó de en medio con precipitación y comenzó a estudiar la habitación con la linterna.

—¿Qué hacéis aquí? ¿Cómo me habéis...?

—Ahora no, Ray. Ya habrá tiempo para explicaciones —le interrumpió Carlos—. ¡Crixo, lo he encontrado!

El *lobo* se acercó y Ray lo siguió con la mirada hasta la pared del fondo, donde Carlos apuntaba con la linterna al conducto de ventilación. La bestia se agachó y comenzó a desatornillar la trampilla.

—¿Qué es todo esto? —insistió Ray.

—Esto, amigo, es nuestra vía de escape —contestó por fin Carlos.

—No lo entiendo... ¿No decías que la única manera de salir de aquí era a través de su celda?

—Te mentí, pero fue por una buena causa.

Ray no lo soportó más. Se abalanzó sobre el latino y le propinó un puñetazo en el estómago. Y le habría soltado otro y otro y otro, hasta desfogarse, de no haber sido porque Crixo se levantó en ese momento y los apartó de un empujón.

—¡¡Me has utilizado!! —le escupió Ray.

—Sí —reconoció Carlos, mientras se levantaba y le apuntaba con la linterna—. Te he utilizado porque era la única manera de salir de aquí. ¿Sabes cuál es el único conducto de ventilación que nos puede llevar fuera, el que te puede llevar a tu Eden? ¡Este! —dijo mientras señalaba la rejilla medio abierta.

—¿Y era necesario que me encerraran aquí para encontrarlo?

—¡Lógicamente! Esta habitación no aparece reflejada en ningún mapa y nadie, a excepción de los guardias, sabe dónde está. Necesitábamos que te encerrasen para después seguir tu maldito rastro —concluyó Carlos señalando con la barbilla a Crixo.

Ray dedujo que el *lobo* debía de haber captado su olor cuando fue a hablar con él por el agujero de la tubería y así lo habían podido seguir hasta aquel cuarto. No hizo falta que le dijeran nada más para que comprendiera que aquel plan llevaba gestándose desde mucho antes de que él apareciera por allí.

—El trabajo que hiciste con tu rejilla le sirvió a Crixo para poder salir —concluyó Carlos.

Pero Ray aún tenía una duda que resolver:

—¿Por qué habéis esperado a que yo apareciese? ¿No os valía cualquier otro preso?

—Es difícil encontrar a alguien en quien confiar —confesó Carlos—. Y entonces apareciste tú: sabía quién eras, lo que habías hecho, tu causa... Y además puedes llevarnos a la Ciudadela... Y ahora, si no te importa, quiero salir de aquí.

Dicho aquello, se internaron a gatas en el conducto de ventilación y Ray se obligó a recuperar la esperanza.

Le fue imposible calcular cuánto tiempo estuvieron arrastrándose por aquel túnel de metal, con Carlos a la cabeza y Crixo cerrando la marcha; pero por fin Carlos se detuvo, les hizo una señal y de un golpe abrió una nueva rejilla que daba a uno de los laboratorios.

No había nadie allí cuando ellos salieron. Carlos, que parecía conocer la estancia perfectamente, se dirigió a toda prisa a uno de los armarios que había al fondo y sacó tres batas blancas que se apresuraron en ponerse. A continuación, comenzó a revisar todas las neveras que había junto a los armarios en busca de las vacunas *electro*.

—Vamos, vamos, vamos... —mascullaba para sí mientras iba descartando estantes—. Venga, ven... ¡Aquí está!

Sin perder un instante, el latino se acercó a una de las mesas libres con todos los utensilios para operar y se puso a preparar la vacuna.

—Tú trabajaste como científico aquí, ¿no? —preguntó Ray, sin un resquicio de duda.

—Más o menos. Hazme un favor: en ese armario que tienes a tu derecha hay varios brazaletes. Acércame uno.

Mientras Ray obedecía, Carlos se desabrochó la camisa y se colocó sobre el pecho un par de electrodos que iban conectados a un aparato rectangular. La máquina estaba enchufada a una toma de corriente y en la diminuta pantalla superior aparecían varios números y letras que el tipo supo descifrar con facilidad.

Era la primera vez que Ray veía un brazalete suelto y advirtió que su interior estaba cubierto por cientos de diminutos filamentos de color cobre. Cuando se lo entregó a Carlos y este se lo colocó en la muñeca, hizo una leve mueca de dolor al sentir la mordedura del metal e inmediatamente procedió a limpiar el finísimo reguero de sangre que se escurrió por su brazo. Al instante, el brazalete cobró vida, emitió un pitido y las tres luces comenzaron a parpadear con sus diferentes tonalidades.

—Ahora viene la parte difícil... —le dijo Carlos—. En el momento en el que mis constantes se reduzcan, necesito que pulses este botón de aquí —y señaló el aparato al que estaban conectados los electrodos—. ¿Entendido? Es muy importante que cuando el brazalete se ponga en rojo, pulses el botón. Si no lo haces, me quedaré aquí frito. Confío en ti.

Ray asintió y el latino se clavó en el brazo la jeringuilla con la vacuna *electro*. A los pocos segundos, su respiración empezó a acelerarse; Carlos cerró los ojos y apretó las mandíbulas, pálido. La luz del brazalete pasó entonces del verde al amarillo y del amarillo al rojo tan deprisa que el preso comenzó a tomar bocanadas de aire y a gemir de dolor. Ray no esperó más. Como le había pedido, pulsó el botón y la máquina liberó una potente descarga que convirtió sus gruñidos en un grito de dolor. Al cabo de unos segundos, el brazalete recuperó el brillo verde y poco a poco Carlos volvió a respirar con normalidad.

—Ya soy... una pila con patas —bromeó incluso mientras se recuperaba.

Cuando se quitó los electrodos, en su pecho habían aparecido las dos pequeñas quemaduras amarillentas o grisáceas que tan bien conocía de la piel de Eden y que él mismo se había tenido que pintar para hacerse pasar por electro.

Carlos se recolocó la bata, se tapó con la manga el brazalete y se guardó una batería *electro* antes de dirigirse a uno de los ordenadores encendidos. Tras unos minutos tecleando algo, se volvió hacia Ray y le dijo:

—Tengo una mala noticia y una buena, ¿cuál quieres primero? —como Ray no contestó, añadió—: Eden no está en la prisión.

—¿Y eso es la buena o la mala noticia? —preguntó, el chico, preocupado.

—La buena. La mala es que se la han llevado a los laboratorios. Van a hacer pruebas con ella, si no las están haciendo ya...

—¿Con Eden? ¿Qué clase de pruebas?

—No lo sé, pero está en esta planta. El acceso a la habitación en la que la tienen es electrónico y solo se activa con un lector de retina. Solo podríamos entrar si...

—¿Si qué?

Tardaron poco tiempo en encontrar la caja de fusibles que controlaba la corriente de aquella planta. Carlos les explicó que los generadores del complejo se activaban de manera automática solo si se producía un apagón en la zona de viviendas, así que si cortaban la electricidad de los laboratorios podrían aprovechar y rescatarla.

Y eso hicieron. En cuanto aquella planta se quedó sin energía y escucharon los gritos de alarma por los pasillos, abandonaron el lugar y corrieron hasta la sala que Carlos les indicó. En cuanto abrieron y entraron, la luz regresó de golpe y Ray se encontró con una imagen que tardaría en borrar de su mente.

—¡Eden!

Fue directo a ella. Por fin la había encontrado. Sin embargo, no parecía la misma.

—¿Qué te han hecho? —preguntó, mientras intentaba liberarla de las sujeciones metálicas que la mantenían aprisionada sobre la cama vertical.

Estaba mucho más delgada que la última vez que la vio. Su rostro había perdido el color y su melena, ahora despeinada, se había reducido a la mitad. Y cuando abrió los ojos y no lo reconoció, Ray se temió lo peor.

—No, por favor, no... —suplicó el chico—. Eden, mírame, soy yo...

Y entonces ella parpadeó y de pronto sus ojos se iluminaron con un brillo distinto al comprender que aquello no era un sueño.

—¿Ray?

—Sí, estoy aquí, tranquila —contestó él, acariciándole la mejilla—. Todo va a salir bien.

Carlos tocaba en ese momento un par de botones en la mesa de mandos que había junto a la cama y la chica quedó libre de inmediato. Ray la sujetó a tiempo para que no se desplomara sobre el suelo y esperó hasta que ella también respondió al abrazo.

—Pensé que jamás te volvería a ver —le dijo él, sin apartarse.

—Tienes que irte... Antes de que él vuelva.

—No me voy a ir de aquí sin ti.

—Estás loco. ¿Cómo me has encontrado?

Él le respondió con un beso en los labios.

—Siento interrumpiros, pero tenemos que largarnos de aquí ¡ya! —los apremió Carlos.

Crixo acercó una silla de ruedas a la chica y ella se sentó.

—Iremos más deprisa —explicó—, y pasaremos desapercibidos.

Tanto Ray como Carlos se mostraron de acuerdo y abandonaron la sala de operaciones. Por el pasillo se cruzaron con otros empleados del complejo, pero ninguno reparó en ellos. Por un segundo, Ray llegó a pensar que ya estaban a salvo, y de repente comenzó a sonar una alarma que los puso en jaque.

—¡Deprisa! —exclamó Carlos y echó a correr con seguridad, esquivando los lugares con más personal y tomando todos los atajos posibles—. ¡Ya falta poco!

Al final de aquel pasillo se encontraba la salida de los laboratorios. Tan solo necesitaban cruzar aquellas puertas y serían libres. Un último *sprint*, pensó Ray, empujando la silla de Eden. Pero justo antes de llegar, una mujer apareció por la puerta y se quedó boquiabierta mirando a Eden y al excéntrico grupo que la protegía.

—Doctora Collins... —dijo la chica.

Aquel segundo de silencio se hizo eterno. Ray notó cómo

Crixo, a su lado, se preparaba para abalanzarse sobre aquella señora si no les permitía seguir su camino. Sin embargo, lejos de dar el aviso, y para sorpresa de todos, la doctora dijo:

—Deprisa, seguidme. No tenéis mucho tiempo.

Eden hizo un gesto a Ray para transmitirle que podían confiar en ella, y todos la siguieron. Los llevó hasta un ascensor. Tras pasar su tarjeta de identificación, la doctora presionó el botón y el cubículo comenzó a subir a toda velocidad hacia una de las zonas negras, prohibidas para la mayoría de los habitantes del complejo.

—Cuando se abran las puertas del ascensor, girad a la izquierda y atravesad la salida de emergencia —explicó ella con premura—. Os encontraréis una escalera que sube varios pisos. Una vez arriba, os toparéis con una puerta. Entrad y cerradla, porque solo así se podrá abrir la que os llevará al exterior. Dejad la silla de ruedas aquí y toma esto. Utilízalo en cuanto estéis en un lugar seguro —añadió, entregándole a Eden una batería con un par de electrodos—. Está cargada.

—¿Por qué...? —preguntó Eden—. ¿Por qué nos ayudas?

La mujer se agachó y le acarició el pelo mientras esbozaba una sonrisa.

—Porque no puedo soportar verme así, Eden Collins —confesó ella.

El pitido del ascensor acompañó el impacto de la confesión de la doctora. En cuanto las puertas se abrieron, le dio un beso a Eden en la cabeza, les deseó suerte y tomó el camino contrario al suyo con la silla de ruedas y los ojos húmedos.

Los cuatro fugitivos siguieron paso a paso todas las órdenes de la mujer a través de las puertas y de las escaleras que los llevarían a la libertad. Carlos y Crixo iban delante, y Ray ayudaba a Eden, que apenas podía caminar. Cuando vio que la chica no aguantaría otro tramo de escaleras, Ray la tomó en brazos y siguió subiendo con ella.

Crixo fue el primero en atravesar la puerta hermética y sentir la luz del día en su rostro. Uno a uno fueron saliendo al exterior, con los ojos entrecerrados por culpa del sol. Ray nunca pensó que una brisa de aire pudiera llegar a significar tanto. Con todo, aún se encontraban en peligro y debían alejarse lo máximo que pudieran de aquel lugar.

Anduvieron durante más de una hora sin detenerse hasta que Ray identificó la estación de tren abandonada en la que aparcaron los coches cuando los rebeldes le acompañaron a rescatar a Eden. Una vez a resguardo entre sus paredes, aprovecharon para recuperar el aliento y para que Eden recargara su corazón. Fue Ray quien le colocó los electrodos en el pecho y, con sumo cuidado, pulsó el botón para que su cuerpo recibiera la energía.

—Mi pila favorita —dijo Ray con humor mientras veía cómo la luz de su brazalete se volvía verde.

—Cállate, Duracell —respondió ella con una sonrisa, antes de atraerle hacia sí y darle el beso que ambos tanto necesitaban.

Una vez hubieron descansado un poco, emprendieron el camino a la Ciudadela.

Eden y Ray no se separaban. Sus dedos jugueteaban y sus labios se buscaban a cada segundo, interrumpiéndose. Era como si quisieran recuperar cada minuto de angustia que habían vivido alejados. Entre risas, besos y caricias, aprovecharon el viaje para ponerse al día: los experimentos en los laboratorios, la trampa de Kurtzman, la traición de Dorian... Pero lo que más conmocionó a Eden fue oír hablar a Ray de Samara. De hecho, fue lo primero que preguntó cuando tuvo oportunidad y él le contó lo que ocurrió con el general de los centinelas en lo alto de la Torre.

—Fue muy valiente —dijo Ray—. Si no llega a ser por ella, creo que Kurtzman nos habría matado a los dos.

Eden se refugió en el pecho del chico con el rostro cargado de lágrimas para después abrazarlo, agradecida.

Tardaron dos días en cruzar toda la carretera hasta su destino. Por suerte, por el camino se encontraron algunas estaciones de servicio donde pudieron hacerse con agua y comida suficiente como para llegar, al tercer día, a la Ciudadela.

Fue uno de los miembros de la Nueva Guardia quien reconoció a Ray y a Eden al instante. Su cara de asombro al ver al chico les confirmó sus sospechas. A toda prisa, los cuatro fugitivos se dirigieron a la Torre y no dejaron de correr hasta que se toparon con una muchedumbre que se amontonaba alrededor de un escenario frente al edificio del gobierno. De fondo escuchaban por los altavoces a alguien hablar sobre la necesidad de una guerra, de un enfrentamiento contra el complejo, de sacrificios y un futuro más brillante. Ray avanzó entre la multitud mientras la gente iba apartándose entre gritos de sorpresa. Entonces llegó frente al escenario y lo vio. Era Dorian quien estaba dando aquel discurso, haciéndose pasar por él.

Con la rabia palpitando en sus venas, Ray tomó aire y gritó tan fuerte como sus pulmones le permitieron.

15

—¡Dorian!

Tardó unos segundos en asimilar que alguien le acababa de llamar por su verdadero nombre. De hecho, pronunció varias frases más de su discurso antes de que su voz se convirtiera en un susurro inaudible. Para cuando esto sucedió y su mente fue consciente de lo que sus ojos veían, tan solo tuvo tiempo de saltar del escenario y echar a correr. Los rebeldes no supieron reaccionar hasta que se encontró lo suficientemente lejos como para que le dieran alcance.

«No puede ser», se decía mientras se alejaba de la Torre por el primer callejón colindante que encontró. Ray estaba allí. Y Eden. ¿Cómo habían logrado escapar? ¿Un error del gobierno? ¿¡Tan grave!? ¿O una trampa preparada para él?

A los pocos segundos de entrar en el callejón, Dorian escuchó cómo alguien también se internaba en él y gritaba en su dirección. Estaba atrapado. La Ciudadela se había convertido en una maldita ratonera y él estaba solo. No podía confiar en nadie, ni siquiera en los supuestos espías del gobierno. ¿Por qué no le protegían? ¿Dónde estaban? Eran preguntas para las que no tenía respuesta.

Al cabo de un rato, creyó haber dado esquinazo a sus perseguidores. Volvió a salir a una de las avenidas principales para dirigirse a un portón de la muralla y se mezcló entre la muchedumbre. Pensó que la noticia de que él no era el verdadero Ray tardaría en correrse y mientras tanto para la mayoría de aquellas personas él seguía siendo como un mesías. Sin embargo, esa era también un arma de doble filo, como descubrió unos instantes después.

—¡Es Ray! —fue un adolescente quien advirtió su presencia, y al segundo siguiente, varias decenas de ojos se volvieron hacia él.

—¿¡Dónde están nuestros brazaletes!? —le increpó una mujer con un bebé en brazos en ese instante—. ¡Nos los prometisteis!

—¡Oye! ¡Si hay guerra, yo también quiero luchar! —exclamó un hombre que arrastraba una carreta llena de artilugios desvencijados—. ¡Contad con mi mercancía!

Allá donde mirase, había alguien exigiéndole o suplicándole algo. La gente alternaba la mirada entre él y las pantallas holográficas que había en las paredes de los edificios y en las que, hasta hacía unos segundos, él mismo había estado dando su discurso.

De repente estas volvieron a encenderse y en ellas apareció una imagen suya y un comunicado urgente desvelando que era un impostor y anunciando una recompensa para quien lo atrapase.

Poco a poco el desconcierto se apoderó de la gente, que se volvía para mirarlo de una manera distinta. Dorian comenzó a retroceder lentamente, intentando mantener la cara de extrañeza, pero la palabra «recompensa» parecía hacerse más grande a cada segundo que pasaba. Era un reclamo demasiado fuerte y sabía que no tardarían en abalanzarse sobre él.

—¿Qué estupidez es esa? —preguntó en voz alta una mujer que Dorian recordaba haber visto alguna vez con Chapel—. ¿Un impostor? ¡Los impostores son ellos!

—¡Intentan distraer nuestra atención de la verdad! —contestó otro, junto a ella, y antes de seguir hablando, se volvió hacia Dorian y le guiñó un ojo tan deprisa que el chico creyó haberlo imaginado—. ¡El nuevo gobierno es peor que el anterior!

Dorian lo comprendió al instante. Los espías del gobierno le estaban ofreciendo la ventaja que necesitaba. Así que, sin esperar más, le dio un empujón a un tipo que le cerraba el paso y echó a correr. Antes de llegar al callejón, ya sintió un par de manos intentando sujetarle, pero sin tan siquiera girarse, se deshizo de ellas con un golpe y siguió corriendo. Los gritos de amenaza se multiplicaron y Dorian tuvo que acelerar. Sentía el corazón latiéndole en las sienes, pero su vida dependía de aquella carrera. Imaginaba perfectamente lo que ocurriría si lo atrapaban los rebeldes.

Aunque le costara admitirlo, necesitaba regresar al complejo para esconderse. No estaría en menor peligro que en la Ciudadela, pero al menos podría decidir cómo actuar a continuación.

Ray seguía vivo. La imagen de su clon apareciendo entre la muchedumbre se repetía en bucle en su memoria. ¿Cómo le habían dejado escapar? ¡¿Qué clase de inútiles iban a gobernar aquel mundo en el futuro?! ¿Cómo iba a permitirles...?

—¡Dorian!

La voz de Ray en la distancia le obligó a detenerse y a darse la vuelta. Su clon se encontraba en el extremo opuesto de la calle.

—¡No tienes dónde huir!

De haber tenido un arma de fuego le habría disparado en ese mismo instante, sin pensárselo. «Deberías estar muerto», se repetía Dorian. «Deberíais estar muertos, tú y Eden y todos los que han permitido que huyerais».

Pero no tenía arma, y Ray ya había echado a correr en su dirección. Así que solo le quedaba una posibilidad: ser más rápido que él y despistarle. Pronto perdió la noción de hacia dónde se dirigía. Era la primera vez que recorría esas calles y solo esperaba que la salida de la muralla estuviera donde él pensaba.

Aquella zona parecía deshabitada. No había ni rastro de gente, y para cuando advirtió a lo lejos el muro que rodeaba toda la ciudad, se atrevió a pensar que había dado esquinazo a todo el mundo.

Entonces escuchó un pitido y, cuando se giró, un rayo impactó en su pecho y lo lanzó volando contra el asfalto. Con las extremidades y el cuerpo temblando por la descarga, tuvo que apoyarse en la pared para levantarse.

—¡Dorian, ríndete! —escuchó en la distancia.

Ray le apuntaba con una de aquellas pistolas eléctricas, pero él no se amedrentó.

Azuzado por la rabia, Dorian se dio la vuelta y aceleró el paso intentando ignorar los latigazos de dolor que le recorrían el cuerpo. Rendirse no era una posibilidad. Tenía que escapar, perder a Ray por el camino, abandonar la...

El segundo pitido de la pistola vino acompañado por una inmediata punzada de dolor en el muslo que le hizo caer de bruces contra la carretera.

Antes de que lograra reponerse, sintió una mano sujetándole el tobillo.

—No vas... a volver... a escaparte... —masculló Ray mientras intentaba controlarle.

Dorian le soltó una patada y acertó a golpearle en el hombro, haciendo que la pistola saliera despedida por el aire. Ray no tuvo más remedio que liberar el pie de su clon unos segundos, que el otro utilizó para arrastrarse a gatas unos metros antes de recuperar el equilibrio.

Con un gruñido, Ray saltó de nuevo sobre él y esta vez lo agarró de los hombros. Los dos cayeron al suelo y rodaron por el asfalto corroído de la carretera en un revoltijo de pies, brazos, patadas y puñetazos.

—¡Suéltame! —rugía Dorian, fuera de sí, intentando zafarse de cualquier manera.

Pero Ray, a pesar de estar en peor forma que él, era mucho más ágil, y cada vez que intentaba soltarle un puñetazo, lo esquivaba.

—Eres un traidor... —siseó Ray cuando logró colocarse sobre él y controlarlo—. Nos has vendido... Creí que éramos hermanos.

Al oír aquella palabra en boca de su clon, Dorian sintió un ramalazo de odio que le otorgó la fuerza necesaria para tomar impulso y girar las tornas. Cuando se encontró sobre Ray, comenzó a tirar de sus brazos hacia arriba sin importarle los gritos contenidos del otro.

—Tú y yo... no somos hermanos... —le susurró Dorian al oído, y a cada palabra suya, más fuerte tiraba—. Y pronto yo seré único.

Ray soltó un alarido al sentir el latigazo de dolor cuando escuchó crujir su hombro. Pero aun así, comenzó a reír. Entre lágrimas, se desataron las carcajadas nerviosas.

—Único... —dijo, y siguió riendo.

Extrañado, descolocado y a la vez intrigado, Dorian dejó de tirar unos segundos y frunció el ceño.

—Pronto... todos serán como nosotros... —masculló Ray desde el suelo, arrastrando el polvo de la calle con su aliento—. Todos...

—Mientes —le espetó Dorian, y de nuevo trató de descoyuntarle los brazos cuando Ray, aprovechando el desconcierto de su clon, liberó su codo y le golpeó con fuerza en el costado.

Ray gritó de dolor al hacerlo, pero a pesar de ello todavía tuvo fuerzas para atizarle un nuevo puñetazo a Dorian y recuperar la ventaja.

—No miento... —dijo—. Están raptando a los electros. Están experimentando con ellos y les están extirpando el alma. ¿Te suena?

—¡Mientes! —repitió Dorian, revolviéndose sin obtener resultado—. ¡Ellos... no tienen alma!

Ray lo sujetó con más fuerza y siguió hablando. Quería retrasar lo inevitable.

—Para ser su amigo, veo que en el fondo no te tienen tan al tanto como crees... Los clones no tenemos alma al principio, pero con el paso del tiempo acabamos desarrollando una.

Por un instante, Dorian dejó de pelear.

—¿Qué...?

—A Eden iban a extirpársela cuando la rescatamos. Y no era la primera práctica que hacían, desde luego. Sabes que es verdad. El gobierno es cruel. Kurtzman, Bloodworth, nuestro creador... son unos asesinos y no les importa quién muera por el camino si alcanzan su objetivo. ¿Cómo..., cómo has podido unirte a ellos?

—¡Ellos me respetan como merezco! —contestó el otro, aguantando las lágrimas de frustración.

—¡¿Obligándote a hacerte pasar por mí?! ¿Así te respetan? —tras ese último grito, ambos guardaron silencio con las respiraciones aceleradas—. Ríndete, Dorian. Ríndete e intentaré que vuelvan a aceptarte aquí, por favor... —el otro no respondió, pero Ray insistió de nuevo—. Tú conoces detalles del complejo que ninguno de nosotros sabe, podrías ayudarnos.

Dorian soltó una carcajada amarga.

—Vuelves a utilizarme —dijo.

—No, te ofrezco la oportunidad de salvarte.

—¿Y quién te ha dicho que necesite tu ayuda?

Antes de que terminara de hacer la pregunta, Dorian se inclinó hacia un lado y golpeó con la pierna doblada a su clon antes de avanzar y ponerse de pie. Ray lo imitó, pero cuando se levantó, llevaba en la mano una pistola con la que apuntaba a Dorian.

—Esta no es de rayos, así que no me obligues a hacerlo... —le pidió.

El otro se dio la vuelta despacio al escuchar el desbloqueo del seguro y sonrió a Ray con una mirada cargada de desprecio.

—¿Vas a matarme? ¿A tu propio *hermano*?

Aunque intentaba que no se le notara, Dorian advirtió cómo el arma le temblaba en las manos.

—Hay otra opción —le dijo Ray, sin bajar el cañón de la pistola.

—Sí, que me dejes marchar.

El chico negó en silencio.

—Entonces tendrás que dispararme —añadió Dorian.

—No me obligues a hacerlo...

Dorian calibró la debilidad en Ray, la falta de valor para dispararle a sangre fría, y comenzó a avanzar hacia él.

—Venga, Ray. Nunca te lo he puesto tan fácil —le provocó con una sonrisa tranquila—. Dispárame.

—No te muevas —respondió Ray entre dientes, sin dejar de apuntarle.

—¡Hazlo!

Dorian puso su pecho en el cañón de la pistola, sin dejar de mirar a su clon.

—Eres un maldito cobarde —sentenció.

De pronto, Dorian golpeó con todas sus fuerzas el brazo de Ray y tiró el arma al suelo. El chico, en un acto reflejo, fue a lanzar un puñetazo a Dorian, pero este fue más rápido y le golpeó en el estómago. Ray, aturdido, comprendió la magnitud de su error cuando Dorian alargó el brazo y agarró el arma.

—Deberías haberme matado cuando tuviste la oportunidad —dijo, apuntándole con la pistola—. Hasta siempre, Ray.

Y apretó el gatillo.

«Clic».

Dorian apretó el gatillo un par de veces más, pero el resultado fue el mismo: un clic tan ridículo que ambos tardaron en comprender que el arma no estaba cargada.

Ray fue el primero en salir del aturdimiento y golpear en la pierna a Dorian. Su agilidad le permitió ponerse sobre él e inmovilizarle. Fue entonces cuando rodeó su cuello con las manos y apretó. Dorian se revolvió como una anguila para soltarse, pero Ray siguió haciendo fuerza. Poco a poco, la cara de odio del clon se fue transformando en una de auxilio.

A medida que la mirada de Dorian se iba apagando, Ray solo se permitía pedirle perdón por estar haciendo aquello, culpándose por haber sido él quien le había convertido en aquel monstruo.

¿Dónde estaban los demás? ¿Por qué no lo detenían? ¿Por qué no había más opciones? ¿Por qué no desistía y buscaba una alternativa? ¿Por qué...?

Ray soltó el cuello de Dorian, incapaz de matarlo por mucho que el otro lo odiase. Su clon enseguida comenzó a toser y sin pausa se alejó de él a rastras mientras se agarraba el cuello.

Ray rompió a llorar. Las lágrimas que acudieron a sus ojos no eran de pena, sino de impotencia. Era consciente de la amenaza que suponía Dorian para los rebeldes, para la Ciudadela, para Eden, y no obstante, era incapaz de matarle.

—¡Vete! —le dijo entre sollozos—. ¡Lárgate de aquí antes de que te mate! ¡Y no vuelvas nunca! ¿Me entiendes? ¡NUNCA!

Dorian se alejó corriendo, aún intentando recuperar el aire. Corrió sin mirar atrás, y Ray esperó hasta que su silueta se hizo tan diminuta como el resto de los granos de arena que formaban aquel desierto.

16

Darwin golpeó la pared con los puños antes de volverse hacia ellos hecho un basilisco.

—¡¿Cómo has podido dejarlo escapar?!

—Baja la voz —le respondió Ray, sin tan siquiera mirarle—. La vas a despertar.

Se encontraban en una de las habitaciones del edificio de la Torre. Eden dormía en la cama, envuelta en sábanas y mantas y controlada con algunas de las medicinas que aún quedaban del anterior gobierno para que la fiebre no le subiera más.

Desde que había regresado de la muralla, Ray no se había separado de ella. Sentado en un taburete, le apartaba el flequillo húmedo por el sudor y le acariciaba la mano con suavidad intentando compartir con ella la energía que le hacía falta para salir adelante. Al otro lado de la cama, Samara observaba por la ventana en silencio, con las ojeras de quien no ha pegado ojo en días.

Darwin volvió a la carga.

—¡Si lo hubieras atrapado, podríamos tener más información sobre sus planes!

—Dorian no tiene ni idea de lo que pasa en el complejo —le espetó Ray, volviéndose hacia él—. Ni idea. Eden y yo hemos descubierto más cosas estando presos que él codeándose con Bloodworth y los suyos. Lo han usado igual que a los *infantes*: como a un perro de caza. Está confundido...

—¿Confundido? —Darwin se acercó a Ray—. ¡Es un asesino! ¡Un psicópata! Y no me extrañaría nada que el drama que se ha montado con Chapel y los suyos por la muerte de Theodoro fuera culpa suya.

—¿Queréis bajar la voz? —pidió esta vez Samara.

Eden y Samara se habían reencontrado mientras Ray perseguía a Dorian, y la emoción había sido demasiado para la rebelde. Las constantes de la chica y su presión habían bajado en picado y finalmente había caído desmayada. Desde entonces no había despertado.

—Tenéis un maldito edificio entero para hablar —insistió Samara, molesta—. Largaos a otro sitio y dejad que Eden...

—Estoy... despierta.

Como si un imán ejerciera su acción magnética, los tres se volvieron hacia ella, que parpadeó un par de veces antes de abrir por completo los ojos.

—Sigues aquí... —dijo Eden mirando a Samara con los ojos llenos de lágrimas.

Por toda respuesta la joven asintió al tiempo que se acercaba para sujetarle fuerte la mano.

—Dios mío, cuánto has crecido. Estás... preciosa.

Ray y Darwin no pudieron contener las sonrisas.

—¿Cómo te encuentras? —le preguntó Ray, acariciando la nuca de la chica.

Eden le devolvió una sonrisa débil.

—Estoy bien... ¿Qué ha ocurrido? Dorian...

—Escapó —se apresuró a decir Ray, y después advirtió con la mirada a Samara y a Darwin para que no añadieran nada más—. Pero tú no te preocupes por eso ahora. Tienes que descansar y...

—Ya habrá tiempo para descansar más tarde —dijo Eden, mientras se incorporaba en la cama con un gesto de dolor, y se dirigió a Darwin al añadir—: He de informaros de lo que está ocurriendo ahí dentro.

Darwin había organizado la reunión urgente en cuestión de una hora. Mientras tanto, Eden había podido comer algo, ducharse y vestirse, siempre bajo la atenta supervisión de Ray, que no se apartaba de su lado por miedo a que pudiera marearse en cualquier momento y sufrir un accidente. Tuvo que asegurarle más de diez veces que podía darse un baño sola hasta que logró convencerle.

Luego, Eden se apoyó en Ray y Darwin para recorrer el trayecto hasta una sala vacía de aquella misma planta. Antes de llegar, ya pudo escuchar las voces de Kore, Aidan, Jake y de Madame Battery, y otras que no reconoció. A su lado, Samara le agarraba la mano como si temiera que fuera a desaparecer en cualquier momento.

Cuando entraron, todos se volvieron hacia ella. Había lágrimas en los ojos de Kore y de Battery, si bien esta última se apresuró a secárselas y a comprobar con un pañuelo que no se hubiera corrido el rímel que llevaba.

—Qué alegría verte de nuevo —la abrazó Kore.

Los demás también fueron acercándose para saludarla o presentarse. Allí conoció a Simone, que, como le explicaron, había relevado a Houston tras su muerte y había pasado a ser la mano derecha de Carlton.

Una vez estuvieron todos sentados y en silencio, Eden comenzó a hablar... Les explicó cómo había pasado las últimas semanas, encerrada en aquel cuarto de paredes blancas, sin apenas ser consciente de lo que sucedía a su alrededor y con el nivel de la energía de su corazón al límite. Inconscientemente, se acarició el brazalete y dejó que la suave luz verde se reflejara en las yemas de sus dedos.

Pasó después a contarles las pruebas a las que la habían sometido y la explicación que el Ray original le había dado de por qué las estaban realizando. El desconcierto y el miedo se hicieron patentes en todos cuando les habló de los experimentos que estaban llevando a cabo con el alma de los electros.

—Ahora valemos más vivos que muertos para ellos, y van a empezar a darnos caza —añadió la chica—. El *otro* Ray ha echado por tierra los planes del gobierno y les ha demostrado que la vacuna funciona.

—Santo cielo... —musitó Battery, incapaz de creérselo.

—No solo les hemos construido su futuro —dijo Darwin—; también les hemos preparado el ingrediente final para sus vacunas.

—Esto es de locos.

Fue Carlos quien dijo aquello antes de echarse a reír. Eden había tardado unos segundos en reconocerle con el pelo repeinado hacia atrás y la ropa limpia de los rebeldes.

—¿Y qué podemos hacer? —preguntó Kore, y desvió los ojos hacia Ray—. Sin Dorian, volver a entrar en el complejo sería un suicidio.

—¡Ya se lo he dicho a Darwin y os lo repito a vosotros! —exclamó Ray—. Dorian no sabía nada de los tejemanejes que se traían entre manos los del complejo, y preparándose para sustituirme, dudo que tuviera tiempo de hacerse un *tour* por sus nuevas instalaciones en estas semanas.

—¡Al menos era algo! Tú solo conoces la prisión y Eden...

Kore pareció agotarse de pronto y ni siquiera se molestó en acabar la frase. Volvió a sentarse y se masajeó la frente.

Carlos se aclaró en ese momento la garganta para intervenir:

—Ellos dos no son los únicos que han estado allí —les recordó—. Aunque Ray me conoció en la prisión, he crecido en esos pasillos que tantas ganas tenéis de visitar. Además, no es muy distinto al anterior... —añadió mientras miraba a Darwin.

—Aún no nos has dicho por qué acabaste *tú* en la prisión —dijo el líder.

—No lo he hecho, no. Digamos que fue por... mis ganas de saber qué había más allá de aquellas paredes. Y cuando lo averigüé, quisieron que mantuviera la boca cerrada.

—Pues ahora que ya lo sabes, necesitamos que nos ayudes a entender qué se esconde dentro de ellas.

El latino asintió con calma.

—Necesitaré papel y lápiz. Y tranquilidad. Odio trabajar bajo presión.

Darwin frunció el ceño y se dispuso a decirle algo, pero Madame Battery lo detuvo sujetándole el brazo.

—Haremos que te traigan lo que necesitas —contestó la mujer, forzando una sonrisa—. De todos modos, antes tendremos que decidir qué plan seguir.

—¿A qué te refieres con...? ¡Debemos atacar y cuanto antes, mejor! —reaccionó Darwin, acercándose a la ventana—. ¿Has visto lo que está pasando ahí abajo? Esa gente busca venganza, ¡quiere la guerra! Y si nosotros no los apoyamos, perderemos la poca credibilidad que nos queda.

—¡Si vamos ahora a la guerra es probable que perdamos la vida! —le respondió Kore.

Por un segundo Ray pensó lo paradójica que resultaba la situación. Se habían intercambiado los papeles y ahora era Kore quien abogaba por la prudencia ante Darwin.

—Eso no lo sabemos —decía Darwin en ese momento—. Si nos organizamos bien, si controlamos el ataque nosotros, puede que acabemos con la amenaza humana de una vez por todas.

—¿Y qué pasa con los espías? Dorian ya me lo advirtió. Están entre nosotros, en el pueblo: informarán al gobierno de cualquier movimiento que hagamos.

—Kore, ya lo sé —insistió Darwin—. Ya lo sé. Y no dejo de pensar en ello: tenemos que cazarlos, no hay duda, pero ¿crees que esa gente tendrá paciencia? Las puertas están abiertas, pueden irse cuando quieran, pero no llevan armas ni saben nada sobre estrategias militares. Si no les ayudamos, será una masacre, te lo garantizo.

—Debemos apostar por el menor de todos los males, querida —añadió Madame Battery.

—¿Cuál es el siguiente paso, entonces? —preguntó Jake, apoyado en la pared y con la cabeza girada hacia la muchedumbre que se congregaba a los pies de la Torre.

—Para mí está claro —dijo Darwin—. Que Ray dé el auténtico discurso que llevan esperando desde hace días...

—¿Y cómo queréis que explique lo de Dorian?

Madame Battery abrió en ese momento su abanico y le dijo:

—Para el resto del mundo ese chico no es más que tu gemelo. Y así se lo comunicarás.

Ray asintió.

—Y sobre Crixo imagino que no querréis que diga nada...

—Mejor que no. Dudo que vayan a tomarse bien que estemos teniendo algún tipo de relación con estas criaturas especialmente cuando uno de los suyos murió a manos de los *infantes*.

—Los *lobos* no son *infantes* —le espetó Ray.

—Para ellos sí, todos son monstruos. Así que guárdate esa información. Por cierto, ¿dónde está? —añadió el líder, con el mismo gesto de disgusto que puso cuando Ray y Carlos le explicaron cómo habían huido del complejo—. Lo tendréis controlado, ¿no?

—Es igual de libre que nosotros. Posiblemente, esté con los suyos.

—O sea, que no sabéis dónde está.

—Da igual donde esté. No es una amenaza.

Darwin capituló, aunque sus ojos, como los de los demás rebeldes, reflejaban ciertas dudas. Una vez más tuvo que convencerse de que estaba haciendo lo correcto y que la criatura no los defraudaría; que estaba de su lado.

El resto de la mañana transcurrió entre preparativos del discurso y estudiar diversas opciones sobre el inminente ataque al complejo. Darwin y Aidan eran quienes llevaban la voz cantante en la estrategia, y los que habían estado en el complejo eran quienes desestimaban determinadas acciones o sugerían otras posibilidades.

Por supuesto, Ray no expondría abiertamente sus intenciones al pueblo, pero prefería conocer todo el plan para saber qué decir y qué no decir cuando se subiera al escenario.

A media tarde, la Torre envió un comunicado que se reprodujo por todos los altavoces de la Ciudadela y en las pantallas holográficas de las calles, y como la vez anterior, la inmensa calle que desembocaba en la Torre se llenó de gente que esperaba escuchar lo que Ray tuviera que decirles.

Eden siguió el discurso desde detrás del escenario, con los demás rebeldes. Solo Darwin y Aidan subieron junto a Ray para ofrecerle su apoyo y actuar en caso de que se produjera algún altercado.

—Le irá bien —le aseguró Samara a Eden cuando comenzaron los abucheos—. Ya verás...

La rebelde solo conocía a Chapel de lo que les había escuchado decir a sus compañeros, pero en cuanto se asomó y echó un vistazo a las primeras filas, lo reconoció. Alto, delgado, con aquella ropa blanca y las gafas circulares oscuras. A su alrededor, hombres y mujeres de diversas edades le reían los comentarios y acompañaban sus gritos de protesta con silbidos.

Por suerte, cuando Ray tomó el micrófono y comenzó a hablar, la gente fue guardando silencio hasta que su voz fue lo único que resonó por toda la Ciudadela.

Tal y como le habían dicho que hiciera, comenzó pidiendo disculpas por la muerte de Theodoro y narrándoles la odisea que los rebeldes habían tenido que vivir para obtener placas solares con las que construir los ansiados brazaletes. Y a continuación procedió a explicar la presencia de Dorian en la Ciudadela. Sin entretenerse en detalles, Ray les contó la manera en la que el gobierno había secuestrado a Eden y cómo después lo habían hecho rehén a él cuando fueron a salvarla.

Algunos en la primera fila se atrevieron a burlarse de él, y el chico tuvo que contener las ganas de saltar sobre ellos para cerrarles la boca. Por el contrario, pasó a explicar que, sin él saberlo, su hermano gemelo se había unido al gobierno y que, llegado el momento, dieron el cambiazo.

Poco tardó alguien en preguntar a gritos si era realmente su hermano o si se trataba de un clon, a lo que Ray se apresuró a responder que hasta la fecha no tenían noticias de que hubieran duplicado a nadie y que, de hecho, las diferencias eran evidentes cuando uno los veía de cerca. Intentó que su gesto fuera lo más convincente posible.

—¿Entonces cómo es que ninguno de vosotros advirtió el cambiazo? —preguntó Chapel en respuesta, obligando a Darwin a acercarse al micrófono para explicarse:

—El Comité lo sabía —dijo—. Desde el principio. Pero Dorian amenazó con asesinar a Ray si intentábamos detenerle. Lo que nos lleva al punto más importante que queremos comunicaros: existen prueban fehacientes de que el gobierno humano está infiltrado entre nosotros. Hay espías que viven en nuestras calles y que mantienen al gobierno al tanto de todos nuestros movimientos.

Darwin esperó a que el mensaje calara en todos los que le escuchaban para después añadir:

—Estamos en guerra. Lo hemos estado toda nuestra vida, pero ahora tenemos la oportunidad de pelear. Y lo vamos a hacer. Sin embargo, para asegurarnos de que no se vaya a filtrar nuestra estrategia, el Comité la mantendrá en secreto hasta que llegue el momento de actuar.

—¿Y nosotros no tendremos ni voz ni voto? —preguntó un hombre mayor de barba oscura, y Ray no pudo evitar preguntarse si aquel tipo era un posible espía.

—No, y no es discutible —contestó Darwin—. Quien quiera acompañarnos deberá hacerlo bajo nuestras órdenes. El reclutamiento comenzará mañana de madrugada.

Ese comentario provocó de nuevo murmullos de desconcierto.

—Todo aquel que esté interesado en acompañarnos —añadió Ray alzando la voz para recuperar la atención— deberá pasar previamente por el dispositivo que prepararemos aquí en la Torre. Si de verdad queremos ganar esta guerra y evitar bajas innecesarias, tendréis que confiar en nosotros y en nuestro criterio. Eso es todo, muchas gracias.

Darwin y Ray se dieron la vuelta y Aidan los siguió, pero era evidente que para mucha gente ahí abajo aún quedaban dudas por resolver. Probablemente casi tantas como las que ametrallaban en ese momento el cerebro de Ray.

17

Kurtzman. Bloodworth. Ray. Aquellos nombres resonaban en su cabeza con cada paso que daba a través del desierto como una letanía de venganza y muerte. La ira y la vergüenza que sentía por haber fallado en su misión y las palabras de Ray sobre el gobierno y el alma de los clones eran el único impulso que le llevaba a seguir caminando.

Podría haber tomado otro camino, desaparecer, olvidarse del gobierno y del complejo. Pero no les daría esa satisfacción. No ahora que además sabía lo que estaban planeando hacer. No cuando habían vuelto a traicionarle.

Su plan de venganza se iba desarrollando en su cabeza con una claridad fascinante. Ray nunca debería haberle dejado marchar. Sí, tal vez los espías que quedaban en la Ciudadela aún podían destruirla desde dentro. Pero ahora habían condenado a cientos de personas que, probablemente, ni siquiera supieran que había una guerra desarrollándose en el exterior.

Desde que había salido de la Ciudadela, nadie había intentado ponerse en contacto con él. Ni Kurtzman ni Bloodworth ni su original. Nadie lo había llamado para advertirle de que

Ray y Eden habían escapado, de que se dirigían hacia allí. De que su vida corría peligro. Y él tampoco pensaba darles aviso de lo que se les venía encima. ¿Se habían olvidado de él? ¿Habían dado por perdida la misión? ¿Su vida? ¿Tan insignificante les parecía?

Él les demostraría que se equivocaban.

Descubrir a lo lejos la montaña bajo la que se ocultaba su destino no hizo más que avivar las llamas de la rabia. Cada herida de su cuerpo, cada segundo de dolor que había pasado desde que abandonó las murallas multiplicaban su ansia por castigar a todos los culpables.

Habían transcurrido más de cuatro días, cuatro días caminando por el desierto, cobijándose en las escasas viviendas que se había encontrado por el camino y bebiendo y comiendo de las provisiones que había encontrado en la despensa de una de ellas. Se guiaba únicamente por sus recuerdos y por todos los mapas que se había obligado a estudiar en el complejo, pero por fin lo había logrado.

De repente se levantó una inesperada ventisca de arena que le obligó a cubrirse la cara con los brazos. Cuando pudo volver a caminar, escuchó el motor de los coches acercándose. Una patrulla de reconocimiento, supuso. Aquella era la única zona de todo el complejo que, según tenía entendido, estaba vigilada por centinelas y no por *infantes* o trampas mortales. Pero él no se estaba escondiendo; quería entrar por la puerta principal y sonrió cuando los *jeeps* se detuvieron a una distancia prudencial de él y los centinelas que bajaron de ellos le ordenaron que se tirase al suelo.

—¡Coloca las manos en la nuca y no te muevas! ¡Vamos! —gritó el que parecía estar al mando.

Dorian obedeció. Sintió un dolor punzante en la espalda cuando cayó de rodillas y se permitió el lujo de cerrar los ojos cuando se tumbó sobre la arena.

Enseguida oyó los pasos cercanos de los soldados y un par de manos enguantadas cacheándole.

—Está limpio —dijo el tipo que se había acercado a él antes de levantarlo de un tirón.

—Llevadlo ante Kurtzman —ordenó el jefe.

Dorian no opuso resistencia. Le colocaron unas esposas y lo metieron en uno de los coches sin dejar de apuntarle con las armas. Él se mantuvo en silencio durante los escasos minutos de viaje y cuando el portón blindado se abrió ante ellos y el coche cruzó al otro lado respiró más tranquilo. Tenía que esforzarse por no cerrar los ojos y quedarse dormido. Aquel asiento de coche era la cosa más cómoda y mullida que había sentido en días y la tentación de dejarse arrastrar por el cansancio era inmensa. Pero el frenazo posterior y la brusquedad con la que le sacaron del vehículo le recordaron la razón por la que estaba allí y sus sentidos volvieron a agudizarse.

Lo llevaron casi a rastras hasta el ascensor y no se apartaron de él hasta que bajaron al piso donde se encontraban las salas de interrogatorio. Una vez dentro, cerraron la puerta y lo dejaron solo.

No supo cuánto tiempo pasó hasta que la puerta volvió a abrirse, pero sus fuerzas no flaquearon. Conocía los métodos de tortura del gobierno, sobre todo porque él había participado en ellos cuando se encontraba al otro lado de la mesa. Por eso, cuando el general de los centinelas apareció en la sala, Dorian se limitó a sonreírle.

—General...—dijo Dorian en un saludo.

Detrás de él entraron Bloodworth y Ray.

—Vaya, habéis venido todos a recibirme. ¡Qué bonito detalle por vuestra parte teniendo en cuenta que habéis pasado de mí desde que...!

Kurtzman le agarró la cabeza y le giró para dejarle el cuello al descubierto.

—¡Soy yo!

Después le acercó un aparato, como un lector de códigos de barras, y se lo pasó por el cuello. Cuando pitó, el general miró la pantalla y ratificó:

—Es él.

Bloodworth asintió con la cabeza y le quitaron las esposas. Dorian se sintió como un maldito perro. Había tenido que dejarles que le pusieran aquel chip cuando aceptó el plan de la sustitución, pero eso no disminuía la sensación de sentirse como un animal.

—¿Por qué no me dijisteis lo de Ray? —preguntó el chico enfadado—. ¿Por qué no me avisasteis nada más haberse escapado?

—Tranquilízate, Dorian. Aquí hemos tenido mucho jaleo con todo eso —contestó Bloodworth excusándose.

—No me digas que me tranquilice. ¡Han estado a punto de matarme!

—Igual deberían haberlo hecho... —soltó Kurtzman de refilón.

Dorian sintió ganas de lanzarse contra él y estrangularle, pero debía mantener la compostura si quería salir vivo de aquel encuentro.

—¿Cómo han podido escapar? —preguntó Dorian.

—Eso no es de tu incumbencia —respondió Bloodworth—. Ahora tenemos que centrarnos en otra cosa: debemos tomar el control de la Ciudadela. Inmediatamente.

—Estáis locos... Lo tienen todo muy bien organizado. Incluso con tus inútiles espías...

—Los *inútiles* espías —intervino Kurtzman con desagrado— están siguiendo nuestras órdenes.

—¿Y por qué ninguno de ellos ha contactado conmigo en todo este tiempo?

—Precisamente por eso: queríamos prevenir tus meteduras de pata —añadió el general—. Cuanto menos supieras, mejor.

Lo acabaría matando. Tarde o temprano le quitaría la vida a aquel engreído y, oh, cuánto disfrutaría con ello, pensó.

—Ya basta, Kurtzman —dijo Bloodworth—. Como he dicho, lo importante ahora es recuperar la Ciudadela.

—Aún no está preparada para que todos estos humanos se conviertan en electros, ¿cómo vais a hacerlo?

Era una prueba. Necesitaba confirmar que lo que Ray le había contado era cierto, que no confiaban en él...

—Bueno —Bloodworth se aclaró la garganta—, hemos estado trabajando en miles de brazaletes para todos y ya estamos listos para...

—Deja de mentirme, *Richard* —Dorian pronunció el nombre del gobernador con desprecio antes de dirigirse al viejo Ray—: ¿O es que acaso no me vas a contar los avances de tus experimentos?

El incómodo silencio que se produjo delató a los tres humanos. Bloodworth se giró de golpe hacia Ray y le acusó con el dedo.

—¡Sabía que volverías a fastidiarla! —le gritó, enfadado—. ¡Has vuelto a poner todo en peligro!

—Richard, cálmate —le pidió el científico, sin inmutarse ante los gritos.

—¡Fuera de aquí! —le ordenó el general—. A partir de ahora queda suspendido para ti el acceso a toda información confidencial de este complejo. Céntrate en tus experimentos y listo. ¿Me oyes? ¡Y ahora, largo!

Ray lanzó una última mirada a Dorian antes de salir por la puerta. Una mirada de advertencia que el chico fue incapaz de descifrar. ¿Qué más le estaban ocultando? Cuando se quedó a solas con Bloodworth y Kurtzman, este se dirigió a Dorian y se remangó la camisa para enseñarle el brazo desnudo.

—¿Ya no eres un electro? —preguntó Dorian.

—La vacuna funciona, Dorian —confesó Bloodworth—. La hemos probado y, como ves, ya no necesitamos llevar brazalete.

La envidia, el enfado y la frustración comenzaron a bloquear su razonamiento.

—No deberías haber vuelto, Dorian —confesó el general—. No estaba en el plan.

—¿El mismo plan del que ahora formo parte?

—Sí —intervino Bloodworth, mediando entre ambos—. Y te queremos con nosotros. Tú conoces mejor que nadie cómo funciona ahora la Ciudadela, así que...

—No —interrumpió Dorian—. No pienso ayudaros más. Me habéis mentido. Podéis ayudaros con vuestros infiltrados. Yo me largo de aquí.

Bloodworth le hizo una señal a Kurtzman y antes de que Dorian pudiera reaccionar, se encontró con las manos a la espalda y la cara contra la fría mesa de metal.

—¿Crees que tienes opciones? —le preguntó Bloodworth—. ¿Que alguna vez las has tenido?

Dorian intentó liberarse, pero cuanto más se resistía más presión ejercía Kurtzman.

—Nos necesitas, Dorian. Y nosotros a ti. ¿No te das cuenta de que esto es un quid pro quo?

—Teníamos un trato...

—Sí, ese en el que tú me ayudabas a recuperar la Ciudadela. ¿Lo has conseguido?

—¡No-no podéis hacerme esto!

—La cuestión es que sí que puedo —respondió el gobernador—. O estás conmigo o estás contra mí, Dorian. Tú decides.

El chico relajó los músculos, pero se cargó de la rabia suficiente para propinar una patada a Kurtzman y librarse de él.

Sin solución de continuidad se lanzó a por Bloodworth con un grito que le salió de las entrañas. Pero antes de que sus manos llegaran a golpearle, sintió una mordedura a la altura del cuello que le paralizó por completo y le quemó por toda la espalda.

Dorian perdió pie, se tropezó y se estampó contra el suelo. Aun así, tuvo fuerzas para abrir los ojos y gatear unos metros hacia el gobernador, que se burlaba de él con una risa grave.

En aquel instante un par de guardias entraron en la sala y lo levantaron. Kurtzman se puso frente a él y descubrió que sujetaban en su mano el aturdidor con el que lo había atacado.

—Creerás que pienso que es una lástima que estas cosas no te maten —dijo Kurtzman—. Pero solo pienso en lo bien que voy a pasarlo cuando te torture achicharrándote poco a poco el corazón.

—Lo siento, Dorian, pero así no me ayudas —sentenció Bloodworth.

Las últimas fuerzas que le quedaban se esfumaron tras escuchar aquellas palabras y Dorian perdió el conocimiento. Cuando lo recuperó, estaba oscuro y apestaba a humedad. Los muelles del colchón sobre el que le habían tumbado se le clavaban en los riñones y sentía que, al más mínimo movimiento, el camastro vencería y acabaría en el suelo.

Poco a poco su vista se fue acostumbrando a la oscuridad y al cabo de un rato distinguió la pared de barrotes que lo separaba del pasillo. No había ventanas ni otras puertas. Solo una letrina y la cama donde lo habían dejado. Escuchaba voces, pero en la distancia. Indistinguibles. Parecían más bien gritos o lamentos. Tan distantes que el goteo constante y las tuberías sobre su cabeza le impedían saber de dónde provenían. Era evidente que lo habían encerrado en un lugar aislado, no con el resto de los presos.

¿Cómo había podido ser tan estúpido?, se preguntaba. ¿Cómo se había dejado atrapar de aquella manera? Tenía claro las vidas que quería llevarse consigo y poseía la rabia suficiente para conseguirlo, pero era un inútil como estratega y, por desgracia, había confiado más de la cuenta en la inocencia de los hombres del gobierno. Ahora se pudriría allí dentro. Solo. Olvidado. La criatura más poderosa del planeta; la primera en ser capaz de caminar por el exterior desde el comienzo de la Nueva Era... perdida en las profundidades de la Tierra.

La ira que había sentido hasta ese momento parecía haberse esfumado y en su lugar solo quedaba la impotencia. Debería haberse marchado cuando tuvo oportunidad. ¿Por qué no lo había hecho? ¿Por qué no se había largado?

Por miedo.

La respuesta le llegó con una nitidez absoluta. Miedo a encontrarse solo, o a que volvieran a por él, o a que no existiera más mundo que el que conocía.

Pero no podía ser. Tenían que quedar más humanos en el planeta. Tenía que haber más complejos en algún lugar. Igual de asustados, quizás más perdidos que ellos. Obligados a vivir para siempre bajo tierra. Y él podría haberles descubierto la verdad. Podría haberles indicado el camino para obtener la vacuna *electro* y después...

Unos pasos interrumpieron sus pensamientos. La luz surgió poco después.

—Hola, Dorian

La voz resonó junto al eco de sus pisadas mientras los halógenos del techo del pasillo parpadeaban varias veces antes de mantenerse estáticos.

Ray se presentó delante de los barrotes y le saludó con un asentimiento de cabeza. Daba la impresión de que nunca se quitaba aquella bata que llevaba a todas partes.

—Te he traído una manzana.

Cuántas veces había escuchado esas mismas palabras en el pasado. En una celda distinta, pero con el mismo celador y el mismo hambre devorándole las entrañas.

El científico acercó la mano con la fruta y esperó a que Dorian se la quitara. El chico golpeó los barrotes y gritó:

—¡Sácame de aquí! ¡No merezco esto!

—No lo mereces, estoy de acuerdo —contestó el otro, con aquella conocida calma que tanto enfurecía al chico—. Pero no puedo. Ni debo. Estoy seguro de que si lo hiciese, no saldría con vida... y lo entendería. Siento que hayan tenido que desarrollarse así los hechos...

—¿Lo... sientes?

—¿Recuerdas aquella conversación que tuvimos hace tiempo? ¿Cuando trataba de convencerte para que te hicieras pasar por... el otro? Hay algo más que no quise contarte, pero que debes saber para comprender que no todo ha sido culpa mía.

Cuando le preguntó la razón por la que le había extirpado los recuerdos, el científico se limitó a responderle que quería moldearle desde cero, limpiando todas las impurezas y evitando los errores que había cometido él mismo en el pasado.

—Eras una vasija limpia, Dorian. Ambos deberíais haberlo sido; era parte del experimento. Quería saber hasta qué punto vuestras almas se generaban sin una base previa de memorias que me pertenecieran a mí. Quería saber qué ocurría si a uno le infligía dolor y al otro cariño. Pero Sarah secuestró a Ray y solo me quedaste tú para averiguarlo.

En aquel instante, Dorian sintió de nuevo la llama del odio ardiendo en su pecho. Que no se le olvidara: por muy fuerte que fuera, por muy único que se considerase, había nacido en un laboratorio y era el producto de aquel hombre que tenía delante.

—¿Por qué yo? —preguntó—. ¿Por qué tenía que sufrir yo y no él?

Al escuchar sus palabras, el Ray original volvió a sonreír crípticamente, sin ganas.

—Era lo que iba a contarte. Es irónico que me preguntes eso precisamente, cuando ibas a ser tú quien iba a recibir el trato más favorable de los dos, Dorian. A ti iba a ser a quien yo hubiera cuidado con cariño, con especial atención... Pero cuando se llevaron a Ray, no me quedó más remedio que centrarme en estudiar un único tipo de sujeto. Así que equilibré la balanza y me centré en avivar tus instintos e impulsos para ver el desarrollo de tu alma. Y la manera más efectiva de conseguirlo era siguiendo la práctica del castigo... y del premio —concluyó, mirando la manzana que ahora Dorian sostenía en sus manos.

El chico recordaba pocos premios y muchos castigos. Castigos que le habían dejado heridas que nunca cicatrizarían y que se habían infectado con el odio hacia el mundo. Sin embargo, prefirió no decir nada. Por el contrario, se dio la vuelta sin despedirse y se tumbó en la cama de su celda.

De nuevo, los héroes habían sido los culpables de sus desgracias. Su original, por intentar salvar al mundo; Sarah, por preferir a Ray antes que a él..., y su propio clon, por utilizarle para proteger a la Ciudadela.

Ella ya estaba muerta y pronto Ray correría la misma suerte. Él se encargaría de que así fuera.

18

Después de tanto tiempo soñando con él, le costaba creer que volvía a estar a su lado. Ray dormía junto a Eden con el brazo apoyado sobre su cintura y una paz absoluta reflejada en su rostro. Ella, no. Pero tampoco se movía. Disfrutaba sintiendo el calor de Ray a su lado, acompasando su respiración a la del chico, que a veces mascullaba algo en sueños para volverse a quedar en silencio.

Ojalá se hubieran conocido en otro lugar. En otro tiempo. En aquel que Ray recordaba sin haberlo vivido, donde cada día no era una nueva prueba de supervivencia. Donde aquellos momentos de paz, abrazados el uno junto al otro, no hubieran sido la excepción, sino la regla.

Ella había abandonado los laboratorios del complejo, pero los laboratorios no la habían abandonado a ella. La pesadilla de la aguja, el miedo a que le extirparan su esencia o el recuerdo de lo débil e impotente que se había sentido ahí dentro no la dejaban descansar. Madame Battery le había recetado unos tranquilizantes, pero aún tenía el bote intacto. Temía que, si se acostumbraba a dormir a base de medicamentos, tendría dificultades para volver a hacerlo de manera natural.

Ray musitó algo en sueños de nuevo y acercó su cabeza al cuello de Eden. Aunque el joven le sacaba unos cuantos centímetros de altura, cuando dormía, él se acurrucaba con las piernas dobladas y al final acababa siempre dormido sobre ella. «Estás a salvo, estamos a salvo», parecía decirle Eden con cada caricia sobre su cabeza.

Había pasado toda su vida equivocada. El amor no debilitaba a las personas. El amor las hacía más fuertes y valientes. Les otorgaba esperanza. Sin Ray, sin las ganas de volver a verle, Eden estaba segura de que no habría sido capaz de sobrevivir a la tortura del complejo. Y si no hubiera sido por ella, Ray jamás se hubiera atrevido a confiar en el héroe que llevaba dentro.

De repente, el chico, como si hubiera sentido que Eden estaba pensando en él, abrió los ojos levemente y parpadeó antes de estirar el cuello y darle un fugaz beso en el cuello. La barba de varios días sin afeitar la arañó suavemente la piel y le hizo cosquillas.

—Buenos días —le dijo.

Él, por respuesta, soltó un gruñido y se acurrucó aún más sobre ella.

—¿No quieres despertarte todavía?

—Cinco minutos más... —pidió él.

—Está bien, pero que conste que nos vamos a quedar sin desayuno.

—Me da igual —contestó Ray, sin abrir los ojos—. Aquí tengo todo lo que necesito...

Eden soltó una risita.

—Me parece que exageras un poco —dijo ella.

Ray negó en silencio y le dio un nuevo beso en el cuello y otro más cerca de la oreja. Eden cerró los ojos y se dejó hacer.

Era difícil concentrarse cuando le tenía tan cerca. Cuando sus labios recorrían su piel y sentía su respiración. A diferencia de los besos de Aidan, los de Ray eran más tímidos, y al mismo tiempo mucho más seguros, más sinceros. Eran los besos de alguien que no había besado en su vida, pero que precisamente por eso los valoraba más. Eran besos que poco a poco iban volviéndose más apremiantes, más enérgicos, más intensos. Besos que demandaban su atención, que ella no dudaba en ofrecérsela.

Sus manos se enredaron debajo de la manta antes de comenzar a recorrer el cuerpo del otro. Los dedos de Eden acariciaban los músculos de Ray mientras él abrazaba sus caderas y su estómago. Con los ojos cerrados, notó cómo el calor la embargaba por dentro y cómo sus respiraciones se aceleraban y se mezclaban hasta volverse una.

Cuando Ray le quitó la camiseta, ella hizo lo mismo con él. Estaba temblando, pero no sentía frío ni tampoco miedo. Parecía que todas las terminaciones nerviosas de su cuerpo estuvieran despiertas, tan sensibles al contacto de Ray que cualquier caricia suya, incluso las involuntarias, se multiplicaban al infinito. Había perdido la conciencia del tiempo y del espacio. Podían estar viviendo en un recuerdo de Ray o en la pesadilla del presente. Podían estar en la Ciudadela o en mitad de un bosque; daba igual mientras él no se separara de ella.

Y entonces escucharon el portazo y los quejidos.

Ambos abrieron los ojos y se separaron. Aguzaron el oído y se mantuvieron en silencio, conteniendo la respiración, hasta que volvieron a escucharlo.

—Kore... —dijo Eden, incorporándose y buscando su camiseta para ponérsela de nuevo.

Ray también se vistió, pero cuando iba a seguir a Eden fuera de la cama, ella le pidió que esperase allí. Apenas puso un pie en el pasillo, advirtió que lo que escuchaba eran arcadas. Pero cuando llamó con los nudillos a la puerta del cuarto de su amiga, se la encontró abierta.

—¿Kore...? —preguntó.

La cama estaba deshecha y la luz provenía del cuarto de baño. De golpe, Madame Battery salió de allí con la mirada aún en el interior.

—Pídele a Berta que te prepare una tila, aunque eso no se cura con infusiones... —estaba diciendo cuando descubrió a Eden en mitad de la habitación—. ¿Qué haces aquí?

—¿Está bien Kore? He escuchado algo y...

Su amiga asomó la cabeza en ese momento. Llevaba la melena roja alborotada y tenía el rostro pálido.

—Eden..., vete, por favor —le pidió.

—¿Qué te ocurre?

—Le ha sentado algo mal, déjala descansar —insistió Battery—. ¡Venga, vamos!

Eden obedeció y se dio la vuelta, pero antes de salir del cuarto se giró para asegurarse de que su amiga estaba bien; sin embargo, ella había vuelto a meterse en el baño.

—¿Qué ha pasado? —le preguntó Ray en cuanto entró de nuevo en su habitación.

Eden se encogió de hombros.

—No lo sé, Battery está con ella. Me ha dicho que le ha sentado algo mal, pero...

Ray se acercó a ella y la abrazó.

—Entonces que descanse. No puedes preocuparte por todo el mundo. Al menos no ahora —añadió, cuando ella se separó para mirarle, ofendida—. Espérate a estar recuperada y aprovecha para que te cuidemos los demás.

Las últimas palabras del chico la hicieron reír.

—¿Qué planes tienes para hoy? —le preguntó Ray, mientras daba vueltas con ella sin soltarla.

—No sé, había pensado salir a cenar a algún lugar bonito, dar un paseo..., largarme de este lugar para siempre...

Las risas fueron apagándose hasta que no quedó ni rastro de ellas. Ray la agarró de las manos.

—No hace falta que te diga que cuando quieras hablar de lo que ha ocurrido...

—Estoy bien, tranquilo.

—Ya, pero no quiero que cargues con ello tú sola —confesó el chico con una caricia—. Sé lo que es ver a tu..., tu otro yo.

Ray no sabía cómo referirse a la doctora Collins sin que sonara brusco.

—Es curioso —dijo ella, al cabo de unos segundos—. Hubiera preferido no enterarme de que era su clon, ¿sabes? Ahora me cuesta no pensar que todos los gestos amables que tuvo conmigo ahí dentro no fueron simplemente para sentirse menos culpable. Porque eso es egoísta. Y sé que en mí hay una parte egoísta, pero...

—¡Eh! —la interrumpió Ray—. Tú no eres egoísta. Y que genéticamente seamos como ellos, no implica que seamos ellos. ¿Acaso me ves capaz de quitarme el alma y preparar un par de vacunas con ella?

—Te veo capaz de muchas cosas, Duracell —respondió ella, vacilante.

Ray la estrechó entre sus brazos y escondió el rostro en su cuello mientras ella abrazaba su espalda con la desesperación de un náufrago.

—Ojalá todo esto acabe pronto —deseó en voz baja.

—Lo hará... —le susurró Ray al oído.

Ella asintió contra su pecho y después se separó.

—Voy a ver cómo está Samara.

—Yo iré a averiguar si hay novedades.

Se despidieron con un beso y tomaron caminos opuestos en el pasillo. Eden no volvió a entrar al cuarto de Kore, pero al pasar junto a su puerta, se detuvo unos instantes por si escuchaba algo. Nada; igual se había vuelto a quedar dormida.

Bajó a la planta principal del edificio y se dirigió al enorme comedor de la Torre. Algunos de los rebeldes aún se encontraban allí desayunando o de cháchara. Aparentemente, aquella iba a ser una mañana tranquila, tras la convulsión de los últimos días.

—¡Eden!

Samara la llamó desde el extremo opuesto de la sala. Se encontraba junto a la ventana, con una taza de café humeante y acompañada de Jake.

—¿Qué tal habéis dormido? —les preguntó, después de sentarse junto a la adolescente y darle un beso.

—Bien —respondió Jake, visiblemente sonrojado desde que Eden había llegado.

—Mucho mejor ahora que no hay gente gritando afuera —añadió Samara—. ¿Y tú?

—También —respondió ella, conteniéndose las ganas de abrazarla allí mismo y de ponerla en evidencia.

Era tanta la felicidad que sentía al verla allí, en carne y hueso, viva, que casi había llegado a creer en los milagros.

Jake se aclaró en ese momento la garganta y se disculpó.

—Tengo... cosas que hacer —explicó—. Nos vemos después —añadió, con los ojos puestos en Samara—. Adiós, Eden.

La chica se despidió y después se volvió hacia Samara con una ceja alzada.

—¿Y bien? —le preguntó.

—¿Y bien *qué*? —respondió ella, intentando mantenerse seria, sin conseguirlo, ruborizándose casi tanto como Jake unos minutos atrás.

—Si no me lo quieres contar, yo no voy a estar suplicándote... —dijo Eden, fingiendo sentirse ofendida.

Samara resopló y puso los ojos en blanco.

—No ha pasado nada —dijo, y añadió—: por ahora.

Eden se echó a reír y Samara explicó:

—Es que no sé si le da vergüenza o si...

—¿O si qué?

—O si no le gusto.

Eden negó con la cabeza repetidas veces.

—¿Pero tú has visto cómo te mira? Tienes al chico loco por ti, Sammy.

—¿Y por qué no hace nada? Bueno, a ver, que yo también puedo dar el primer paso, pero me gustaría... O sea, es que si él no me dice nada pues yo... —la chica empezó a hacerse un lío con las palabras y al final acabó enterrando la cabeza entre las manos.

Eden contuvo una carcajada y se acercó para darle un beso en el pelo.

—Los chicos a veces son bobos y no se enteran de lo que de verdad importa.

—¿A Ray le pasó lo mismo contigo?

—Ray fue mucho peor. No me besó hasta que vio que me moría —contestó entre risas.

El recuerdo de su primer beso la hizo sonreír. Parecía tan lejano como otra vida.

—Entonces, ¿qué crees que debería hacer? ¿Esperar a que Jake haga algo o...?

—Me temo que los chicos de este lugar nos dejan pocas opciones aparte del «o...» —contestó Eden.

Las dos volvieron a reírse.

—Me siento un poco idiota —confesó Samara—. Con todo lo que está pasando y yo pensando en estas cosas.

—No digas tonterías: ni se te ocurra dejar que este mundo te robe más cosas de las que ya te ha robado. Mira, lo mejor para que Jake se dé cuenta de que a ti también te gusta él es...

De pronto se abrieron las puertas del comedor y Aidan y Ray entraron corriendo. Eden se levantó de inmediato y cuando la vieron se acercaron a ella.

—Hay problemas —dijo Aidan—. Han asaltado el almacén de armas de la muralla y han salido de la Ciudadela. Creemos que se dirigen al complejo.

—¿Quiénes? —preguntó la chica.

—La gente de Chapel. Casi un centenar, por lo que han dicho los soldados.

—¡¿Y les han dejado marcharse?! —exclamó Eden, mientras echaba a andar hacia la puerta con ellos.

—Esto no es una cárcel —justificó Aidan—. No podemos impedir que alguien entre o salga... Además, eran muchos: han dejado inconscientes a los vigilantes del almacén y lo han vaciado por completo sin que nadie pudiera dar la alarma.

—Los matarán a todos —auguró Eden, acelerando el paso.

Tras ella, Samara también echó a correr. Cuando se puso a su altura, Eden redujo el paso.

—Es peligroso que vengas, Sammy.

—Solo quiero ayudar —dijo la chica.

—Y lo harás. En cuanto sepamos qué está ocurriendo. Ahora vete a buscar a Battery e infórmala de lo que ha pasado.

Samara no insistió e hizo caso a su protectora, no sin antes dedicarle un gesto de indignación que se le quedó grabado a Eden mientras abandonaban el edificio y se dirigían a las murallas. Cuando llegaron, Darwin, Carlton y Simone ya estaban allí.

—¿Dónde está Kore? —preguntó Eden.

—Parecía estar enferma esta mañana —contestó Aidan—. Aunque no ha querido hablar conmigo...

—Qué bien que hayáis llegado —cortó la conversación Darwin, acercándose a ellos—. Habrá que salir cuanto antes en su busca. Por suerte para nosotros y por desgracia para ellos, el almacén de aquí apenas contenía armas, así que me temo que van desprotegidos.

—¡¿Cómo pueden estar tan ciegos?! —exclamó Carlton, cabreado—. Ese Chapel los lleva a una maldita tumba. Está loco...

—Loco... o perfectamente cuerdo. Y coordinado.

Fue Aidan quien dijo aquello.

—Ray, Eden, venid conmigo. Tengo un presentimiento...

Sin tiempo para explicaciones, los tres salieron corriendo del cuartel de la muralla y se perdieron por las calles de la Ciudadela. Al pasar, la gente se volvía para ver qué ocurría, pero Eden solo prestaba atención a dónde pisaba para no perder a Aidan en cada giro.

Al cabo de un rato, el centinela se detuvo delante de un edificio del Distrito Trónico y miró hacia arriba.

—Es aquí —dijo—. Chapel vive en la planta once de este edificio.

Eden y Ray se miraron sin decir nada antes de entrar y dirigirse a las escaleras del vestíbulo.

A pesar de lo deslumbrante que resultaba por fuera el lugar, con todas las ventanas tintadas y el brillo de las placas de metal, por dentro estaba hecho una pocilga. Había suciedad acumulada en cada esquina y hasta ratas escondiéndose a su paso. Costaba creer que tan solo dos meses atrás aquel edificio hubiera formado parte de una de las zonas más lujosas de la Ciudadela.

—Cuando Chapel empezó a ganar adeptos, vinimos a hacerle una visita Darwin y yo —explicó Aidan—. Y veo que el sitio ha ido a peor en todo este tiempo...

Los gritos, las conversaciones y los ruidos se filtraban a través de las paredes de las viviendas y en más de un piso se encontraron con alguien tirado en el suelo conectado a una de aquellas baterías de *Blue-Power* que el nuevo gobierno había intentado requisar durante las primeras semanas. Ellos ignoraron todo aquello y siguieron subiendo hasta la planta que Aidan había dicho.

—La F... La F... Esta es —anunció, colocándose delante de la puerta sobre la que colgaba la letra de latón oxidado.

—¿Aidan qué...?

¡PUM!

De una patada, rompió la cerradura y la puerta se abrió de par en par. En cuanto estuvieron dentro, Eden se llevó las manos a la nariz.

—Este sitio apesta... —dijo, y fue a abrir las ventanas cuando se dio cuenta de que estaban tapiadas por dentro.

Claramente, Chapel era uno de aquellos leales que peor habían llevado el cambio de gobierno, pensó Eden.

—Parece que al tipo no le gustaba nada que hurgasen en su vida —comentó Ray, intentando comprender el sentido de aquel desorden.

El dormitorio estaba patas arriba, pero todos los armarios se mantenían intactos, con la ropa arrugada metida en las estanterías. El baño se encontraba en condiciones similares.

—¡Chicos! —exclamó Aidan desde el otro extremo del piso.

Cuando Eden y Ray llegaron, su compañero sostenía en la mano un diminuto artilugio de color rojo. Tras él había una mesa repleta de herramientas, piezas mecánicas y una lamparita. En la pared había colgado un enorme corcho con papeles, chinchetas e hilos que conectaban fotos con mapas. También había fechas apuntadas, y horas y varias notas que demostraban sus intenciones de provocar una guerra civil en la Ciudadela.

—¿Qué es todo esto? ¿Desde cuándo lleva este tipo estudiando a los rebeldes? —preguntó Eden mientras arrancaba una foto con el rostro de Logan tachado.

—Chapel no es un revolucionario... ¡Es un espía de Bloodworth! —exclamó Ray.

—Sí, y ha estado informando al complejo de cómo están las cosas por aquí — supuso Aidan enseñándoles el artilugio rojo—. Esto un transmisor. Dorian tenía uno igual, por lo que me contó Kore.

—Mierda... —dijo Eden.

—¿Cómo no hemos caído antes?

—Tenemos que avisar a todo el mundo —dijo Aidan, echando a correr hacia la puerta—. Van camino de una muerte segura.

19

A pesar del infernal calor del desierto y del dolor de pies, Chapel se sentía eufórico. Lo había logrado: un puesto entre los más altos cargos del complejo. No solo había logrado informar al gobierno de cada movimiento de los rebeldes, sino que además había conseguido largarse de la Ciudadela y llevarse consigo a casi ciento cincuenta incautos dispuestos a seguirle hasta el mismísimo fin del mundo.

Chapel repasó de nuevo las órdenes para asegurarse de que no se había saltado ninguna: primero, convencer al pueblo de la Ciudadela; segundo, irrumpir en un almacén de artillería rebelde y entregar aturdidores y armas de fuego entre sus hombres; y finalmente, dirigirse en línea recta al sur, sin detenerse hasta llegar a las dos colinas que en esos momentos veía en la distancia.

El murmullo de las conversaciones a su espalda le confirmaba que nadie sospechaba nada. Se los veía asustados, pero emocionados. Muchos creían que la sed de venganza que habían ido acumulando a lo largo de los años en la Ciudadela serían suficientes para acabar con la seguridad del complejo, algo que él mismo se había encargado de incentivar en las múltiples reuniones clandestinas que habían mantenido, convenciéndolos de que no podrían repeler su ataque sorpresa. ¡Ingenuos!

Sus vecinos estaban tan desesperados por creerle que apenas lo dudaron.

Aparte de los espías infiltrados, entre sus seguidores no había ni centinelas ni soldados, ni ningún hombre o mujer con preparación alguna en la guerra. Sí, algunos habían estado envueltos en peleas callejeras y otros altercados que, en alguna ocasión, habían acabado con la vida de alguien, pero eso era todo. Aun así, creían que no lo necesitaban, que el factor sorpresa, los aturdidores que habían robado y su deseo de libertad eran suficientes.

—Chapel, ¿a qué distancia se encuentra el complejo?

Supo quién le había hecho la pregunta antes de girarse siquiera: Sonia, la madre de Theodoro, una de sus bazas más importantes a la hora de convencer a los demás de que lo siguieran. Por eso redujo el paso y esperó a que ella lo alcanzara para responderle.

—¿Ves aquellas colinas del fondo? Una vez las atravesemos, estaremos a un par de días de distancia, según los mapas.

La mujer asintió y se pasó de una mano a otra el aturdidor que le habían entregado. A diferencia del resto, no lo había soltado durante todo el camino que llevaban recorrido.

—¿Estás cansada? —se interesó falsamente.

Ella negó en silencio, sin variar el gesto.

—Solo quiero llegar y acabar de una vez con todo —respondió.

Rondaba los sesenta años, aunque era de las pocas personas allí que parecía más joven. Desde que la conoció, su brazalete siempre se había mantenido en ámbar porque prefería compartir parte de su energía con Theodoro que gastarla en ella. Ahora, por primera vez en años, la luz verde destellaba sobre el metal desgastado.

Chapel apartó la mirada del brazo de la mujer y la fijó en el horizonte. En el fondo se sentía un poco incómodo por aquella situación.

Aún guardaba la invitación que había recibido hacía ya casi un año para reunirse con la junta del complejo en las zonas negras. Por aquel entonces Chapel no sabía ni lo que era la Ciudadela, ni de la existencia de los clones electro, hasta que los propios Bloodworth, Kurtzman y el ya fallecido Bob le contaron la verdad. Se reunieron en una de las enormes salas de juntas de las oficinas gubernamentales.

Chapel siembre había pasado desapercibido entre los habitantes de la ciudad subterránea; tenía un discreto trabajo dentro del Departamento de Corrección. Sin embargo, su fuerte interés por la política le animó a postularse para formar parte del gabinete gubernamental del complejo.

Y un día, ocurrió. Se presentaron en su piso un par de centinelas para llevarle ante la mismísima junta del complejo. Fue entonces cuando le contaron toda la verdad acerca del mundo en el que vivía y las intenciones del gobierno con la Ciudadela. Bob le aseguró que no le faltaría de nada si les ayudaba: tendría un lujoso apartamento como leal en una de las mejores zonas de la Ciudadela y un sueldo vitalicio con el que le sobrarían trones para hacer lo que quisiera. Tanto el antiguo jefe de los centinelas como Kurtzman afirmaban que era el candidato perfecto, que lo habían estado observando durante mucho tiempo y que sabían que no los decepcionaría, que llegaría más lejos que cualquiera. No hizo falta que lo dijeran con aquellas palabras para que Chapel supiera a qué se referían: no tenía familia ni amigos, ni siquiera demasiados conocidos. Nadie le echaría de menos en el complejo. Por eso aceptó. Estaba harto de ser invisible, y aunque tuviera que ponerse la vacuna *electro,* el sacrificio merecería la pena.

Las primeras misiones fueron sencillas: informar al gobierno de cualquier irregularidad que advirtiera allí donde el brazo de la ley no podía llegar. Tener los ojos y los oídos bien abiertos era fundamental, igual que lo era destruir todas las pruebas que pudieran comprometerle una vez hubiera informado a sus superiores. Y su vida como electro leal fue tranquila y llena de lujos, hasta que la revolución rebelde estalló. Ahí fue cuando Bloodworth y Kurtzman les pidieron a él y a otros espías que se quedaran dentro de las murallas, que eran la única esperanza del ser humano... Deberían unir fuerzas para provocar la desestabilización del nuevo gobierno y generar el caos que les llevara a ese mismo instante.

Chapel contuvo una sonrisa al darse cuenta de lo bien que había salido todo. Con suerte, la próxima noche la pasaría en un apartamento de lujo en el interior del complejo, disfrutando de unos placeres que ni los más altos cargos en la Ciudadela hubieran podido imaginar, lejos de aquel infernal polvo que lo cubría todo.

De vez en cuando echaba la vista atrás y se sentía un mesías con todos aquellos feligreses siguiéndole por el desierto sin un resquicio de duda. Los pocos recelosos que habían intentado arrebatarle su creciente poder tuvieron que callarse cuando Theodoro falleció en la misión suicida de los rebeldes. ¡Aquel sí que había sido un golpe de suerte inesperado! El chico, sin tan siquiera ser un espía, había decidido bajo su responsabilidad acompañar a la expedición fuera de la Ciudadela. A Chapel le había parecido estupenda aquella idea improvisada: probablemente los rebeldes cometieran algún error estando él presente que después podrían aprovechar en su contra. Lo que nunca hubiera imaginado era que el chaval fallecería en la misión. Seguramente había sido un accidente o el fruto de un error del chico, pero aquellos detalles daban igual: por fin tenía el mártir que necesitaba para dar veracidad a su causa. Sí, había perdido a un aliado, pero a cambio se había ganado la confianza del resto con aquella tragedia.

A su derecha, Jerom, otro de los espías infiltrados, le hizo una señal. Sin darse cuenta, habían llegado a las dos colinas. Era el momento de detenerse y esperar.

Chapel se paró y dio media vuelta. Después levantó el brazo y lo agitó en el aire, para ser visto hasta por la última del grupo, una mujer llamada Scylla que, también espía del gobierno, cerraba la marcha.

—¿Nos detenemos? —preguntó Sonia, acercándose a él—. Deberíamos continuar.

—Estamos cansados —le dijo él, secándose una gota de sudor antes de que se escurriera por detrás de las gafas de sol—. Debemos ahorrar fuerzas para el ataque.

—Pero aquí... ¿no estamos demasiado al descubierto?

—No te preocupes. Haremos guardias —la tranquilizó Chapel, e inmediatamente se puso a pasear entre la gente, que iba dejando sus cosas en el suelo y sacando los víveres que habían traído.

Sus discípulos lo saludaban al pasar, le sonreían. La mayoría eran hombres y mujeres en la treintena, muchos con la luz del brazalete en amarillo, pero con las ansias de pelear brillando en sus ojos. También había un puñado de jóvenes que debían de haber sobrepasado los quince años hacía poco; por su aspecto sucio y desaliñado los identificó como mendigos que solo buscaban una excusa para huir de la Ciudadela.

Alguien, a unos metros de él, comenzó a tararear la nana más conocida de toda la Ciudadela...

—*Al lobo hambriento que das de comer, con tu sangre y tu carne se podrá relamer.*

—*Evita las cuevas y la oscuridad, o los infantes malditos te vendrán a atacar* —continuó una mujer, cerca.

Para la estrofa final, fueron unos cuantos los que se sumaron:

—*Cristales de hielo, en el hueso y la piel, de uno te ríes, pero ¿qué harás con diez?*

Chapel sonrió para sí. La gente estaba animada, esperanzada, completamente ajena a lo que se les venía encima. Eso le demostraba que había hecho muy bien su trabajo y se permitió unirse al murmullo general y cantar con ellos... hasta que sus oídos advirtieron un sonido diferente y volvió a guardar silencio. A su alrededor no tardaron en imitarle: algo se acercaba. Sonaba como el ruido de una tormenta lejana.

—Coches —dijo alguien a su lado, y por un instante Chapel respiró aliviado: había llegado la hora.

Sin embargo, bastó con que prestara atención para darse cuenta de que el sonido no provenía de donde debía, sino del lado opuesto: del camino por el que habían venido ellos. Apartó a la gente a su alrededor y llegó hasta Scylla.

—Nos han encontrado —dijo ella antes de darse la vuelta y mirar en la dirección contraria— y no hay rastro de los nuestros. ¿Seguro que sabían que...?

—Perfectamente —siseó Chapel, con la rabia creciendo en su estómago como una úlcera.

Por suerte, ya había concretado con el gobierno el día en el que se pondrían en marcha, así que esperaba verlos aparecer pronto. Al instante, se dio la vuelta y les habló a todos los que le habían seguido.

—¡Sabemos cuál es nuestro enemigo! Pero ellos no van a dejar que luchemos por nuestra libertad —añadió, señalando a los coches que se acercaban—. Intentarán convencernos de que lo que estamos haciendo es una locura. ¡No los escuchéis o habrán vencido!

Tras estas palabras, la gente soltó un grito de guerra y sacaron las armas que les habían entregado.

Simultáneamente, cuatro *jeeps* se desplegaban en abanico con los faros encendidos para iluminar mejor la escena y sus ocupantes bajaron de los coches con las armas en alto.

—¡Chapel, levanta las manos ahora mismo!

Chapel identificó al perro cazador de los rebeldes, Carlton, que era quien le apuntaba en ese momento con una pistola.

—¡Sabemos que eres un espía! ¿Lo oís todos? —añadió, alzando la voz—. ¡Es un espía del gobierno y os ha engañado!

—¡No lo escuchéis! —contraatacó Chapel, intentando mantener la calma—. Os advertí que intentarían algo así.

—Os decimos la verdad —intervino Ray, sujetando algo en el aire—. Hemos encontrado este dispositivo en su casa. Se trata de un comunicador para hablar con el gobierno del complejo. No os lleva a pelear, ¡os lleva a morir!

—¡No vamos a volver con vosotros! —exclamó Scylla—. Confiamos en Chapel. Al menos él ha hecho algo para acabar con la tiranía del gobierno. ¡Vamos a entrar en el complejo, y nadie nos lo va a impedir!

Ray siguió hablando.

—¿Y cómo pensáis hacerlo? ¿Con aturdidores? ¿En marabunta? ¡Las entradas al complejo están protegidas! Caeréis como moscas. Nosotros no os estamos diciendo que no luchéis, sino que esperéis a que estemos preparados. ¡Ellos tienen un ejército!

—¡Y nosotros también! —respondió Chapel, temiendo que si los centinelas se retrasaban mucho más, perdería el control de la situación.

—Estoy harto de esto... —dijo Carlton, y se dirigió a Chapel con el arma en alto, pero antes de que pudiera llegar, Sonia se colocó delante de él.

—Tendrás que matarme a mí antes de hacerle daño a él.

Como se lo hicisteis a mi hijo —y lanzó un escupitajo a las botas del rebelde.

Esta vez fue Aidan el que intentó hacerles entrar en razón.

—Lo que le ocurrió a Theodoro fue un accidente. Pero si seguís a Chapel y a sus cómplices acabaréis muertos y...

Su voz se apagó al tiempo que alzaba la vista más allá del grupo de personas que los escuchaban.

—Mierda, ya vienen —dijo Aidan para sí, y Chapel se volvió emocionado—. ¡Vienen a por vosotros! ¡Tenéis que largaros de aquí! ¡Deprisa!

Pero la gente no se movió.

Los coches del gobierno se acercaban a toda prisa entre las dos colinas.

—¡Hemos venido a luchar! —exclamó Chapel y, en voz baja, para que solo lo escucharan los rebeldes que tenía cerca, añadió—: Y eso haremos.

Carlton no pudo soportarlo más. Apuntó con su arma al espía, pero alguien saltó entre los dos y le golpeó el brazo, desviando el disparo.

—¡Reagrupa a la gente! —le gritó Scylla a Chapel, que salió corriendo hacia el extremo contrario.

Sin embargo, antes de que pudiera hacerles una señal, algo le golpeó en la nuca y le hizo caer. Chapel sintió cómo le recogían del suelo justo cuando los centinelas saltaban de los coches en marcha y la gente a su alrededor se alzaba en armas contra ellos. Al girarse, se encontró con Ray, que lo sujetaba por las mangas de la camisa blanca.

—Tú no vas a escapar —le advirtió el chico.

A su alrededor, la pelea se había vuelto frenética, pero algo no marchaba bien. Chapel tardó unos segundos en comprender de qué se trataba: los electros clavaban los aturdidores con toda su ira en la piel de los centinelas, pero estos, a pesar de aullar de dolor, no caían muertos.

—¿Qué..., qué está ocurriendo? —logró preguntar Chapel, y sintió la sangre en los labios.

De pronto, junto a ellos, una mujer cayó al suelo inconsciente al recibir un golpe de uno de los humanos del complejo.

Ray soltó en ese instante a Chapel y comenzó a pelear cuerpo a cuerpo contra el soldado. Desde el suelo, el espía apenas era capaz de diferenciar quién atacaba a quién de lo deprisa que se movían, hasta que, con un golpe certero en el pecho, Ray logró lanzar al suelo al tipo y rematarlo con un sonoro golpe al casco que le protegía la cabeza.

De nuevo agarró a Chapel por las axilas y lo llevó hasta uno de sus coches, donde entre él y otro rebelde lo metieron y cerraron con llave.

—¿¡Qué hacéis!? —chilló, sin comprender en qué momento su plan se había venido abajo—. ¡Sacadme de aquí!

20

Ray regresó al *jeep* en el que había viajado al desierto y sacó del maletero el Detonador para colocárselo en el brazo. Comprobó que estuviera cargado, cerró la puerta de nuevo y salió corriendo a ayudar a Eden, que se enfrentaba a dos centinelas.

Se acercó con sigilo por detrás, tomó impulso y los golpeó con el armatoste de hierro en la nuca. Cuando el primero cayó, el segundo se volvió a toda prisa para defenderse, momento que la chica aprovechó para golpearle desde delante y dejarlo KO.

—Al final te vas a cargar el aparato a base de mamporros —le dijo Eden, antes de salir corriendo a por un grupo de centinelas que intentaba meter en uno de sus coches a una mujer.

Ray tampoco se quedó quieto, se acercó a otros dos soldados que arrastraban a un adolescente inconsciente y activó el Detonador.

—¡Eh! —los llamó, y cuando se dieron la vuelta, liberó una descarga que los lanzó al suelo; a continuación, ayudó al chico a despertarse y lo acompañó hasta uno de los coches.

El grueso de civiles había comenzado a retirarse al darse cuenta de que los aturdidores que Chapel y los suyos les habían entregado no hacían ningún daño a los centinelas. Sin embargo, los soldados parecían multiplicarse allí donde los rebeldes miraban y, antes de que pudieran impedirlo, uno de los coches arrancó con varias personas en su interior.

—¡Destruid sus *jeeps* antes de que se lleven a más gente! —ordenó en ese momento Aidan.

Ray corrió a obedecer, pero antes de llegar a donde los tenían aparcados, alguien apareció por su flanco derecho y lo derribó de un violento empujón. El Detonador se le clavó en el pecho al caer al suelo y tuvo que hacer un esfuerzo por levantarse a pesar del dolor. Quien lo había derribado era uno de los habitantes de la Ciudadela. Otro espía, supuso, ya que en sus manos había una pistola y no un aturdidor.

—Se acabaron las tonterías —dijo el tipo, y aunque Ray quiso utilizar el Detonador contra él, se dio cuenta de que no lo había recargado.

El chico cerró los ojos al escuchar la detonación, incapaz siquiera de lanzarse a un lado para evitar la bala. Pero esta no llegó ni a rozarle. Cuando los abrió, el hombre de la pistola yacía sobre la arena, inmóvil. A su lado, Simone sostenía el puñal que había utilizado para matarlo.

Ray retomó su misión de inutilizar los coches aparcados de los centinelas cuando advirtió que muchos más vehículos se dirigían hacia su posición. Refuerzos del complejo.

—¡Vienen más! —avisó Ray a Aidan a gritos.

—Hay que largarse de aquí —dijo este—. Vamos a trasladar a los heridos a los coches. Intentemos hacernos con sus vehículos ahora que están distraídos y si no regresaremos a pie —añadió.

—Yo me encargo de detener a los refuerzos que llegan —contestó Ray, y echó a correr hacia ellos.

Activó el Detonador por el camino y lo puso a la máxima potencia. Luego, se agachó junto a uno de los *jeeps* aparcados y aguardó.

El corazón le iba a mil por hora. Solo tendría una oportunidad. A su espalda escuchaba los gritos de la pelea y los disparos de las armas de fuego, pero su atención estaba centrada en la imagen que tenía frente a él. Los coches derraparon al llegar, pero antes de que se detuvieran, Ray abandonó su escondite, apuntó la mano hacia el vehículo más cercano y liberó la descarga de energía.

El rayo viajó hasta el capó del coche y, en mitad del giro, se produjo la explosión. El *jeep* perdió estabilidad y voló contra los demás, lo que provocó una reacción en cadena. Durante unos instantes, la batalla se congeló entre llamas y metralla que alcanzaron a más de uno.

—¡Ray, cuidado! —la voz de Eden le llegó providencialmente desde la distancia.

Se dio la vuelta justo cuando una centinela uniformada se abalanzaba sobre él con un aturdidor en la mano. La cabeza del aparato se le clavó en el costado y sintió la mordedura de la electricidad recorriéndole por todo el cuerpo. El chico gritó, con el brazo convulsionándose entre los elementos de hierro del Detonador que canalizaban la electricidad. No era un electro, pero pronto su corazón también se fundiría si no cesaba la corriente eléctrica.

Y entonces, como si alguien hubiera oído sus plegarias, el dolor se interrumpió casi por completo, aunque permaneció en el suelo tirado, sin fuerzas y entre convulsiones mientras intentaba comprender qué había sucedido. Por segunda vez en menos de cinco minutos alguien acababa de librarle de una muerte segura. La mujer que le había atacado yacía frente a él aparentemente sin vida.

—Arriba, chico —Carlton apareció sobre él y le tendió la mano—. Ya es hora de volver a... ¡Ugh!

Ray, sin apenas fuerzas, sintió cómo el cuerpo de Carlton se le venía encima y el peso del hombre lo venció por completo, dejándolo otra vez en tierra.

—¿Carlton? ¡Carlton! —exclamó, pero el hombre no respondió.

Sus manos se empaparon entonces en un charco caliente sobre la espalda del rebelde y se temió lo peor.

Al alzar la vista, descubrió a un hombre que enarbolaba un cuchillo ensangrentado. Lo había visto en la Ciudadela, siempre cerca de Chapel. Ray intentó apartarse de él, pero el cuerpo inerte de Carlton se lo impidió. El hombre se agachó a su lado y alzó el cuchillo, dispuesto a rematar el trabajo. Ray empujó con todas sus fuerzas el cadáver de su compañero, pero el tipo fue más rápido y bajó el cuchillo. En el último segundo, Ray logró liberar el brazo en el que cargaba el Detonador y colocarlo entre ambos. El filo se quedó enganchado entre dos piezas del Detonador y, cuando el otro fue a retirarse, vio que estaba encajado.

Tras un breve forcejeo, enfurecido, volvió a la carga con el arma en alto, al mismo tiempo que Ray, haciendo acopio de todas sus fuerzas, apartaba el cuerpo de Carlton y rodaba hacia un lado, para sacar la pierna que aún le quedaba atrapada y arrastrarse por el suelo hasta ponerse de pie. Entonces resonaron en el aire dos disparos y el tipo se tambaleó hacia atrás sin comprender qué había sucedido antes de caer al suelo, muerto.

—Nos largamos —dijo Simone junto a Ray.

El chico, aún sorprendido por haber salvado la vida tres veces seguidas, se dejó arrastrar cojeando hasta uno de los coches, donde otras seis personas más se apelotonaban en los asientos.

En cuanto se cerró la puerta, Eden se dio la vuelta tras el volante y respiró aliviada antes de arrancar. Ray se fijó en cómo el incendio de los *jeeps* estrellados aún iluminaba el escenario de la batalla mientras se alejaban de allí a toda velocidad.

El día siguiente fue uno de los más tristes que Ray podía recordar dentro de la Ciudadela. Aunque la mayoría había logrado salir con vida, muchos compañeros y vecinos la habían perdido en el desierto.

No había cuerpos que enterrar, pero sí muchas voces que clamaban justicia. Darwin se encargó de dirigir la ceremonia de duelo en la plaza central de la Ciudadela, en la que se reunió prácticamente todo el mundo, colapsando las calles de alrededor. En las pantallas holográficas se proyectaba su imagen y por los altavoces llegó su mensaje de pena y comprensión.

Los rebeldes, junto con los supervivientes de la batalla, se encontraban también en el escenario improvisado, de pie, acompañando a Darwin con su presencia y mostrando todo su apoyo a cada una de sus palabras. La noche anterior había servido para que comprendieran que necesitaban mantenerse unidos si querían vencer al gobierno, y que todo aquel que no quisiera acatar las normas del Comité debería abandonar las murallas y no volver.

—La próxima vez que nos enfrentemos a ellos —decía en aquel momento el capitán de los rebeldes— será para vencer. Y para vengar la muerte de todos los inocentes cuyas vidas nos arrancaron. Han intentado arrebatarnos la libertad, nuestra esperanza y nuestros sueños. Ya es hora de que les demostremos que este es nuestro mundo ¡y no el suyo!

Todos a una, la gente prorrumpió en gritos de lucha. Gritos de unidad y de hermanamiento. Y Ray, aún sin poder apartar de su mente el recuerdo del cuerpo de Carlton sobre su pecho, sujetó la mano de Eden y gritó hasta que sus pulmones le ardieron.

Tras el discurso, los rebeldes se retiraron a la Torre a dilucidar cuál debía ser su siguiente acción. Antes de entrar en el despacho, Ray escuchó unos pasos acelerados a su espalda y se dio la vuelta. Por el pasillo se acercaba Samara corriendo.

—Quiero ayudar —dijo, ignorando a todos y acercándose a Darwin.

—Ya lo hemos hablado, Samara. Tendrás que...

—¿Esperar? ¿A qué? ¿A que tenga dos años más y la guerra haya terminado? Tengo el mismo derecho que el resto para estar ahí dentro.

—Sammy... —le pidió Eden, pero ella se apartó cuando fue a ponerle una mano en el hombro.

Aunque no eran parientes de sangre, Ray reconoció en sus ojos la misma llama que solía encontrar en la mirada de Eden.

—Lo siento, no tenemos tiempo para esto —cortó Darwin, entrando en el despacho.

—Pues... si ella no entra, yo tampoco —intervino Jake, de repente.

Su hermano se volvió con el ceño fruncido y fue a decir algo, pero cambió de parecer y contestó:

—Tú mismo. Los demás, adentro.

—Os mantendremos al tanto —les aseguró Ray.

—¡¿Y cuál va a ser vuestro plan?! —insistió la chica—, ¿entrar en el complejo y aniquilar a todo el mundo? ¡Son inocentes! ¡La mayoría lo son! Probablemente ni siquiera sepan lo que está pasando aquí fuera, que nosotros existimos. Vais a provocar un genocidio en lugar de intentar hacer que comprendan nuestra situación.

Darwin, que ya estaba dentro, golpeó la mesa con los puños y salió de nuevo al pasillo.

—¿De verdad crees que son inocentes? ¿Que esa gente no hará lo mismo que su gobierno en cuanto sepa lo que somos? ¡¿Crees que alguno de ellos querrá tener a un maldito clon suyo rondando por el mundo?! ¡Si es así, me parece que haber pasado tanto tiempo en esta maldita Torre te ha frito el cerebro!

El bofetón que le propinó la chica resonó por todo el pasillo.

—¡Sammy! —exclamó Eden.

—Te has vuelto loco —murmuró Samara, entre dientes—. Y vas a hacer que nos maten a todos.

Dicho aquello, se dio la vuelta y se marchó, seguida de Jake.

—Sam, espera —la llamó Eden.

Pero Madame Battery, que había contemplado toda la escena con un gesto de lástima, le dijo:

—Ahora no, Eden. Deja que se tranquilice. Tienes que estar en esta reunión. Te necesitamos.

La chica dudó unos instantes; al final, con gesto mohíno, acabó tomando asiento.

Una vez estuvieron todos en silencio, Darwin se aclaró la garganta y comenzó a hablar.

—Lo de ayer nos ha demostrado hasta qué punto el gobierno se ha vuelto una amenaza. Son sanguinarios, no dudarán en matarnos si hace falta y cada vez son más los electros que están perdiendo su alma a cambio de darles a ellos una vida en el exterior. Debemos actuar de inmediato.

—¿Cómo? —preguntó Aidan—. Ya lo viste ayer: parece que se estén multiplicando, los aturdidores no les afectan y casi no nos queda munición de fuego.

—Habrá que crear nuevas armas con las que defendernos y atacar. Y tendremos que darnos prisa. Soy consciente del poco tiempo con el que contamos, pero después de lo de ayer... —suspiró.

Simone pidió la palabra y dijo:

—Los nuevos reclutas no están preparados, Darwin. Sin Carlton, al menos necesitaríamos un par de semanas más para...

—Olvídalo —la interrumpió—. ¿Dos semanas más? Tendremos que actuar con los recursos con los que contamos. Siete días. Ese es el tiempo del que disponemos.

Los rebeldes se miraron entre sí.

—Quiero que os repartáis las tareas. Diésel ocupará el lugar de Carlton y seguirá organizando los entrenamientos, pero quiero que tú, Aidan y Eden le echéis un cable —le dijo a Simone—. ¿Dónde está Kore?

—Indispuesta... —se apresuró a responder Battery.

—Pues espero que se recupere pronto; no podemos permitirnos una sola baja más.

—Ray, tú irás con Jake a los laboratorios para ayudar a nuestros ingenieros con el armamento, y Carlos —el latino, que hasta entonces se había mantenido en silencio, observando con curiosidad la escena, alzó la vista—, necesito que me acompañes a interrogar a esa rata de Chapel. Vamos a sonsacarle toda la información posible.

—¿Y qué pasa con los espías? —preguntó Ray—. ¿Crees que no quedan más en la Ciudadela?

Darwin se encogió de hombros.

—La verdad es que ya no importa: la información sobre el ataque solo la tendréis vosotros y los nuevos soldados abandonarán sus casas y se vendrán a vivir a la Torre mañana mismo. Haremos inspección de todas sus pertenencias y nos aseguraremos de que están limpios. Si queda alguno fuera, no tendremos por qué preocuparnos: el pueblo, por fin, está de nuestro lado.

21

A la mañana siguiente, con el amanecer, todos se encaminaron a los puestos que Darwin les había asignado. Eden apenas había dormido esa noche. Tras la reunión, se había ido a buscar a Samara para hablar con ella y no había vuelto a la habitación que compartía con Ray hasta bien entrada la madrugada.

—¿Ha ido bien? —le preguntó Ray entre sueños cuando la sintió acurrucarse a su lado.

Ella murmuró una respuesta afirmativa y al instante se quedó dormida.

Durante el desayuno, nadie habló. El único sonido, además del tintineo de las cucharas y del masticar, era la melodía que Berta, la cocinera, se cantaba a sí misma para entretenerse.

Ray y Eden se despidieron con un beso rápido en el vestíbulo de la Torre y cada uno tomó caminos distintos. Cuando el chico llegó a los laboratorios, cargando una bolsa con el Detonador roto durante la batalla, se encontró con que Jake ya estaba allí trabajando con los ingenieros.

—Tienes pinta de haber dormido poco esta noche —le dijo, tras saludarse.

—Dos horas —contestó Jake, bostezando—. Ayer Eden me dijo dónde me necesitaban y he preferido venir cuanto antes para avanzar trabajo. ¿Quieres ver lo que están haciendo?

Allegra, la *hacker*, se encontraba allí, y Jake le presentó al resto del equipo de expertos, dirigido por Tauro, que convertían la chatarra y la maquinaria aparentemente inutilizable en armas fuera de lo corriente. Darwin se había reunido también con ellos la noche anterior y les había explicado la nueva problemática a la que se enfrentaban ahora que muchos de los centinelas parecían inmunes a los aturdidores.

—Si tenéis tiempo —añadió el chico, colocando sobre la mesa el Detonador estropeado—, ¿podríais ayudarme a arreglar esto?

Enseguida, como hormigas que hubieran encontrado un trozo de pastel, el equipo se reunió alrededor del armatoste para comprobar su estado. Tras unos minutos de silencio, Tauro dijo:

—Sin problema. De hecho, nos viene estupendamente que nos lo hayas traído. Por lo que nos contó Darwin, los centinelas esperan que en el siguiente ataque usemos solo armas de fuego... —explicó el hombre—, pero sería estúpido no utilizar los conocimientos eléctricos que poseemos y que Logan nos dejó antes de fallecer. Esta arma... —dijo, acariciando el Detonador— es una auténtica obra de ingeniería y será difícil crear una igual en tan poco tiempo. No obstante, aprovecharemos parte de su tecnología, no solo para que podáis atacar, sino también defenderos.

—¿Quieres decir como armaduras o escudos?

El anciano asintió para sí y después puso a todo su equipo a trabajar. Cuando los demás obedecieron, le pidió a Ray que lo acompañase.

—Darwin me ha contado tu pequeño... secreto —dijo en voz baja, señalando su pecho—. Y quería saber si podríamos probar contigo esta nueva gama de artilugios que estamos fabricando. Ya sabes, en nosotros la energía es limitada —añadió, golpeándose con el dedo su brazalete con luz en ámbar— y no me gustaría entregar a ninguno de nuestros soldados un producto sin estar convencidos de que funcionará.

Ray se apresuró a asentir. No valía para entrenar a los nuevos reclutas, ni tampoco para ensamblar todas las piezas que se requerían para que cualquiera de aquellos armatostes funcionara. Si al menos podía ayudar de aquella forma, no se sentiría completamente inútil.

Pasaron el resto del día allí dentro. A la hora de la comida, dos de ellos salieron y regresaron con varias bandejas con platos humeantes y una jarra llena de aquel café tan desagradable al que habían terminado por acostumbrarse todos.

A la noche, cuando los ojos a duras penas se les mantenían abiertos, dieron la jornada por concluida y saludaron al equipo que les haría el relevo hasta la mañana siguiente. Antes de irse, Tauro se quedó con ellos explicándoles los avances que habían hecho y los siguientes pasos que debían llevar a cabo.

—En cuestión de meses han creado una cadena de trabajo ultraeficiente —le explicaba Ray a Eden un rato más tarde, después de ducharse y cenar.

Habían subido a lo alto de la Torre y desde allí contemplaban la Ciudadela iluminada por las velas y las hogueras de sus habitantes.

—Cosas así te recuerdan que somos capaces de prácticamente todo. Y más cuando trabajamos codo con codo. Unidos.

Fue pronunciar aquella frase y quedarse en silencio. Eden notó su turbación y le preguntó si estaba bien. Él asintió, y añadió:

—A veces me pregunto si podemos seguir considerándonos... humanos.

—Bueno..., para ello habría que definir antes qué es un ser humano. Porque he visto a algunos comportarse peor que animales, aunque hayan nacido del vientre de una mujer. Y a otros, nacidos de probetas, vivir sin molestar mientras intentamos ayudar a quienes nos rodean y hacer de este sitio un lugar mejor. ¿Qué define al ser humano? ¿La capacidad de sufrir y de emocionarse? ¿Su aspecto? ¿Su origen? ¿Las células que lo componen?... ¿Su alma? —Eden se encogió de hombros—. Para mí es el hecho de querer considerarse persona y permitir a los demás que hagan lo mismo si eso es lo que quieren. Vive y deja vivir.

—*Hakuna matata* —respondió él, con una sonrisa.

Ray se quedó en silencio meditando la respuesta de la chica.

—Gracias —dijo, al cabo de unos segundos.

Eden apartó la mirada del horizonte oscuro y le preguntó por qué.

—Porque cada vez que me cuestiono si en el fondo yo no sería como Dorian, me recuerdas que, si soy capaz de quererte como te quiero, es porque él y yo somos completamente distintos.

Eden sonrió y se acercó para darle un fugaz beso en los labios, pero cuando se iba a separar, Ray la sujetó con delicadeza de la nuca y la atrajo hacia sí. No sabía cuántos momentos como aquel les quedarían una vez comenzase la guerra. Siete días. Seis, con la noche del primero sobre ellos. Y después la incertidumbre. ¿Vencerían al gobierno? ¿Alcanzarían su libertad? Todo era una inmensa nube de incertidumbre. Solo el presente, sus labios, sus caricias, su aroma mientras la besaba en lo alto de aquella Torre eran una certeza; la razón más nimia, más insignificante en el orden de todas las cosas por las que luchar. Pero también la única por la que Ray consideraba que merecía la pena dar su vida.

A la mañana siguiente, Eden se despertó antes que Ray, se vistió con unos pantalones cómodos y la primera sudadera que encontró y salió de la habitación para calentar un rato antes de ir a desayunar.

Cuando estaba cerrando la puerta de su cuarto escuchó voces en el de al lado y supuso que Aidan debía de haber ido a pasar la noche con Kore. Al ver que estaban despiertos, quiso preguntarle a su amiga cómo se encontraba, e iba a llamar a la puerta cuando escuchó a Aidan decir:

—No pienso dejarte luchar.

Eden se detuvo y, aun sabiendo que no era lo adecuado, pegó la oreja a la puerta y escuchó:

—¡No digas tonterías! —contestó Kore, con sorna—. Hasta dentro de unos meses puedo hacer lo mismo que Eden o que Simone.

—¡No seas cabezota, Kore! Tienes que guardar reposo, cuidarte. También puedes sernos útil desde...

—¿Y *tú* sí piensas marcharte? ¿Luchar? ¿Y si te pasa algo? ¿Y si mueres, Aidan? ¿Crees que yo sola podré cuidar de nuestro hijo? ¿De verdad querrías que creciese sin un padre? —añadió, rota en lágrimas.

Eden se apartó de la puerta como si esta ardiese. Kore estaba embarazada. De ahí los vómitos y su malestar y el comportamiento de Madame Battery. Kore... iba a ser madre.

Eden salió de la Torre, todavía intentando digerir aquella noticia, y comenzó a correr por las calles de la Ciudadela cuando aún estaban dormidas. Aquel silencio sepulcral la obligaba a enfrentarse a sus pensamientos y turbaciones.

Desde que había escapado del complejo, le agobiaba pasar tanto tiempo dentro de cualquier edificio y por eso agradecía especialmente la misión que le había encargado Darwin de entrenar a los nuevos reclutas. El complejo la había cambiado, aunque jamás lo reconocería en voz alta. Ahora era más fuerte, pero también sentía más miedo. Solo la presencia constante de Ray le recordaba, cuando las dudas la asaltaban, que había personas por las que merecía la pena seguir luchando.

Sin embargo, el secreto de Kore ocupaba ahora toda su atención y solo podía preguntarse qué les depararía el futuro a ellos, a la madre y al bebé. ¿Nacería en un mundo gobernado por la paz o por la guerra? ¿Crecería allí, en la Ciudadela, atrapado como todos ellos, o libre de poder viajar adonde quisiera cuando creciese? ¿Le suministraría Kore una de las vacunas definitivas para no depender de la electricidad a pesar de saber de dónde provenían? Incapaz de encontrar respuestas a todo ello y cada vez más segura de que lo que tenía que hacer era hablar con su amiga y apoyarla como fuera, se obligó a no pensar más en el tema hasta que estuviera con ella.

Eden atravesó toda la Vía de la Luz, caminando por el Arrabal, y después torció para visitar el Zoco. Allí, los comerciantes sí que estaban ya despiertos y preparando la mercancía. Desde la llegada del nuevo gobierno, los trones habían dejado de tener utilidad y el trueque se había impuesto en toda la Ciudadela. Eden sabía que tarde o temprano volvería a imponerse la moneda, pero mientras tanto resultaba casi mágico comprobar cómo todo el mundo se había adecuado a la nueva situación tan rápido. Al pasar por delante del puesto de Diésel se detuvo para hablar con él y contarle novedades. El hombre la escuchó con la misma socarronería de siempre, y le contó los problemas que veía entre los cadetes que estaba adiestrando. Por último, antes de que Eden se marchara, le recordó que podían contar con él para cualquier otra cosa.

—Ya sabes dónde encontrarme —añadió, partiendo con un golpe seco un conejo por la mitad.

La chica se despidió levantando la mano e iba a irse cuando una mujer irrumpió de pronto entre las casetas y carros cercanos, sofocada y con el rostro pálido.

—Nos..., nos atacan... ¡Están ahí fuera! —logró decir.

La gente se arremolinó a toda prisa a su alrededor, pero Eden consiguió llegar hasta ella para averiguar qué sucedía.

—Guerreros. A... la entrada de la Ciudadela. Están esperando para atacar. ¡Es nuestro fin! —gritó, entre lágrimas.

Eden sintió en ese momento una manaza enorme sobre el hombro y la voz de Diésel junto a ella.

—Vete a ver qué ocurre y avisa a quien haga falta. Yo me encargo de esto.

Sin esperar más tiempo, la rebelde echó a correr y dejó atrás los vozarrones de Diésel para calmar a todo el mundo. Abandonó el mercado y siguió corriendo hacia el sur hasta que se topó con la muralla. Una vez allí siguió el camino hasta la entrada más cercana. Cuando llegó, dos soldados se dirigían a toda prisa a la Torre.

—Eden, ¡menos mal que has llegado! —le dijo uno de ellos, que apenas debía de superar los veinte años.

—¿Qué sucede? —preguntó ella, sin dejar de caminar hacia el muro.

—Creemos que son *cristales* —respondió el otro—. Cientos de *cristales*. Tememos que intenten atacarnos.

—Si hubieran querido hacerlo, la mitad de nosotros estaríamos ya muertos y la otra mitad ni se habría enterado —contestó ella, subiendo los últimos peldaños de la escalera y asomándose al borde con los prismáticos que le cedieron.

Estaban en lo cierto. Allí abajo debía de haber casi medio millar de *cristales* acampados alrededor de varias tiendas de tela que habían levantado. Y aun así, eran tan silenciosos que, de no ser por la luz creciente del amanecer, probablemente no los habrían advertido.

—Quedaos aquí e informad inmediatamente si se produce algún movimiento —les ordenó—. Yo iré a la Torre y averiguaremos qué es lo que quieren.

Eden bajó de nuevo y no dejó de correr hasta encontrar a Darwin camino del comedor. El líder de los rebeldes le pidió que fuera a buscar a Ray y que se reunieran con él afuera. La chica obedeció al instante y para cuando salió con Ray, Darwin los esperaba con un *jeep* en marcha con el que llegaron en cuestión de minutos a la entrada de la muralla.

Ray se bajó del *jeep* casi de un salto y se acercó corriendo hasta el grupo de *cristales* más cercano. Con el ruido del motor, todos se habían puesto alerta y ahora parecía que se encontraran frente a un bosque de abetos deshojados, altos y cubiertos de ropajes color tierra.

—Busco a Gael —dijo Ray, algo intimidado.

El mensaje comenzó a extenderse a toda prisa entre los *cristales* y al cabo de unos segundos abrieron un camino para dejar paso a su líder.

—Ray, el protegido —dijo el tipo alto y de piel oscura—. Darwin, Eden. Me alegra ver que seguís vivos.

—Desde luego, con los tiempos que corren es algo por lo que estar agradecido... —comentó Darwin, más tranquilo al ver que aparentemente los *cristales* venían en son de paz.

—¿Qué sucede? ¿Qué hacéis aquí? —preguntó Ray.

—Sentimos haber perturbado vuestra calma, pero necesitamos vuestra ayuda.

El *cristal* les hizo un gesto para que lo acompañasen. Sus súbditos volvieron a apartarse y abrieron un camino hasta la primera tienda de campaña que habían levantado. Una vez dentro, tomaron asiento en los cojines descoloridos que había en el suelo y Gael les explicó la situación que los había llevado hasta allí.

—Nuestro hogar ha sido destruido —dijo, con voz calma pero con los ojos reflejando su impotencia—. El fuego lo arrasó todo y no pudimos hacer nada por evitarlo.

—El fuego... —repitió Ray—. ¿Quién lo provocó?

—Nuestro enemigo común.

—¿Los humanos... han quemado todo vuestro bosque? —preguntó Eden, incapaz de creerse semejante atrocidad.

—Al principio intentamos detenerlo, pero fue en vano... Muchos de los nuestros perecieron en el intento, y al tratar de huir nos encontramos con cientos de electros que intentaron aniquilarnos.

—No, esos ya no son electros —dijo Darwin—. Son algo peor. Y quieren recuperar el mundo que creen que les pertenece. Ha comenzado el exterminio —les explicó—, y no somos los únicos que lo estamos sufriendo.

Gael asintió al escuchar aquello.

—Por eso decidí traer a mi gente aquí y pediros ayuda. Los *cristales* somos pacíficos por naturaleza, pero la guerra ya ha estallado y si no nos defendemos, correremos la suerte de los primeros humanos que poblaron esta tierra.

Los electros se miraron entre sí, sobrecogidos aún por la noticia, hasta que Darwin dijo:

—En el pasado nos ayudasteis y gracias a ello vencimos. Esta vez seremos nosotros quienes nos encargaremos de que tu gente reciba el trato que merece. Lucharemos juntos. Os hospedaremos en el interior de la muralla si es lo que...

El *cristal* sonrió y negó con lentitud.

—Estamos bien aquí.

—En ese caso ordenaré que os traigan alimento y bebida para soportar las altas temperaturas del día. Y no dudéis en pedir todo lo que necesitéis para que os lo hagamos llegar.

Gael asintió y les dio las gracias. E iba a ponerse en pie para despedirles cuando uno de sus soldados entró en la tienda de campaña.

—Señor, hay un par de *lobos* que dicen conocer a los electros y que exigen veros. Uno de ellos se hace llamar Crixo.

—Hacedlos pasar —pidió Darwin, poniéndose en pie—. Son aliados.

El soldado aguardó a que su jefe aceptara para después darse la vuelta y regresar unos segundos más tarde con Crixo y un *lobo* que lucía un traje roído y desaliñado. Ray reconoció al compañero inmediatamente.

—¿Tú...?

El *lobo* rugió y se lanzó a por Ray con la ira brillando en sus pupilas. Pero antes de que pudiera alcanzarlo, la guardia de *cristales* alzó sus arcos y lanzas y lo detuvo.

—¡Bucco! —gritó Crixo.

—¡Él...! ¡Él los mató! —contestó el otro sin apartar la mirada de Ray—. ¡Me mintió!

—¡¿Que yo qué?! —dijo Ray.

—Imposible —sentenció Crixo—. Ha estado conmigo todo este tiempo. No ha sido él.

—Dorian... —murmuró Ray.

Entonces se acercó al *lobo*, que volvió a erguirse, amenazador.

—Huéleme —le pidió—. Y dime si he sido yo quien mató a tu gente.

El *lobo* olfateó a Ray y esbozó una mueca.

—Hueles como en el laberinto... —masculló él.

—Porque aquel sí que era yo. El otro que se parecía a mí, no. Yo no os haría nada, Bucco. Y lo sabes.

El *lobo* bufó y después volvió con Crixo. Gael hizo un gesto a los suyos para que bajaran las armas y habló.

—¿A qué habéis venidos, *lobos*?

—Nuestro hogar también ha sido destruido. Vimos arder vuestro bosque en el horizonte cuando percibimos el olor a combustible. Creímos que erais vosotros —explicó mientras miraba a los electros—. Pero luego nos dimos cuenta de que eran humanos.

—¿Luchasteis? —preguntó la chica.

—Al principio nos defendimos, pero eran demasiados. Y tenían armas poderosas.

Darwin se masajeó las sienes, confirmando sus sospechas.

—Están dispuestos a acabar con todo... —sentenció el jefe de los rebeldes.

El hombre comenzó a relatar todo lo ocurrido a los *lobos*. Mientras, Eden se fijó en el aspecto de Crixo. Desde que habían escapado del complejo, había estado vagando por el exterior de la muralla de la Ciudadela, alimentándose de lo que cazaba. Su ropa cada vez estaba en peor estado, cubierta de manchurrones de tierra y sangre. Pero sus ojos destellaban con inteligencia humana mientras escuchaba con atención.

—No seréis los únicos que lucharéis en esa guerra —dijo, cuando Darwin terminó de hablar—. Este también es nuestro mundo y, como tal, lo defenderemos.

—¿Propones una alianza entre electros, *lobos* y *cristales*? —preguntó Gael.

Crixo ladeó la cabeza y sonrió con hambre antes de responder:

—Propongo sobrevivir. Y para ello tendremos que tomar medidas que resulten impensables para nuestro enemigo común.

22

Eden y Ray regresaron a la Ciudadela poco después de terminar la reunión con los *cristales* y el *lobo*. Darwin, por el contrario, se quedó más rato hablando con ellos. Por su parte, la chica prefirió marcharse deprisa a entrenar a los futuros soldados antes que quedarse hablando con Ray. Sabía que si lo hacía terminaría contándole lo que había descubierto de Kore, y su amiga nunca se lo perdonaría. Era su secreto y suficientemente malo era ya que ella se hubiera enterado de aquella manera.

Ese día no comió. Estaba tan obcecada en mantener la mente ocupada que fue practicando con las diferentes cuadrillas en las que se había dividido a la gente y para cuando se quiso dar cuenta de la hora que era, había vuelto a anochecer.

—Eden, por hoy ya es suficiente —le dijo Simone, quitándole con delicadeza el palo con el que practicaba los movimientos de defensa personal.

La chica no protestó; asintió y se alejó de allí sin tan siquiera despedirse. Simone la observó mientras recogía sus cosas y se secaba con una toalla y Eden supuso que ella también había necesitado momentos como aquel para aceptar la muerte de Carlton.

Bajo el agua de la ducha, Eden intentó tranquilizarse y averiguar la mejor manera de tratar el tema con Kore. No podía mantenerlo en secreto, no por mucho tiempo. La conocía, y sabía que antes de revelárselo a los demás, aceptaría incluso una misión que pusiera en riesgo su vida y la del bebé. Y Aidan era demasiado noble como para romper su palabra.

Una vez vestida, salió de su cuarto y llamó a la habitación de Kore dispuesta a tratar el asunto, pero tras varios minutos esperando dio por hecho que, o bien no estaba, o bien dormía profundamente. Y si quería tener aquella conversación, mejor sería no hacerlo con su amiga recién levantada.

Bajó entonces al comedor de la Torre, pero tan solo el aroma que llegaba por el pasillo de la comida requemada de Berta le quitó las ganas de entrar. Así que salió afuera y allí, en la escalinata del edificio, descubrió a Kore envuelta en una manta y sentada con la mirada perdida en la cancela que protegía el complejo.

—¿Qué haces aquí abajo? —le preguntó, sentándose a su lado.

Kore salió de su ensimismamiento y le sonrió.

—Imaginarme cómo sería este mundo sin verjas, ni murallas, ni cuentas atrás... —respondió.

Eden le sonrió con nostalgia y dejó que su amiga apoyara su melena rojiza sobre su hombro.

—Kore..., sé por qué estás mala —dijo Eden en ese momento, y la otra se enderezó de inmediato—. Os oí esta mañana a Aidan y a ti. Sé que no debía haber...

—No, no deberías —le espetó la otra—. ¿Se lo has dicho a alguien?

—A nadie. Ni siquiera a Ray. Pero...

—Mejor. Tú tampoco deberías haberlo escuchado.

Eden sintió que se encendía por dentro.

—No, desde luego que no debería haberlo *escuchado*. Pero me hubiese gustado que me lo hubieses contado tú o Aidan.

—¡¿Y te crees que no quería hacerlo?! —exclamó Kore, que, sin que Eden se percatase, había comenzado a llorar—. Era lo que más me apetecía, pero tenía miedo. Tengo miedo.

—¿A qué, Kore? ¿A que te juzgue?

—No lo sé..., no lo sé... —repitió la chica, y Eden se acercó para abrazarla y dejar que se desahogara sobre su pecho—. Soy una imbécil. ¿Cómo he podido dejar que pasara?

—Para empezar, esto no es cosa de uno, sino de dos. Así que comparte las culpas con el zoquete de tu novio —replicó Eden, logrando que Kore esbozara una leve sonrisa—. Y segundo: que estés embarazada es algo increíble. Un bebé. Un niño... o una niña que crecerá con la mejor madre del mundo.

—No sé nada de criar niños.

—Nadie nace sabiendo ser madre. Además, no estás sola. Ya se encargará Battery de enseñarte y de darnos un curso a todos para ayudarte a cambiar pañales —añadió Eden, riéndose—. A tu bebé no le faltará de nada.

—Excepto un corazón fuerte —dijo Kore, interrumpiendo de golpe la risa—. Eso es lo que más me preocupa, Eden. Traer a un niño... o a una niña a este mundo y no poder asegurarle siquiera que podrá vivir tanto tiempo como quiera.

—Eso no podrías hacerlo ni aunque no naciera con la vacuna *electro*, Kore. Lo único que debes hacer es preocuparte por que el bebé crezca sano, fuerte y aprenda a valerse por sí mismo. Y sé que lo conseguirás.

Kore la miró con los ojos brillantes y llenos de dudas.

—¿De verdad?

—Por supuesto, porque tendrá a la mejor madre para enseñarle.

Con un nuevo abrazo, se quedaron en silencio allí hasta

que el viento nocturno las invitó a regresar al interior del edificio.

A la mañana siguiente, Darwin les pidió que se reunieran con él y Battery para terminar de ultimar los detalles del ataque.

—Chapel nos ayudará —anunció el líder cuando estuvieron sentados y con la puerta cerrada.

La mirada de extrañeza que cruzaron todos fue la única respuesta que Darwin recibió de su equipo.

—Le obligaremos a que nos lleve hasta el complejo y, una vez esté dentro, nos abrirá la puerta.

—¿A cambio de qué? —preguntó Eden.

—A cambio de que no le matemos.

Darwin procedió entonces a explicarles el plan:

—El equipo de ingenieros preparará un explosivo con control remoto que Chapel llevará encima. Nosotros lo controlaremos desde la distancia. Una vez cumpla con su parte del trato, le liberaremos de él. Y si no lo hace...

—¡Bum! —exclamó Madame Battery, abriendo de golpe su abanico.

—Nos traicionará —aseguró Ray—. Es una rata. Es lo único que sabe hacer.

—No, no lo hará: antes que traicionarnos, intentará sobrevivir. No hay nada que Chapel aprecie más que su vida. Creedme, funcionará. Monitorizaremos todos sus movimientos y palabras. No tendrá escapatoria como trate de engañarnos.

—¿Y qué excusa pondréis sobre dónde ha estado todo este tiempo? —intervino Aidan.

—Sencillo: vagando por el desierto, perdido, muerto de sed y de hambre. Y exhausto.

—Ahora mismo lo tenemos encerrado en una habitación donde recibe tres comidas al día. No será convincente.

—Haremos que lo sea —le espetó Madame Battery.

—De todos modos, esta solo será una parte del plan. Vosotros tendréis que cumplir con las vuestras para que la misión salga adelante...

Samara se enteró de lo ocurrido en el campamento de los *cristales* por boca de Jake, igual que de cómo se habían repartido las labores para preparar la guerra y del plan en el que Chapel participaría.

El chico intentaba convencerla de que en el fondo lo hacían por su bien, para que desconectara después de tantos años sometida a la presión de tener que pasar desapercibida en la Torre, pero ella le pedía que se callara cada vez que empezaba con la misma monserga.

—He sido yo quien ha sobrevivido todo ese tiempo aquí —le respondió Samara cuando Jake intentó de nuevo quitarle hierro al asunto—. Lo que no ven es que ya no soy ninguna niña.

—Claro que no lo eres...

—Y lo que les molesta, en especial a tu hermano, es que saben que no pienso como ellos: yo he vivido rodeada de la gente de Bloodworth y te aseguro que no todos eran unos monstruos. Había gente buena trabajando aquí, ¿sabes? Gente que no tenía más alternativa que obedecer y callar. ¿Y ahora piensan aniquilarlos a todos?

—Estás exagerando, Sam. Darwin nunca permitiría que...

—¿Que saltara por los aires el complejo entero si hiciera falta? —le interrumpió ella, con sorna—. Mira, tu hermano es un grandísimo estratega, pero el odio hacia la gente que nos hizo esto —y levantó la muñeca con el brazalete— le ciega. Y no deja que nadie le lleve la contraria.

—Darwin ha prometido que no se hará daño a los civiles.

Samara soltó una carcajada amarga.

—Eso dice, pero una vez esté dentro y tenga el control..., ¿qué le detendrá?

—Nosotros, si es necesario.

Samara lo miró en silencio y después negó, decepcionada.

—No seremos capaces, Jake. ¿Es que no lo ves? Cuando empiece la batalla no habrá vuelta atrás. De hecho no estoy segura de que la haya ya.

—¿Entonces...?

—Tenemos que intentar que no se produzca.

Jake se rio entre dientes antes de darse cuenta de que la chica hablaba en serio.

—¿Y cómo pretendes hacer eso?

—Avisando a la gente del complejo.

—¿Te has vuelto loca? ¡Harás que nos maten a todos!

Samara se levantó y se dirigió a la puerta del comedor.

—¿Adónde vas? —le preguntó Jake, echando a correr tras ella.

—A prepararme. Me voy a largar.

—¿Sola?

—Si no queda otro remedio —contestó ella, abandonando la Torre y saliendo al exterior—. Tendré que preparar las provisiones para el camino, porque tendré que ir a pie si no quiero que nadie me...

—Sam, para —le ordenó Jake, sujetándola del brazo y obligándola a que dejara de andar—. ¿Te estás escuchando? No puedes largarte así como así, entrar en el complejo y esperar que no te maten a ti o a nosotros cuando vayamos detrás.

La chica liberó su brazo y se acercó un paso a Jake.

—Pues acompáñame. Sabes que tengo razón: que si no hacemos algo se va a producir una matanza. Si tu hermano no escucha y los demás tienen demasiado miedo como para enfrentarse a él, habrá que tomar medidas.

—Solo somos dos... *chavales* —reconoció Jake, impotente—. ¿Qué te hace pensar que nos escucharán?

—¿Qué te hace pensar que no lo harán? Venimos del exterior. Hablaremos con la gente, no con su asqueroso gobierno. Nos infiltraremos entre ellos, lo único que necesitamos es algo de ventaja para poder explicarles lo que está ocurriendo, ¡lo que ocurrirá si no hacen algo!

—Pongamos por caso que logramos entrar e infiltrarnos entre ellos, ¿cómo puedes estar segura de que no nos traicionarán? ¿Que no les contarán a los directivos del complejo que estamos allí? Nos torturarán, Sam. Nos obligarán a contarles el plan de nuestros compañeros y los venderemos como ratas. Estarán muertos antes de llegar.

—Callaremos. Nos quitaremos la vida antes de llegar a ese punto si es necesario.

—Te has vuelto loca... —masculló Jake, para sí.

Pero antes de que pudiera marcharse, esta vez fue Samara quien le sujetó del brazo.

—Nunca he estado tan cuerda. Ven conmigo: tú conoces el complejo, has visto los planos. Sabrás por dónde entrar. Jake, tienes que confiar en mí. ¿Crees que esa gente aceptará que nos maten sin decir nada? Se opondrán a la masacre, a la guerra. Es lo que Darwin no ve, que ellos también están ciegos y sordos. Abrámosles los ojos.

—Nadie nos creerá. Todos pensarán que estamos locos.

—No, todos no. Y solo hace falta que uno confíe en nosotros para que el esfuerzo haya merecido la pena.

—Sam, yo...

—Darwin tiene planeado marcharse en cinco días, ¿no? Pues yo abandonaré la Torre la noche anterior, para no levantar sospechas.

—¿Qué? Te pillarán.

—Iré deprisa. Y ellos también tendrán que hacer parte del recorrido a pie si tienen que seguir a Chapel, como me dijiste.

—Pero...

Ella le interrumpió colocándole un dedo sobre los labios.

—No me respondas ahora. Ese día me marcharé por la puerta del almacén de las cocinas. A medianoche, concretamente. Si estás, nos iremos juntos. Y si no, no te preocupes. Sé cuidar de mí misma. Lo he hecho siempre.

Samara debió de ver cierto arrepentimiento en la mirada de Jake, por lo que añadió:

—Ni se te ocurra pensar que tengo algo que perdonarte.

Dicho aquello, la chica le dio un beso en la mejilla y regresó al interior de la Torre a preparar todo para el viaje.

Antes de que Darwin la apartase del Comité, antes incluso de que la revuelta de los rebeldes tuviera lugar, Samara había tenido oportunidad de ver y estudiar algunos de los muchos planos del complejo que habían rondado siempre por el despacho de Bloodworth. Nunca había llegado a dibujarlos para enviárselos a Madame Battery mientras trabajaba como criada para el gobernador, pero su memoria aún retenía muchos de aquellos detalles. Ahora solo esperaba ser capaz de trasladar lo que tenía en su mente a la realidad una vez abandonase las murallas.

Durante los días siguientes se encargó de ir llenando la mochila de latas de conservas robadas de la cocina, cantimploras llenas, un pequeño botiquín de primeros auxilios, una linterna y una brújula, regalo de Madame Battery.

El último día bajó a cenar como todos los demás; no quería levantar sospechas. Y aguantó despierta como cada noche hasta que terminó la sobremesa y todos se despidieron. De haber argüido algún tipo de malestar, Eden probablemente hubiera ido durante la noche a ver cómo se encontraba, y no podía regalarles ni un minuto de ventaja porque sabía que irían a por ella en cuanto se enterasen. Con suerte, estando tan ocupados como estaban, eso sucedería cuando ya fuera tarde.

—Que descanses —le dijo Eden, antes de dirigirse cada una a su habitación.

—Tú también... —contestó Samara, e iba a marcharse ya cuando decidió recortar los metros que la separaban de Eden para darle un abrazo.

—¿Y esto a qué viene? —preguntó Eden, divertida.

—A nada —respondió la chica, estrechando aún más el abrazo—. Echaba de menos poder hacerlo.

Cuando se separaron, unos segundos después, Samara se dio cuenta de que tenía los ojos húmedos, así que se dio la vuelta, le dio las buenas noches y se alejó a paso rápido de allí.

Un par de horas más tarde se levantó de la cama. Antes de abandonar su cuarto, dejó entre las sábanas una manta doblada que imitara su cuerpo acurrucado, por si alguien entraba a echar un vistazo. Sabía que el truco no serviría de mucho, pero toda precaución era poca. En cada recoveco del pasillo, se detenía, estudiaba la situación y después corría hasta el siguiente tramo de escaleras. Apenas se encontró con gente, y las pocas personas que deambulaban aún por la Torre no repararon en ella.

Así llegó hasta las cocinas, donde tuvo que encender la linterna para poder ubicarse. Fue entonces, por el reflejo de la luz sobre los cacharros, cuando advirtió la figura que la observaba desde las sombras. Del susto apenas pudo controlar el grito. Pero enseguida la silueta tomó forma y Jake apareció ante ella.

—Has venido... —dijo Samara, incrédula, mientras se recuperaba—. ¿O vienes a detenerme? Porque si es así...

—He venido para acompañarte —la cortó él—. No habría podido vivir si no te hubiera acompañado.

—Sé cuidarme sola, ya te lo dije —replicó ella, molesta—. No te necesito, Jake.

—Lo sé —contestó él, acercándose a ella—. Pero, ¿no se te ha ocurrido que a lo mejor soy yo el que te necesita a ti?

Apenas había luz para que distinguieran sus rasgos, ni tampoco tiempo que perder. Pero el impulso que los llevó a los dos a besar los labios del otro fue mucho más acuciante que su misión o que el miedo que sentían a ser descubiertos. Cuando se separaron, Samara temblaba, pero también tenía todo mucho más claro.

—Además, puede que no me necesites a mí. Pero esto me temo que sí —añadió, mostrándole la llave de un coche.

—¿Vamos a robar uno de los *jeeps*? —preguntó Samara.

—¿Robar? No puedo robar algo que es mío —dijo Jake con una sonrisa antes de hablarle del coche que tenía escondido en el exterior.

La chica sonrió, emocionada, y dijo:

—Vámonos.

A continuación, lo agarró de la mano y abandonaron las cocinas, la Torre y, minutos más tarde, la Ciudadela, dispuestos a cometer el gran error de sus vidas o el mayor de los aciertos. Solo el tiempo lo diría.

23

Acostumbrada como estaba al pavimento y las aceras de la Ciudadela, caminar sobre la arena estaba resultando una tortura para los pies de Madame Battery. Los tacones amenazaban a cada paso con provocarle un esguince entre tanta roca y tanto desnivel, y los bajos de su vestido parecían haber arrastrado todo el polvo del desierto. Podía haberse puesto los pantalones de cuero, como le habían sugerido, pero antes prefería partirse el tobillo a hacer el ridículo delante de todo el gobierno del complejo. Ella era, por encima de todo, una gran dama.

—¿De verdad no podían habernos acercado un poco más los coches, querido? —le preguntó por enésima vez a Darwin.

—No, si queríamos pasar desapercibidos —repitió el hombre, distraído.

Darwin no despegaba los ojos de la pequeña pantalla que sujetaba en la mano y que se conectaba a su oreja por un auricular. A través de ese artefacto y de la cámara implantada en el espía, controlaba la posición y las palabras de Chapel, varios kilómetros por delante de ellos. También así, en cualquier momento, podía hacer detonar desde allí los explosivos que el traidor llevaba encima.

El ejército venía detrás, pertrechado con pistolas, aturdidores y las nuevas armas que habían inventado. Llegaría unas horas más tarde que ellos, con el resto del Comité. Ellos habían viajado en coche hasta el desvío de la carretera, donde habían soltado a Chapel y detrás habían echado a andar ellos dos. Darwin había insistido a Madame Battery para que se quedara en la Ciudadela hasta desgañitarse, pero la mujer, al final, se había salido con la suya.

—Que no se te olvide, Darwin —le había advertido—: si tú te crees el rey de la Ciudadela, yo soy la reina. Y mi corona es tan grande como la tuya.

El rebelde no había comprendido muy bien la metáfora, pero había terminado dándose por vencido y ahora estaba sufriendo las consecuencias.

—Se está alejando mucho, debemos darnos prisa —le dijo a la mujer.

Los últimos días Chapel había permanecido al aire libre en lo alto de la Torre, esposado al sol y recibiendo la mínima cantidad de alimento y bebida necesarios para que sobreviviera. Toda precaución era poca y solo si le veían llegar con la piel quemada, los labios agrietados, sucio y hambriento, se creerían que había estado vagando por el desierto y no con los rebeldes.

En el vídeo de la monitorización de Chapel, el laberinto de rocas que estaba atravesando el espía se abrió de repente ante un claro en cuyo centro había una estructura rectangular del tamaño de un vagón de tren.

—Parece que ya ha llegado —le informó Darwin a Battery.

—Hijo, pues qué suerte —respondió ella, ahogada por el calor.

La extraña mole resultó ser en realidad el contenedor de un camión abandonado cuya pintura roja había sido devorada por el óxido. Chapel se dirigió a las puertas que se encontraban en uno de los extremos y abrió una chapa bien camuflada tras la que descubrió un botón con un altavoz y una pequeña cámara. El hombre pulsó el botón con los dedos heridos y esperó hasta que comenzó a parpadear una luz roja.

—3-56-45-99 —dijo Chapel vocalizando con su voz de pito, temblando.

Al cabo de unos segundos, se escuchó otra voz procedente del interfono.

—¿Cha-Chapel? ¿Eres tú? ¿Qué haces aquí?

—¡Abrid las puertas! —gritó el hombre, desgañitándose.

Debió de sonar suficientemente autoritario porque enseguida se abrió la puerta del propio camión y Chapel entró.

—¡Deprisa! —dijo Darwin, acelerando el paso y sin dejar de prestar atención a lo que estaba sucediendo en la pantalla; aquel era el momento decisivo en el que Chapel podía intentar traicionarles.

Una vez estuvo dentro del extraño camión, el suelo comenzó a moverse y a descender. Darwin comprendió enseguida que la estructura de metal oxidado camuflaba el montacargas que daba a la entrada del complejo.

—Nunca lo habríamos adivinado... —masculló el rebelde.

Cuando el aparato se detuvo, apareció frente a Chapel un pasillo en el que esperaban un par de guardias. Estos pulsaron unos botones para descontaminar el cubículo y limpiarlo del aire exterior. Después, las puertas se abrieron.

—¿Cómo diablos has llegado aquí? ¿Estás herido?

Chapel hizo que se tropezaba y cuando los tipos se acercaron a ayudarle, el espía sacó de su bolsillo los aturdidores que Darwin le había entregado antes de separarse y, sin el menor escrúpulo, se los clavo a ambos en el pecho. Los cuerpos se convulsionaron en el suelo hasta que Chapel consideró que no volverían a levantarse en un buen rato.

—Yo he cumplido. Daos prisa, maldita sea —dijo después, golpeando con el dedo la pantalla de la cámara.

Darwin y Madame Battery hicieron el resto del camino casi corriendo. Para cuando llegaron al camión, la mujer estaba al borde del desmayo.

—La última... vez... que me haces... esto... —dijo, sin aliento, mientras el aparato se ponía en marcha hacia las profundidades de la tierra.

Cuando llegaron, Chapel los estaba esperando allí.

—¡Quitadme esto ahora mismo! —chilló.

Darwin comprobó que los guardias seguían inconscientes y se volvió hacia el espía.

—Aún no. Estoy seguro de que nos delatarías en cuanto te dejásemos solo.

—¿Qué? ¡¿Ese no era el plan?! —exclamó histérico—. Dije que os acompañaría hasta... ¡Ah!

El puñetazo a la nariz magullada le hizo callar de inmediato.

—Andando... —ordenó Darwin, y con el tipo delante de ellos, se internaron en el complejo.

Carlos se detuvo a la entrada de la cueva plagada de *infantes* y estudió en silencio la situación. Junto a él se encontraban Simone y cuatro hombres más, armados con todo un arsenal de explosivos. Él había sido uno de los encargados de diseñar aquellos túneles y sabía a ciencia cierta el peligro que entrañaba internarse en ellos. Con los años se habían ampliado las rutas subterráneas y los *infantes* habían llegado a anidar hasta en los túneles que se les habían podido escapar a los humanos.

—¿Qué ocurre? —preguntó Simone.

—Intento dibujar un mapa en mi cabeza antes de meternos ahí dentro y que los *infantes* nos devoren.

—Aidan dejó la última vez un rastro de *migas* y parece que siguen funcionando —añadió ella, señalando la luz verde anclada a la pared de la entrada—. Y tenemos somníferos para esas bestias. Estaremos bien.

Carlos se volvió hacia ella y asintió.

—Admiro tu confianza. Espero que no te equivoques.

Y con esas palabras, se internaron en la garganta de aquella cueva con la esperanza de no perderse y de llegar, de una sola pieza, a su destino.

Bastó con que Darwin y Madame Battery pusieran un pie en la plaza del complejo para que todos los ojos se posaran en ellos. No era solo porque Chapel caminara delante, quemado y con la piel seca por el sol, ni tampoco por el hedor que desprendía, sino por la ropa que llevaban y el rastro de polvo que dejaban en el suelo a su paso.

La gente se apartaba de ellos, asustada y confundida, y los murmullos tardaron poco en dar paso a un silencio sepulcral cuando los rebeldes se detuvieron en el centro de la muchedumbre. Madame Battery se sintió sobrecogida ante la cantidad de familias con hijos que veía a su alrededor, el brillo en sus ojos, la paz y la tranquilidad que desprendía el lugar; de repente, después de años, volvió a sentirse insignificante. Darwin se subió entonces a una de las mesas de pícnic que decoraban el lugar y exclamó:

—¡No tengáis miedo! ¡No venimos a haceros daño!

Algunos decidieron tomar en brazos a los pequeños y huir de allí a toda prisa, pero otros, más curiosos, optaron por acercarse y escuchar.

—¡Venimos de...!

—¿Darwin? —su nombre lo había pronunciado un hombre de unos treinta años que se abría paso hacia ellos—. ¡Es Darwin!

El rebelde advirtió que su nombre no resultaba extraño en los labios de algunos de los allí reunidos y se agachó para dar la mano a quien una vez había sido su vecino.

—Hola, Henry. Me alegro mucho de volver a verte.

El hombre asintió, emocionado, y a continuación Darwin volvió a dirigirse a todos.

—Algunos, como Henry, me conoceréis porque hace diez años lideré la revolución de los Hijos del Ocaso.

Bastó con pronunciar ese apelativo para que la mayoría comprendiera a quién tenían delante. Inmediatamente brotaron los insultos, los gritos de traidor y asesino, y se extendieron entre la multitud con creciente vehemencia. Fue suficiente para que Darwin confirmara lo que había imaginado durante los últimos años: que la historia que les habían contado a los que se quedaron sobre el último día en el otro complejo no era cierta.

—¡Escuchadme! ¡Sé lo que os han contado! Pero yo no tuve nada que ver con el atentado del 31 de mayo del 2026. Los Hijos del Ocaso jamás haríamos daño a nuestra propia gente.

—¡¿Y dónde has estado todo este tiempo?! —preguntó una señora, a lo lejos.

—Nos dijeron que habías muerto —añadió Henry.

—Pues como podéis ver, estoy vivo y además llevo la vacuna *electro* —dijo, mientras alzaba su brazalete—. Desconozco lo que Bloodworth os ha contado, pero es hora de que sepáis lo que está ocurriendo allí arriba.

—¡DARWIN!

Su nombre resonó por la plaza abovedada y todo el mundo se giró para ver entrar a Bloodworth con una decena de centinelas a sus espaldas.

—¡Cuéntaselo tú mismo, Richard! —gritó Darwin, sin amedrentarse—. Cuéntales los experimentos que has aprobado. Cuéntales lo que tú y Ray habéis creado.

Chapel aprovechó ese momento de confusión para golpear a Madame Battery en el costado y alejarse de ella y de su aturdidor, escabulléndose entre la gente hacia Bloodworth.

—¡Richard! ¡Ayúdame! —gritaba el tipo, desesperado, mientras se abría paso con aspavientos desabrochándose la camisa para que vieran todos el artefacto que le habían colocado sobre el pecho—. ¡Quitadme los explosivos! ¡Quitádmelos! ¡Quieren...!

¡PUM!

El revólver que sostenía Bloodworth en la mano aún humeaba cuando Darwin levantó la mirada del cadáver de Chapel. El silencio duró dos, tres segundos. Al cuarto, los gritos de terror ahogaron la plaza y la gente salió corriendo, despavorida.

—¡Granada!

Un destello iluminó las decenas de caras de los *infantes* que se resistían a caer bajo los efectos del gas somnífero que habían lanzado previamente. Los rebeldes aprovecharon entonces para atravesar el túnel corriendo, con las máscaras protectoras puestas y las armas en alto por si alguna de aquellas criaturas les saltaba encima.

La carrera se convirtió en un infierno. Aquellas criaturas parecían haber desarrollado un instinto de supervivencia fuera de lo corriente y el hambre no entendía ni de quemaduras ni de narcóticos. A pesar de todo, lograron llegar sin ninguna baja a una de las salas de sistemas de ventilación. En cuanto cerraron la puerta y dejaron atrás los gruñidos de las bestias, Carlos comprendió que era la misma en la que Aidan y los otros habían estado la vez que intentaron rescatar a Eden.

—Este es el conducto —confirmó Simone—. A partir de aquí, confiamos en tu memoria, Carlos.

El equipo entero se preparó para introducirse en el conducto de ventilación. Tenían que arrastrar casi veinte kilos de explosivos procurando que estuvieran protegidos en todo momento. Carlos lideraba la marcha, seguido por los chicos que cargaban con las mochilas y por Simone, a la cola.

En cada rejilla, Carlos se detenía, comprobaba la situación y después les hacía una señal a sus compañeros para que siguieran avanzando. Llegado el momento, el conducto se volvió completamente vertical y para descender hasta el siguiente piso tuvieron que descolgarse con brazos y piernas abiertos a lo largo de más de cien metros.

—Esta planta y la de abajo corresponden a los laboratorios —anunció Carlos, una vez bajaron todos.

—Perfecto —dijo Simone—. Speedy y Randall, bajad a la siguiente planta y colocad vuestros diez kilos de explosivos. Nosotros tres prepararemos los otros diez en esta. ¡Démonos prisa!

El equipo de rebeldes comenzó a llenar los conductos de ventilación de los laboratorios con las bombas que, en cuestión de horas, sepultarían los experimentos del complejo para siempre.

La plaza quedó vacía en cuestión de minutos, a excepción de los rebeldes y de Bloodworth y su ejército. Entre ellos, el cadáver de Chapel había formado un creciente charco de sangre sobre las baldosas. Darwin había agarrado del brazo a la mujer y se habían puesto a cubierto tras un enorme macetero con palmeras que crecían casi hasta el techo.

—¡Sabía que esto no funcionaría! —siseó ella, enfadada—. Ahora, déjame a mí.

Antes de que Darwin pudiera detenerla, Madame Battery se incorporó y salió del escondite con las manos en alto.

—Richard, no creo que esto sean formas de resolver las cosas. No después de todo lo que hemos vivido.

El gobernador, visiblemente sorprendido, hizo un gesto y los centinelas bajaron las armas.

—Battery, tú siempre tan civilizada y digna... hasta en la maldita guerra —contestó él con una sonrisa lobuna.

—Alguien tendrá que encargarse de inculcar un poco de civismo a esta apestosa sociedad, ¿no te parece?

—¡Úrsula! ¿Qué leches haces? —la increpó Darwin, aún a cubierto.

Ella contuvo las ganas de darse la vuelta y contestarle alguna grosería por haberla llamado así y prosiguió:

—Aún podemos llegar a un acuerdo.

—¿Acuerdo? —se burló el gobernador—. ¡Se acerca un maldito ejército por el desierto! ¿Crees que no lo hemos visto?

—Es... pura precaución.

—Ya, la misma que hemos tomado nosotros para detenerlos. ¡Tirad ahora mismo el Detonador y vuestras armas si no queréis que os friamos a tiros!

Madame Battery se volvió hacia Darwin y asintió. El hombre, no sin cierta reticencia, hizo lo que les ordenaban, se levantó, se acercó a la mujer y empujó por el suelo el transmisor de radiofrecuencia y su pistola, y ella, el aturdidor.

—¿Contento? —preguntó Battery, con el aparato a unos

metros de sus pies—. Sabes que era la única manera de que nos hicieras caso.

—¿Amenazando con la muerte a miles de inocentes?

—¡No pensábamos activarlo! Richard, por favor —suplicó Battery, ya sin ideas para ganar tiempo—, algo habrá que podamos hacer. ¡Negociemos!

—No negociamos con terroristas. Y mucho menos si se trata de despojos como vosotros.

El insulto hizo enrojecer a Madame Battery. En ese momento, Bloodworth levantó la mano y todos los centinelas apuntaron hacia ellos sus armas.

—Richard...

—Una lástima que no aceptaras mi oferta cuando tuviste oportunidad —comentó el gobernador, e iba a dar la señal para que sus hombres disparasen cuando alguien se asomó por uno de los extremos de la plaza.

—¡Bloodworth, asesino!

—¡Hijos del Ocaso somos, Hijos del Ocaso seremos! ¡La libertad y la verdad os traemos y por vosotros lucharemos!

Darwin se volvió, para descubrir que había sido Henry quien había gritado el himno de los Hijos del Ocaso, acompañado de un grupo de gente que observaba la escena entre abucheos. Bloodworth se quedó congelado en el sitio sin saber cómo reaccionar.

—¡Ya te han visto matar a sangre fría a un inocente! —exclamó Darwin—. Acaba el trabajo y demuéstrales quién eres.

El gobernador, lejos de amedrentarse por aquellas palabras, gritó:

—¡No era un inocente, venía hacia nosotros cubierto de bombas! Y ya es hora de que cerréis la boca para siempre... ¡Matadlos! ¡Matadlos a todos!

De repente, un destello iluminó todo el lugar y se escucharon más disparos y gritos de guerra. Darwin y Battery corrieron a esconderse mientras el grupo de Simone y Carlos irrumpía en la plaza armado y atacando a los centinelas de Bloodworth.

—¡Que no quede vivo ni uno! —gritó el gobernador, antes de huir de allí a toda prisa.

Los centinelas eran el doble que ellos, pero Darwin aprovechó la distracción de sus compañeros para escurrirse hasta el control de los explosivos y, tras el grito de advertencia, apretar el botón.

La carga que llevaba encima el cadáver de Chapel lanzó por los aires a los guardias que tenía más cerca y reventó el suelo de baldosas y los bancos de alrededor. Por suerte, la estructura aguantó la detonación. La humareda convirtió el tiroteo en una batalla a ciegas, pero pronto muchos centinelas fueron abatidos o decidieron huir junto a Bloodworth.

—¡Ya podríais haber llegado un poco antes! —les reprochó la mujer a los rebeldes, intentando limpiarse la porquería de su vestido.

—Muchas gracias, Simone —dijo Darwin, mientras ella le entregaba una nueva arma—. Ahora necesito que salgáis de aquí y vayáis a ayudar a los demás. Aún tengo que hacer una última cosa...

—¿Qué nueva estupidez se te ha ocurrido ahora? —preguntó Battery.

—¡Hacedme caso! —exclamó él, mientras corría hacia el pasillo por el que había huido Bloodworth.

—Ya le habéis oído. Tenemos que largarnos de aquí, ¿está todo listo abajo?

—Sí, señora —dijo Carlos.

—Por Dios, hijo. No me llames «señora». Siempre «Madame». Madame Battery —le corrigió ella, con una sonrisa—. En marcha.

Pero en aquel instante las pantallas de toda la plaza se encendieron y en ellas aparecieron dos rostros que dejaron petrificada a la mujer.

—Tiene que ser una broma...

24

Jake y Samara aparcaron el *jeep* a cierta distancia de la estación de tren cercana al complejo. Sabían que los rebeldes pasarían por allí pronto y no querían que sospechasen nada. En la mochila, además de los pocos víveres que les habían sobrado, Jake cargaba con el mono que habían robado del complejo la vez anterior.

El camino por los túneles hasta la sala de máquinas fue sencillo, ya que tomaron la misma ruta que Dorian siguió cuando se hizo pasar por Ray. Una vez en el sistema de ventilación, Jake se dirigió hasta el interior de una despensa equipada con productos de limpieza. Allí, el chico le pidió a Samara que esperara mientras él iba a buscarle otro mono con el que pasar desapercibidos los dos.

Una vez estuvieron listos, ambos cubrieron sus brazaletes con las mangas y se mezclaron con la gente.

Mientras se internaban en el complejo, Jake sintió cierta emoción; como si ya hubiera recorrido aquel pasillo antes. El Ocaso, el complejo en el que él había crecido, era prácticamente idéntico al nuevo, tanto que podía imaginarse perfectamente de niño jugando a las carreras con Darwin.

«¡A que no me pillas!», gritaba en plena huida.

«¿Cómo que no?», exclamaba su hermano. «¡Verás lo que hace contigo el trol de las cavernas!»...

La mano de Samara le devolvió al presente. Él esbozó una sonrisa y dijo:

—Es tan parecido al complejo en el que crecí... Sé que fueron solo unos pocos años los que pasé allí, pero lo tengo grabado en mi memoria.

—No me imagino por lo que tuviste que pasar cuando tu mundo se desmoronó.

—Por entonces no era más que un crío y Dar siempre se encargó de que fuera feliz. Y lo consiguió —añadió—. Incluso cuando empezaron los problemas aquí dentro, no dejó que me pasara nada malo...

La chica se aclaró la garganta y lo miró.

—Siento lo que dije el otro día sobre tu hermano. No..., no creo que esté loco, sino que a veces...

—Eh, tranquila —la interrumpió Jake—. Es cierto que el Darwin de ahora no es el mismo que con el que crecí, y yo tampoco estoy siempre de acuerdo con las decisiones que está tomando. Por eso estoy aquí, ¿no?

Ella sonrió, agradecida, justo cuando pasaba por su lado un niño pequeño con una pelota, acompañado por sus padres. Al cabo de unos segundos en silencio, Jake preguntó:

—¿Y si nos estamos equivocando, Sam? ¿Y si es mejor dejarles en la ignorancia?

—Esta gente vive con una venda en los ojos. No son conscientes de lo que está ocurriendo en el mundo. Y ya no es que deban saberlo, es que *necesitan* saberlo.

—Supongo que sí... —aceptó él.

—Deberían tener el derecho a elegir, ¿no crees? Y para eso deben conocer la verdad.

Jake asintió y volvió a sonreír a Samara. Tuvo que contenerse para no abrazarla allí mismo y besarla de nuevo. Aún sentía hormigueos al recordar el beso que habían compartido en la cocina de la Ciudadela y, a pesar del peligro de la misión, una parte de él no dejaba de rememorarlo e imaginar los siguientes.

—Bueno... —dijo Jake mientras apartaba la mirada de la chica y se aclaraba la garganta—, ¿cuál es tu plan?

—Pues... —dudó ella—. ¿Igual deberíamos ir a la zona más concurrida y hablar?

—¿*Igual*? ¿No..., no tienes un plan menos peligroso?

Samara no respondió y echó a andar buscando un lugar desde el cual dirigirse al máximo número de gente, pero antes de llegar, Jake la alcanzó y la sujetó del brazo.

—No podemos improvisar —le susurró, sin dejarse intimidar por la mirada de enfado de ella—. Vamos a pensar primero las opciones que tenemos para lanzar el mensaje.

—¿Y qué opciones tenemos, genio?

—¡No lo sé! Era tu plan el venir aquí, no el mío. Podríamos..., podríamos intentar hablar primero con gente de nuestra edad, hacernos sus amigos...

Al escuchar aquello, Samara alzó una ceja, escéptica.

—Iremos poco a poco —continuó Jake—. Como un virus.

—¿Como un virus? —respondió ella, incapaz de contener la sonrisa—. Jake, eso estaría muy bien si tuviéramos tiempo. ¡Pero no es así!

—¡Eh, vosotros!

Los dos dieron un respingo, pero no se volvieron. ¿Los habían reconocido? ¿Cómo? ¿Tendrían fotos suyas archivadas? ¿Sabrían que vendrían? Despacio, fueron girándose hasta encontrarse con una mujer de unos treinta años que se acercaba a ellos a paso ligero. Era rubia, con media melena, ropa informal y una ficha de identificación con su foto y un código de barras colgado de su cuello.

—Necesito que me ayudéis —les dijo cuando los alcanzó.

Samara y Jake se miraron, aún en silencio, sin saber qué decir.

—Uno de mis becarios ha tirado el café sobre el teclado de la sala de edición y ha puesto todo perdido —se quejaba—. ¿Podéis venir a limpiarlo, por favor?

Los chicos se quedaron en silencio durante unos segundos antes de advertir que la ropa que llevaban puesta debía de pertenecer al personal de limpieza.

—Cla... ¡Claro! —reaccionó Jake—. Disculpa, somos, eh..., nuevos.

—¡Genial! Me habéis salvado el día... —dijo la mujer, con una amplia sonrisa—. La emisión empieza en menos de una hora y aún nos queda por montar una de las piezas del informativo.

—¿Informativo? —preguntó Samara, caminando junto a la mujer.

—Sí, trabajo en la TVC —contestó ella mientras le enseñaba a Samara la identificación del pecho.

Debajo del código de barras, Jake descubrió el significado de aquellas siglas: Televisión del Complejo, y un nuevo plan comenzó a tomar forma en su cabeza.

En cuanto la mujer dejó de prestarles atención, Samara golpeó a Jake en el hombro y le preguntó en voz baja:

—¿Qué hacemos?

—Tranquila, confía en mí.

De pronto, la mujer se volvió hacia Samara sin dejar de caminar.

—Oye, ¿es posible que nos hayamos visto antes? Tu cara me suena mucho.

—Pues... no, creo que no —respondió la chica.
—¿De qué anillo eres? —insistió la mujer.
Samara lanzó una mirada a Jake sin saber qué responder y él se apresuró a contestar por ella.
—Del 7. Vivimos en el 7.
—¿De verdad? ¿Y qué hacéis trabajando en el tres?
Tanta pregunta les estaba desquiciando. ¿Por qué no podían caminar en silencio y listo?
—Estamos cubriendo a unos compañeros —intervino Samara—. Andamos un poco perdidos, la verdad.
—Ya... Os lo he notado —dijo la mujer—. ¿Lleváis mucho tiempo trabajando? Se os ve jovencitos.
—No.
—Sí.
Ambos contestaron a la vez, pero Samara se apresuró a añadir:
—John lleva ya varios meses —señalando con la cabeza a Jake—. Yo, solo un par de semanas.
—Tengo pendiente hacer un reportaje sobre los jóvenes trabajadores del complejo, así que igual un día me paso por el siete para entrevistaros —dijo la mujer, convencida.
Cuando por fin llegaron a la sala de edición, la mujer les enseñó el desastre del becario y después les indicó dónde encontrar otro cuarto de mantenimiento del que sacar un carrito de limpieza.
—Estaré en la mesa de allí por si os hace falta cualquier cosa —añadió antes de dejarlos solos y cruzar a la habitación de al lado, separada de la de edición por una enorme cristalera.
—Nos ha tocado la lotería con esto... —comentó el chico mientras pasaba un trapo sobre el teclado—. ¡Estamos en la televisión del complejo! Desde aquí se emite todo lo que aparece en las pantallas.

—Ya, pero nos haría falta su ayuda... —objetó Samara, señalando a la mujer.

—Pues habrá que convencerla. U obligarla.

—No. No vamos a obligar a nadie a hacer nada por la fuerza —añadió, desviando la mirada hacia ella, y Jake la notó preocupada.

—No pensaba hacerle daño.

—Ya lo sé, pero... —de pronto, Samara se quedó en silencio, dejó la fregona y el cubo en el carro y se dirigió a la puerta de la sala—. De esto me encargo yo.

—¡Sam, espera!

Pero Samara entró en la otra habitación y se dirigió a la mujer, que se encontraba inmersa en la lectura de unos documentos. Jake la siguió, preocupado por lo que pudiera hacer o decir. Cuando llegaron a su escritorio, ella se incorporó.

—¿Todo bien? —preguntó, con una sonrisa.

—Sí, es solo que... —dudó Samara—. Eres periodista, ¿no?

—Sí —respondió la mujer, interesada.

—¿Qué sabes de los laboratorios?

La periodista se quitó las gafas, confusa, y cuando volvió a mirarlos, lo hizo de una manera diferente.

—Vosotros... no sois de mantenimiento, ¿verdad?

Samara esbozó una sonrisa incómoda.

—¿Hasta qué punto eres capaz de arriesgarte por una buena historia?

Durante los siguientes minutos, Samara se dedicó a contarle a la mujer toda la verdad sobre lo que estaba sucediendo en el exterior, sobre los experimentos que habían tenido lugar en los laboratorios del Ocaso y los que estaban realizando allí dentro. Jake no intervino en todo ese rato, se limitó a escuchar a la chica hablar sobre la Ciudadela, la inminente guerra y los clones, y a asentir cada vez que la mujer le miraba a él con incredulidad.

—Somos los experimentos de la vacuna *electro* —concluyó la chica mientras se descubría el brazalete—. O electros, como nos hacemos llamar allí arriba.

La mujer permaneció en silencio casi un minuto mientras digería toda la información, sin saber qué decir. Jake lo leía en sus ojos: las dudas a pesar de las pruebas y de la pasión con la que Samara había hablado.

—¿Me estáis diciendo que sois clones?, ¿y que allí arriba hay miles como vosotros?

—Sí —contestó Samara—, y que los humanos... quieren aniquilarnos. Hacernos desaparecer.

—¿Cómo te llamas? —preguntó la mujer.

—Samara. Y él es Jake. Sentimos haberte mentido antes... y hacerte cargar con la verdad ahora —añadió, con una sonrisa triste.

La mujer estudió el rostro de la chica y después miró a Jake antes de levantarse de la silla, inquieta, y empezar a andar de un lado al otro de la habitación, mascullando en voz baja.

—En el hipotético caso de que aceptara que lo que me habéis contado fuera cierto —dijo, al cabo de unos segundos más—, ¿qué queréis exactamente de mí?

—Que nos des la oportunidad de contar la verdad —dijo Samara.

—A todo el complejo —apuntó Jake, mirando las pantallas de retransmisión que había en la pared.

—No puedo hacer eso. Perdería mi trabajo y...

El timbre de un teléfono interrumpió a la periodista.

—Disculpadme un momento —dijo, y se acercó a la mesa para contestar la llamada—. TVC, dígame.

El gesto de la mujer fue oscureciéndose a medida que escuchaba hasta que terminó mirándoles a ellos.

—¡¿Cómo?! Sí, sí, pero..., comprendo. De acuerdo.

Cuando la mujer colgó, estaba pálida.

—Se está produciendo un tiroteo en la primera planta —confesó ella—. Dicen que los Hijos del Ocaso están involucrados. Por favor, decidme que no tenéis nada que ver con esto...

—Darwin... —masculló Jake, preocupado.

—¿Le conoces? —preguntó la mujer—. ¿Conoces a su líder?

—Es... —dudó unos segundos antes de responder—. Es mi hermano. ¡Pero nosotros no tenemos nada que ver con los Hijos del Ocaso, te lo prometo! ¡Y no son terroristas!

—Eso ya lo imaginaba —dijo la mujer—. El gobierno del complejo nos ha obligado a emitir varios reportajes sobre ellos desde que empezamos con la cadena. Sobre todo en los aniversarios del atentado. No obstante, yo nunca me he creído del todo la historia...

—Tenemos que darnos prisa —insistió Samara.

La periodista se dio la vuelta y volvió a caminar en círculos mientras se masajeaba la frente. Cuando se volvió a ellos, la decisión llameó en sus ojos.

—Os ayudaré —dijo—, pero tenemos que ir a la sala contigua. Aquí no tengo cámaras.

Samara respiró aliviada, pero Jake la miró con el ceño fruncido.

—Entonces... ¿nos crees?

Ella respiró hondo y asintió.

—Sí, me temo que sí —la mujer se acercó y acarició con delicadeza el cabello de Samara—. Hay algo en ti que me recuerda a una persona a la que conozco demasiado bien. Por cierto, me llamo Sophie.

Dicho aquello, regresaron a la sala contigua y la mujer comenzó a encender los focos que colgaban del techo y a iluminar el pequeño plató. En el centro había una cámara con la que empezó a trastear.

—Aquí es donde Bloodworth suele dar sus discursos —explicó la periodista mientras preparaba todo—. ¿Quién de los dos va a hablar?

—Ella —contestó Jake, tan deprisa que las dos chicas se echaron a reír.

—Pues necesito que te pongas en la marca del suelo —le pidió—. Y tú a su lado.

Samara se colocó encima de la equis que había dibujada y comenzó a repasar en su cabeza el mensaje que quería compartir con aquellas personas. Mientras, Sophie se acercó para ponerle un micrófono de corbata en la solapa del mono naranja.

—Cuando estéis en el aire, tendrás cinco minutos antes de que corte la conexión, ¿de acuerdo? —explicó la mujer—. Así al menos podré fingir que habéis *hackeado* esto vosotros solos.

—Es más que suficiente —dijo Samara—. Te..., te lo agradecemos.

Ella también sentía que se conocieran de antes, aunque aquello no tuviera ningún sentido. Sophie la miró y asintió. Cuando regresó a la cámara para comprobar que todo funcionara, Jake se acercó a Samara y le acarició la espalda.

—¿Nerviosa?

—Un poco. Nunca he dado un discurso... —confesó con miedo.

—Irá todo bien. Solo tienes que ser tú misma.

Aún le parecía inaudito que Jake hubiera aceptado acompañarla. No sabía qué habría hecho sin él allí. Quizás ni hubiera sobrevivido a las grutas de los *infantes*. Por eso le tomó la mano y se la apretó.

—Jake, gracias.

Y antes de que ninguno pudiera decir nada más, el chico se acercó a ella y la besó. Cuando se separaron y miraron al frente, la chica se creyó capaz de todo.

—A mi señal, ¿de acuerdo? —dijo Sophie desde la mesa de control.

Samara asintió y respiró hondo. Había llegado el momento.

—¡Preparada! —la mujer alzó la mano con los dedos levantados—. Tres, dos...

Cuando la señaló con el dedo, se encendió la luz verde de la cámara: miles de ojos la estaban viendo en aquel momento.

25

—Habitantes del complejo —comenzó Samara—, sé que para muchos soy una perfecta desconocida...
—«¿Para muchos? ¡Será para todos!», se reprochó a sí misma su torpeza—. Mi nombre es Samara y..., y...

Estaba demasiado nerviosa. No podía hacerlo. Se había quedado totalmente en blanco y el tiempo corría en su contra.

—Y el mío, Jake —dijo el chico, acercándose a ella para que el micrófono captara su voz. Después, la agarró de la mano y continuó hablando—. Venimos del mundo exterior para contaros algo muy importante, algo que debéis saber...

—Porque merecéis conocer la auténtica verdad —añadió ella, con una creciente confianza.

A partir de ese instante, entre los dos fueron desgranando su propia historia, los experimentos fallidos en los laboratorios del Ocaso, la naturaleza de los sujetos que se utilizaron, la existencia de la Ciudadela en el exterior...

—Yo soy uno de esos clones —admitía en ese momento

Samara—. Así pues, si alguien se reconoce en mí o le recuerdo a alguna persona, posiblemente no sea una casualidad, sino que..., sino que sea porque... soy su clon.

—Yo soy humano —añadió Jake—, y una vez viví como vosotros en el interior del primer complejo. Poco después me inyectaron la vacuna *electro* y desde entonces vivo fuera, en mi hogar.

—Ahora mismo, ahí arriba, en el exterior, se está librando una batalla entre los que son como nosotros y los que son como vosotros.

—Nosotros no queremos una guerra. Solo nos estamos defendiendo —aclaró Jake—. Vuestro gobierno intenta exterminarnos porque nos considera experimentos fallidos. ¡Pero no hemos fallado! Que nuestro corazón dependa de una batería para seguir latiendo no implica que no merezcamos tener una vida...

Samara apretó la mano del chico e insistió:

—No somos ratas de laboratorio. Somos personas, como vosotros. Tenemos nuestra vida allí fuera y... —los chicos se miraron un segundo antes de concluir—. Y os suplicamos que no nos la quitéis.

—Vuestro gobierno os ha engañado durante todos estos años —les aseguró el chico—. Ha experimentado también con vosotros sin que os enteraseis para hallar la manera de volver allí arriba.

Sophie les hacía ya gestos para que concluyeran, así que Jake dejó que Samara terminara el mensaje.

—No queremos una guerra, sino la paz. Hay miles de personas ahí fuera como Jake y como yo. Os pedimos, por favor, que nos ayudéis. ¡Necesitamos vuestra ayuda!

Tras aquellas palabras, Sophie interrumpió la señal.

La puerta se abrió de par en par en ese momento y la periodista se levantó esperando encontrarse con Bloodworth o una horda de centinelas. Por el contrario, fue Madame Battery la que irrumpió en la sala fuera de sí.

—¡¿Se puede saber qué demonios estáis haciendo aquí?! —gritó la mujer.

—¿Battery? —preguntó Jake—. ¿Cómo has...?

—¡Vuestras caras están en todas las televisiones de este maldito lugar!

—Lo sabemos —contestó Samara—. Ese era nuestro plan.

—¿Vuestro plan? —preguntó la mujer, sorprendida.

—¡Teníamos que advertirles! —explicó Jake—. ¡Contarles lo que ocurre! Sam tiene razón, merecen...

—¡Silencio! —gritó Madame Battery antes de volverse hacia Sophie y añadir—: Discúlpame, querida, estos gritos no van por ti.

Volvió a ponerse seria y se encaró con los dos adolescentes:

—Habéis desobedecido nuestras órdenes, robado un coche, entrado en este lugar por vuestra cuenta poniendo en peligro vuestras vidas, y lo peor de todo es... —la mujer hizo una pausa y añadió—: ¡¡que no puedo estar más orgullosa de vosotros!!

La cara de ambos cambió por completo.

—¿De-de verdad? —preguntó todavía Jake.

—Por supuesto, querido. Y ahora salgamos de aquí..

—¿Y los presos? —preguntó Samara—. ¡No podemos dejarlos aquí encerrados sabiendo lo que le hicieron a Eden!

—¿Habláis de una cárcel en el complejo? —intervino Sophie—. Os parecerá una locura, pero hace un año cubrí un reportaje que me censuraron sobre la supuesta existencia de una cárcel en las zonas negras. Conozco a un guardia que podría ayudaros.

—No queremos causarte más problemas, ya has hecho suficiente por nosotros —dijo Samara.

—No. Quiero hacerlo. Confío en vosotros... —añadió mientras miraba a la chica.

—Está bien —concluyó Battery—. Vosotros tres id a liberar a los presos. Yo iré a buscar a Darwin y a los demás. Nos volveremos a reunir aquí en una hora y nos largamos, ¿entendido? Sin peros, ni peras.

Todos asintieron y Battery salió machacando el suelo con sus tacones. Sophie se apresuró a llamar a su contacto dentro de la guardia y no cejó en su empeño hasta que recibió la respuesta que esperaba escuchar.

—Gracias, nos vemos en unos minutos —dijo antes de colgar—. Todo listo, ¡vámonos, chicos!

Los tres salieron corriendo antes de que los pasillos de aquella planta se llenaran de centinelas buscándolos. No obstante, mientras seguían a Sophie, Samara no pudo evitar preguntarse si lo que su instinto le gritaba desde dentro podía ser verdad. Si, de entre las miles de personas que vivían allí dentro, era su original quien los estaba ayudando.

Solo había una cosa peor que estar encerrado: haberlo estado toda la vida, luego ser libre y después volver a ser un preso. Bueno, eso y morir. Sin embargo, para su sorpresa, Dorian había logrado serenarse allí. Sabía que el mundo de afuera estaba tan convulso que tarde o temprano alguna de las sacudidas terminaría por abrir la maldita puerta que lo tenía atrapado ahí dentro.

Ya no se encontraba aislado. Lo habían trasladado con los demás presos a aquella prisión subterránea en la que había tenido que convivir como un igual con salvajes *lobos*, repugnantes electros e insignificantes *cristales*. Durante aquel tiempo su odio se había ido retroalimentando, pero de una manera calmada, práctica, latente. Esa rabia interna había ido drenando sus músculos con cada flexión que hacía, con cada ocasión en la que alguien, también ahí dentro, había osado confundirle con Ray. Los demás eran todos unos débiles, unos incompetentes y unos lloricas. Unos traidores. Mientras que él era fuerte; el eslabón perfecto.

Primero mataría a Ray. Cuando saliera de allí iría a por él. Y después se encargaría de destruir todas esas supuestas vacunas «milagrosas» y a sus sujetos. Sin Ray y sin humanos, solo quedarían electros. Y él gobernaría sobre ellos... como un dios.

Un pitido acababa de arrancarle de su trance; al principio creyó que lo había imaginado, pero entonces se percató de que la puerta de su celda se había abierto. Dorian no se movió. Debía de tratarse de una inspección. Hasta que escuchó el alboroto y vio cómo los presos que tenía a su alrededor salían al pasillo.

—¡Somos libres! —gritó alguien.

—¡Todas las puertas están abiertas! —confirmó otro.

Dorian se levantó, incapaz de creer que aquello fuera una coincidencia. Sus deseos se habían hecho realidad. No sabía cómo, pero era cierto. Una vez fuera comprobó que los alguaciles y los guardias habían huido. Los presos, eufóricos, se dirigían en tropel a las escaleras, camino de las plantas superiores del complejo, desesperados por recuperar su libertad.

Desde su posición, Dorian sintió lástima por todos ellos. Su único objetivo consistía en sobrevivir. Y eso los hacía débiles. Dorian tenía un objetivo mayor y más gratificante.

Una vez fuera de la prisión, se dirigió a la armería. En el tiempo que había pasado viviendo allí dentro había logrado memorizar cada recoveco del complejo y ahora no tenía ni que detenerse a estudiar los planos de las paredes para situarse. El pasillo estaba vacío; debía de haber cundido el pánico en todas las plantas. Por suerte, no necesitaba tampoco a nadie para encontrar lo que buscaba. Mientras todos los ingenieros del complejo modificaban las armas para combatir a los electros, él les había encargado una en particular.

Introdujo el código en el panel de la puerta electrónica y después entró, pero allí había alguien más que había tenido la misma idea que él.

—Bloodworth... —dijo Dorian.

El hombre se volvió asustado.

—Dorian... ¿Qué haces aquí? —preguntó, lívido—. Esto..., esto se viene abajo, Dorian. Es el fin. Hay que salir de aquí cuanto antes.

—¿Qué ha ocurrido? —preguntó él, intentando sonar preocupado, empático.

—Los rebeldes han entrado en el complejo. ¡Darwin y sus hombres! Le dije a Kurtzman que esperara antes de ir a por los electros del exterior, pero no me hizo caso.

—¿Del exterior? —preguntó el chico, acercándose.

—Estamos en guerra, Dorian. Los electros han tomado el complejo y han contado la verdad sobre los experimentos. Y fuera hay un ejército de humanos enfrentándose a otro de..., de..., ¡de experimentos! —dijo mientras guardaba pistolas y armas diversas en su mochila—. Esto no debería estar ocurriendo. Y yo no pienso permitir que destruyan lo que hemos creado.

Bloodworth posó los ojos sobre la caja que había sobre la mesa y Dorian comprendió que no le estaba contando todo.

—¿Cuál es tu plan, Richard? ¿Qué hay en esa caja?

—Ven conmigo, Dorian —respondió el hombre—. Juntos podemos empezar desde cero en un lugar alejado de esta locura. Con estas vacunas... seremos los reyes del mundo.

—¿Son las vacunas? ¿Las definitivas? —preguntó Dorian aparentando ingenuidad—. ¿Todas?

—Todas —asintió Richard—. No pienso dejar que ningún desgraciado de este lugar se las inyecte.

Bloodworth hizo una pausa antes de volver a dirigirse de nuevo al chico.

—Siento haberte encerrado, pero Ray..., ese científico demente...

Dorian notaba cómo el otro intentaba buscar una explicación que sonara lógica y supo que estaba intentando engañarle de nuevo. Pero esta vez no lo conseguiría.

—No te preocupes, Richard. Te entiendo —dijo él, asintiendo—. Déjame ayudarte a salir de aquí.

Bloodworth, cegado por el miedo y el nerviosismo, asintió y se cargó la mochila en los hombros. Dorian buscó en las estanterías de la sala hasta dar con el artefacto a por el que había venido. Cuando lo vio, no pudo contener la sonrisa.

Se trataba de un Detonador como el de Ray. Prácticamente idéntico, a pesar de tratarse de un prototipo construido solo con las indicaciones que él les había dado de memoria. Emocionado, el chico se lo armó en el brazo y lo puso a cargar. La suave vibración recorriéndole desde el hombro hasta la palma iluminada de rojo intenso le reconfortó.

—¿Estás listo? —le preguntó Bloodworth.

—Estoy listo —dijo, y cuando se volvió hacia él, abrió la palma de la mano y lanzó una descarga que impactó de lleno en el pecho del hombre.

Bloodworth cayó al suelo con sus pulmones luchando desesperadamente por tomar aire. Dorian abrió entonces la mochila del humano y sacó una de las pistolas que el gobernador había guardado. Le apuntó con ella en la cabeza.

—Yo seré el único rey de este nuevo mundo —dijo, y apretó el gatillo.

Acto seguido, Dorian se centró en las vacunas. Abrió la caja y acarició los cientos de diminutos frascos que contenían la fórmula que salvaría al mundo. Aquellas muestras podían convertir a más de un millar de personas en seres que no dependieran de una batería, capaces de respirar por sí solas sin secuelas.

Dorian rebuscó de nuevo en la mochila de Bloodworth hasta dar con una granada. Se armó de varias baterías para el Detonador y una porra eléctrica y se dirigió a la puerta. Antes de salir, colocó la granada en el interior de la caja y cerró la armería.

La explosión retumbó por todo el pasillo unos segundos más tarde y el humo negro se filtró a través de las rendijas cubriéndolo todo. Adiós a la esperanza de sobrevivir en el exterior sin un brazalete, pensó Dorian. Adiós a la esperanza de cuantos habían soñado en ser como él.

Su siguiente objetivo le hizo esbozar una sonrisa de triunfo. Había llegado el momento de matar a Ray.

26

El sol tardaría poco en ocultarse tras las montañas y dar paso a la noche. Para algunos, probablemente sería el último atardecer que verían. Para otros, sería el primero de una nueva vida. Aunque entrenados, iban a ciegas: desconocían aquel campo de batalla y las defensas con las que contaban los humanos del complejo. No tenían ni idea de si el plan de Darwin funcionaría, pero sí tenían esperanza, y el anhelo por lograr la victoria era suficiente para hacerlos marchar en formación.

—Ya deberían haber dado señales de vida... —dijo Aidan mirando el *walkie* desde el que esperaba la llamada de Darwin.

Ray le palmeó el hombro.

—Paciencia. No nos alarmemos antes de tiempo.

En el fondo, el chico estaba igual de preocupado que el capitán de la Nueva Guardia, si no más. ¿Y si los humanos los estaban esperando? ¿Y si habían apresado a Darwin y a Madame Battery? ¿Y si...?

Basta. No podía pensar de aquella manera, se dijo. Necesitaba ser fuerte y no perder la fe en la misión, por él y por todas las personas que lo seguían.

—Eh —Eden se acercó y le acarició la nuca—, ¿qué te ocurre?

Nunca dejaría de sorprenderle la conexión que compartía con la rebelde. Una mirada, un gesto, un suspiro eran suficientes para desentrañar los pensamientos del otro.

—Es solo que... —el chico se quedó en silencio unos segundos—. Me preocupa toda esta gente y no estar a la altura de las circunstancias...

—Están aquí por lo mismo que tú, que nosotros —dijo ella—. Y están dispuestos a seguirnos y a luchar hasta el fin del mundo.

Ray se giró y observó el enorme ejército que habían formado. Cientos de electros y de *cristales* unidos para luchar por su futuro y la libertad. Pero del mismo modo, también era consciente de que muchos de ellos no llegarían a ver el nuevo mañana y que cada una de aquellas muertes pesaría, en cierto modo, sobre su conciencia... si sobrevivía.

Ray concentró la mirada en los engranajes del Detonador. Palpó el artilugio redondo que se encontraba en la palma de su mano y recorrió con el dedo el cristal que liberaba los voltios que cortarían de raíz las vidas de quienes se pusieran ante él.

—Reconozco esa mirada —le dijo Gael, devolviéndole a la realidad. El *cristal* caminaba al otro lado de Eden con la vista clavada en el horizonte—. Yo también me sentía responsable al principio. Tanto de la gente que me seguía como de los que se enfrentaban a mí, aunque no los conociera. Luego comprendí que sentirse responsable no era malo. Te hace ser... humano.

—Y débil... —susurró Ray.

—La responsabilidad no es una debilidad. Es un aspecto

de nuestra humanidad, Ray. Solo aquellos que se preocupan por los sentimientos de los demás, por lo que los alegra o los hace felices son capaces de perdonarse o de ser perdonados —dijo el *cristal*—. Si estamos aquí es por tu humanidad, Ray. Porque un día decidiste anteponer las vidas de otros a la tuya propia. Y eso no tiene que ver con un corazón perfecto o unos huesos irrompibles. Tiene que ver con quién eres y, sobre todo, quién quieres ser.

Ray asintió en silencio y se obligó a creer en las palabras del *cristal*. Aunque no lo había hablado con los demás, estaba seguro de que para ellos también era como un bálsamo contar con la presencia de Gael entre sus filas. Sus armas eran cuchillos y arcos y llevaban los torsos desnudos, cubiertos de pinturas tribales de múltiples colores, pero todo ello carecía de importancia cuando los veían pelear, como Ray sabía.

Diésel se acercó a ellos en ese momento luciendo una sonrisa bonachona. Vestía una camiseta sin mangas que dejaba al descubierto sus musculosos brazos.

—Así que vas a luchar con ese palo tuyo, ¿no? —preguntó con humor señalando la vara de Eden.

—Este *palo* —respondió ella con la misma sonrisa vacilona— se ha llevado a más de uno por delante. Así que no lo infravalores, carnicero. Habrás afilado tus cuchillos, ¿no?

Por respuesta, el hombre sacó del cinturón su hacha de cocina y la enarboló en el aire, encantado por encontrarse allí.

—Ten cuidado, no te vayas a hacer daño —le advirtió Ray, alejándose unos pasos de él.

El carnicero se giró hacia él y sacó la pistola de descargas que los ingenieros de la Ciudadela habían preparado.

—Esperemos que con esto baste —confesó, y tras darle un fuerte abrazo a Eden, añadió—: Tened cuidado. Ambos.

Fue entonces cuando el *walkie-talkie* se activó y todos escucharon la voz de Darwin con interferencias.

—Sí, aquí estamos, Dar. ¿Qué ocurre? —preguntó Aidan.

—¡Van para allá! Repito: ¡van para allá! Estad preparados.

Darwin interrumpió la conexión y todos se miraron entre sí, preocupados. Aquel no era el plan. El gobierno no debería haber descubierto su posición hasta que... Algo debía de haber salido mal, y ahora dependía de ellos obtener la victoria en aquella batalla. Una mirada a Eden bastó para confirmarle que había llegado el momento.

—De acuerdo. ¡Todos a sus posiciones! —gritó Ray, y Aidan y Gael echaron a correr entre la gente para transmitir el mensaje—. ¡Preparad vuestras armas!

—¡Todos a vuestros puestos! ¡Centinelas en camino!

La noticia se extendió como la pólvora y en menos de un abrir y cerrar de ojos el millar de personas que formaban aquel ejército estaban preparadas. Cuando se reencontraron, Aidan dijo:

—Está bien. Seguiremos con la formación que teníamos pensada. Lo único que cambia es el escenario. Diésel y Eden, lideraréis los grupos laterales, y Ray y yo los del centro. Tú, Gael, guiarás a los tuyos. Recordad que lo importante es llegar a la lucha cuerpo a cuerpo. La formación tiene que respetarse y cada fila ha de avanzar cuando lo haga la anterior. Es la única manera que tenemos de derrotarlos. ¿Entendido?

Todos asintieron. Pero, ¿dónde estaba Jake? Aquel era el pensamiento recurrente que Ray no lograba quitarse de la cabeza. ¿Por qué los había abandonado en el día más importante? ¿Por qué no había informado a nadie de que se quería largar? Por desgracia, no podía preocuparse más por él; había demasiado en juego.

Antes de separarse, Ray atrajo a Eden hacia sí y le dio un beso en los labios.

—Ten cuidado, ¿de acuerdo?

—Duracell, no olvides que fui yo la que te enseñó a defenderte —contestó ella con una sonrisa y un segundo beso—. Estaré bien. No te preocupes por mí. Hazlo por ellos —dijo refiriéndose a toda la gente.

Aidan le puso una mano sobre el hombro.

—Creo que esperan oír unas palabras tuyas.

—¿Mías?

—Tú eres el chico del brazalete eterno... —respondió el capitán, animándole con una sonrisa.

Ray dejó marchar a Eden y se subió a una roca cercana para observar los cientos de rostros pendientes de él. El silencio que reinó en el desierto cuando comenzó a hablar fue absoluto.

—Hace menos de seis meses desperté en mi habitación sin saber que mi mundo ya no existía; que había sido remplazado por otro en el que los electros, los *lobos*, los *cristales* y los *infantes* gobernaban. No tengo que explicaros lo que sentí, porque sé que vosotros sufristeis lo mismo cuando descubristeis vuestra auténtica naturaleza. Pero hoy estamos aquí para demostrarles que no somos lo que creen.

Ray advirtió que la mirada de la gente se desviaba hacia el horizonte en ese momento, y al volverse descubrió una sombra alargada que se dirigía a ellos lentamente; el ejército humano.

—Hemos sido nosotros los que construimos la Ciudadela; quienes forjamos nuestras vidas en el interior de sus murallas y quienes la defendimos. ¡Y no vamos a dejar que nos la arrebaten! Dicen que somos errores, experimentos fallidos... Despojos de lo que ellos fueron. Y puede que tengan razón. Pero estos despojos, estos experimentos han nacido y crecido en una tierra que no piensan ceder sin luchar. ¡Si quieren arrebatarnos la Ciudadela, tendrán que hacerlo con su sangre!

No se había preparado aquel discurso. Las palabras surgían de su estómago y de su pecho; de los ojos que lo contemplaban y de los vítores que coreaban su mensaje.

—Durante muchos años ellos han sido los dueños de nuestras vidas, pero se acabó. Nadie volverá a elegir por nosotros ni a definir lo que somos o lo que deberíamos ser.

El ejército humano se encontraba a un par de kilómetros cuando se volvió a mirar. A su paso, los *jeeps* que conducían levantaban una nube de polvo que envolvía a sus soldados. Ray activó el Detonador y gritó:

—Podéis luchar por la libertad. Podéis luchar por la salvación. ¡Pero yo os digo que luchéis por vosotros!

El ejército de *cristales* y electros se unió en un fervoroso grito de guerra.

—¡Por nuestro futuro!

Y tras pronunciar aquellas palabras, alzó la mano hacia el cielo y liberó una descarga de electricidad azul que iluminó los alrededores. Después saltó de nuevo a tierra y echó a correr hacia el enemigo seguido por todo su ejército.

A medida que avanzaba, cargó de nuevo la energía del Detonador y se preparó para soltar el rayo. Esperaba que las baterías conectadas al aparato le aguantaran hasta el final.

Cuando quedaba menos de medio kilómetro para encontrarse, los humanos se detuvieron en seco y los apuntaron con sus armas de fuego, dispuestos a llenarles de plomo.

—¡Escuderos, ahora! —gritó Aidan, y la orden se repitió en abanico por todo el batallón.

Un grupo de soldados los adelantaron para colocarse en primera fila y apoyar en el suelo los nuevos escudos que habían construido en la Ciudadela. Se trataba de dos placas con forma de paréntesis conectadas por una barra horizontal. Incluso desde allí pudieron escuchar las risas de los humanos cuando vieron aquello, justo antes de que se iniciara el tiroteo.

Pero en ese instante, los soldados pulsaron los interruptores en los mangos de los escudos y de pronto activaron una fuerza electromagnética donde las balas de metal quedaron suspendidas, igual que si estuvieran atravesando una pared de agua o se hubiera detenido el tiempo.

—¡Ahora! ¡Fuego! —gritaron los rebeldes, y las dos siguientes filas comenzaron a disparar con las nuevas armas eléctricas que les habían entregado.

Los proyectiles de energía atravesaban los escudos e impactaban sobre los humanos, que caían al suelo mientras se convulsionaban.

—¡Escuderos, avanzad! —gritaron a continuación.

Y de ese modo, el ejército electro fue ganando terreno sin una sola baja.

Las balas se iban acumulando en los escudos hasta que, de manera intermitente, los soldados iban desactivando los campos electromagnéticos para volver a encenderlos al instante siguiente. Ray advirtió con euforia la frustración de los humanos al comprender que el ataque a larga distancia no tenía efecto sobre ellos.

De pronto, comenzaron a producirse explosiones en el cielo. Los humanos habían empezado a lanzar granadas, pero gracias a la puntería de los *cristales*, sus flechas alcanzaban los proyectiles en el aire antes de que llegaran al suelo.

Ray distinguió entonces a Kurtzman en primera fila. Cuando solo quedaban unos pocos metros, el chico dio la orden y los escuderos desactivaron definitivamente los campos de energía para que diera comienzo la lucha cuerpo a cuerpo.

Aidan se lanzó sin pensarlo a por el capitán de los centinelas, mientras que Ray y Eden cubrían el flanco derecho, y Gael y Diésel, el izquierdo. Las pistolas de los electros, así como las porras de descarga, debilitaban a los humanos, pero no llegaban a resultarles mortales, por lo que también se habían armado con navajas, cuchillos y machetes para combatir al enemigo.

Ray, por su parte, lanzaba una descarga tras otra con el Detonador, a la par que sorteaba puñetazos y clavaba la porra eléctrica que sujetaba con la mano libre. De vez en cuando, el chico desviaba su atención hacia Eden para confirmar que seguía bien. Ella, con la agilidad que la caracterizaba, se encontraba inmersa en una danza letal cuyo ritmo lo marcaban los giros y los golpes de la vara eléctrica y las patadas que atizaba a todos aquellos que osaban acercarse.

Los *cristales*, mientras tanto, aprovechaban su habilidad para planear con sus particulares atuendos mientras disparaban desde el aire con sus flechas. Gael, desde el suelo, atacaba sin piedad utilizando las dos finas y afiladas cuchillas que llevaba atadas a los antebrazos y que hacía girar tan deprisa como una ráfaga de viento.

Kurtzman y Aidan se encontraban enzarzados en una pelea sin cuartel en la que el capitán de los centinelas esgrimía con una rabia desmedida su aturdidor contra el rebelde. En un momento de distracción, Aidan apuntó a la pierna de Kurtzman y apretó el gatillo. El alarido del hombre resonó por encima de los demás sonidos de la batalla cuando cayó al suelo y el otro se abalanzó sobre él dispuesto a terminar con aquello. Sin embargo, cuando Aidan alzó su cuchillo para degollarlo, el humano usó la porra y se la clavó en el brazo.

—¡Aidan! —gritó Ray al ver a su compañero caer por la descarga.

A toda prisa, activó de nuevo el Detonador, apuntó a Kurtzman y disparó. El centinela atravesó el aire como un pelele despedido por aquella fuerza hasta caer varios metros más allá. A continuación, Ray se acercó a Aidan para ayudarle a ponerse en pie.

—¿Estás bien? —le preguntó mientras chequeaba su brazalete.

—¡Cuidado! —gritó Aidan, y de un empujón apartó a Ray de encima para detener el inesperado golpe del centinela, que había vuelto a la carga, para acabar con él.

—Eres un electro, Aidan —mascullaba Kurtzman entre golpe y golpe—. Has sido... uno de mis mejores hombres, pero no dejas de ser un maldito electro.

El rebelde no dejó que lo distrajera, continuó buscando flancos libres donde golpear hasta que Kurtzman le propinó un puñetazo en el costado y volvió a caer al suelo. Cuando Ray fue a intervenir, Aidan lo detuvo:

—¡No! ¡Kurtzman es mío!

El chico aceptó su exigencia y continuó luchando contra el resto de los soldados que se encontraba hasta que, de pronto, su mirada se cruzó con la de un centinela de ojos azules al que reconoció enseguida, a pesar del casco que llevaba: Cranker.

El alguacil de la cárcel se lanzó a por él con la rabia que le caracterizaba y el chico, sin el Detonador cargado, no tuvo más remedio que escapar de allí entre las peleas que se estaban desarrollando y los cuerpos de los caídos. Sabía que enfrentarse desarmado contra aquella mole era un suicidio, por lo que la respuesta más cobarde era también la más inteligente. Entonces, descubrió un escudo electromagnético junto a un rebelde muerto y saltó a por él. En cuestión de segundos, lo sujetó, lo activó y se dio la vuelta. Con cada bala que Cranker le disparaba, Ray sentía una leve sacudida cuando el proyectil quedaba atrapado en la energía. No obstante, siguió avanzando, cada vez más deprisa, hasta que, con la mano libre, desenvainó su aturdidor y se lo clavó en el estómago. El hombretón soltó un alarido e inmediatamente le propinó un puñetazo en la nariz que le hizo tambalearse y caer al suelo.

Doblado por el dolor, el alguacil avanzó hasta él y lo agarró del cuello para levantarlo del suelo. Ray, desesperado, comenzó a agitar sus brazos y piernas intentando golpearle, pero fue inútil. Estaba a punto de perder la consciencia, cuando sintió que el Detonador ya estaba listo y, en un último esfuerzo, activó la máquina y liberó una carga de energía sobre el pecho del hombre.

La fuerza del impulso los lanzó despedidos en direcciones opuestas y el tremendo golpe de espaldas contra el suelo impidió que Ray se levantara durante varios segundos, pero cuando lo hizo descubrió que Cranker yacía inconsciente.

Aturdido, el chico se puso en pie para analizar el estado de la batalla. Había pérdidas en ambos bandos, muchas, pero claramente los humanos no habían esperado una ofensiva como aquella y eran los más perjudicados.

Y entonces sonó la sirena.

27

Los humanos, en cuestión de segundos, se replegaron para asombro de los electros.

—¿Qué sucede? —preguntó Eden, que había aparecido tras Ray, despeinada y con la ropa desgarrada, pero viva.

—No tengo ni idea —contestó Ray—. ¿Crees que...? Oh, mierda...

En la distancia habían aparecido una veintena de centinelas que llevaban atadas con cadenas unas criaturas que caminaban a cuatro patas, cubiertas de cuero, con máscaras que dejaban a la vista solo los orificios nasales y la boca y unos guantes con garras de metal en las manos.

—¿Qué es eso? —preguntó Diésel, corriendo hasta ellos.

Bastó escuchar los chillidos que emitían aquellos seres para confirmar lo que eran.

—*Infantes* —dijo Ray antes de volverse y gritar a todo el mundo—. ¡Son *infantes*!

Como perros de guerra, cuando los centinelas soltaron las cadenas, las criaturas se abalanzaron sobre ellos con las garras y los dientes por delante. Aquellos extraños trajes de cuero los protegían de la luz y los hacían parecer sombras asesinas sobre la arena del desierto.

Ray se preparó para abatir al más cercano con el aturdidor, pero antes de llegar a él, dos más le atacaron por el flanco derecho y sintió cómo las garras se le clavaban en la espalda. Eden llegó al rescate un segundo más tarde y logró apuñalar a los *infantes*, que cayeron a la tierra, muertos.

—¡Esto nos supera! —dijo ella, ayudándole a levantarse.

A su alrededor, el desierto se había convertido en un infierno de gritos y gruñidos. Los electros apenas podían hacer frente a la horda de criaturas que mordían y desgarraban todo a su paso como las fieras que eran, protegidas además por aquellos trajes. Los humanos, aprovechando el momento, decidieron contraatacar y los electros, ya sin formación alguna ni fuerzas, comenzaron a huir en desbandada para salvar su vida.

—¡Ray!

El grito de Eden lo alertó y se giró con el Detonador cargado. La chica se encontraba rodeada por un grupo de *infantes* dispuestos a saltar sobre ella. Ray apuntó el arma contra las bestias, pero antes de que pudiera disparar, sintió la mordedura de la electricidad en un costado y cayó al suelo, desviando el disparo del rayo hacia el cielo.

Cuando se volvió, Ray se encontró de nuevo con Cranker. Se hallaba cubierto de sangre y con la nariz rota, pero la locura y la rabia en sus ojos resultaban igual de peligrosas que las criaturas que habían liberado.

Eden volvió a gritar: los *infantes* se habían lanzado sobre ella y su vara, sin la electricidad, resultaba casi inservible contra sus garras y colmillos. Ray, en el suelo, aprovechó la distracción para agarrar a Cranker por el tobillo y clavarle el aturdidor en la piel. El cuerpo del tipo cayó al suelo entre convulsiones y él corrió a ayudar a Eden.

Esta vez, el chico se escurrió hasta uno de los centinelas muertos y le robó la escopeta que aún sujetaba en sus manos inertes para comenzar a disparar a destajo a los monstruos con un grito tan ensordecedor como las detonaciones. Cuando el último *infante* cayó, se levantó y corrió hacia la chica.

—¿Te encuentras bien? —le preguntó comprobando que ninguno de los rasguños fuera excesivamente grave.

Pero en ese momento escuchó el gruñido a su espalda y cuando se volvió se encontró con Cranker, apenas capaz de mantenerse erguido.

El disparo ahogó el resto de sonidos a su alrededor. Ray, por instinto, cubrió a Eden con su cuerpo. Pero el impacto nunca llegó.

—¡Diésel! —exclamó la chica en ese instante, apartando al chico y corriendo hacia el carnicero.

El hombre parecía haber surgido de la nada y les sonreía mientras una mancha rojiza comenzaba a empapar su camiseta.

—¡No! —gritó Eden, sujetándole cuando las piernas le fallaron.

Tras él, Cranker se había desplomado con un cuchillo en el pecho.

La chica se arrancó un trozo de camiseta a toda prisa y comenzó a hacer presión sobre la herida de bala del carnicero para detener la hemorragia, pero era en vano.

—Aguanta, Diésel. Te vas a poner bien —decía.

—¡Ayuda! ¡Necesitamos ayuda aquí! —gritó Ray.

—¡No! —exclamó el hombretón con las fuerzas que le quedaban—. No...

—Diésel... —repitió Eden conteniendo las lágrimas.

Él acarició su rostro sin dejar de sonreír, mientras su mirada se fue apagando poco a poco. A continuación, la chica le dio un beso en la palma de la mano antes de levantarse dispuesta a descargar toda su furia contra el enemigo.

Había decenas de *infantes* a su alrededor distraídos con otros objetivos, pero cuando Eden cambió su vara por la pistola de uno de los centinelas y comenzó, junto a Ray, a descargar una lluvia de plomo sobre ellos, las criaturas se revolvieron contra ambos entre chillidos, si bien fueron cayendo uno a uno bajo su certera puntería.

Fue entonces cuando escucharon los aullidos. Al principio Ray creyó que lo había imaginado, pero pronto advirtió en la distancia una ola oscura que se aproximaba a ellos.

—¡*Lobos*, son *lobos,* Eden! —exclamó, esperanzado.

Una enorme manada liderada por Crixo aterrizó en el campo de batalla con la rapidez, la fiereza y la destreza propias de aquellos seres. Sin tiempo para comprender qué estaba sucediendo, los humanos y los *infantes* empezaron a caer uno tras otro bajo el ataque de aquellos hombres y mujeres que solo necesitaban su fuerza bruta para defenderse y matar.

Crixo se acercó a ellos en ese momento seguido de Bucco.

—Me alegro de veros —saludó Ray.

—Dejadnos a nosotros a los *infantes* —dijo Crixo—. Encargaos vosotros de los humanos y acabemos con esto de una maldita vez.

En tan solo unos segundos, la balanza volvió a equilibrarse. Los *lobos* se abalanzaron sobre los *infantes* de tres en tres y de cuatro en cuatro con una voracidad animal. Aquello era una batalla entre bestias.

No muy lejos de allí, Aidan y Kurtzman seguían enzarzados en una lucha que parecía no tener fin. Y cuando el capitán de los centinelas le propinó una nueva descarga al rebelde, Ray no dudó en meterse en medio con su aturdidor y detener el que podía haber sido el golpe final para su amigo.

—¡Sois todos iguales! —exclamó Kurtzman, trastabillando hacia atrás—. ¡Insectos! Incluso tú.

El centinela volvió a arremeter contra él, pero Aidan se interpuso antes de que llegara y retomó la lucha junto al chico.

—¿Queréis que luchemos a vuestra manera? Pues luchemos a vuestra manera —dijo Kurtzman mientras se sacaba dos enormes cuchillos que destellaron bajo el sol del desierto.

Los rebeldes agarraron sus aturdidores con fuerza y atacaron al unísono. A pesar de ser dos, el capitán repelía sus ataques con una facilidad insultante y con cada espadazo suyo más lograba separarles. Los aturdidores, al ser más cortos que sus espadas solo les servían para detener los golpes, y cada vez que Ray lograba cargar algo de energía en el Detonador, Kurtzman esquivaba sus disparos.

Por fin, en un descuido, Aidan cargó contra él y, de la patada que le propinó, logró tirarle una de sus armas al suelo. Antes de que el humano pudiera agacharse y recuperarla, Ray, que había corrido hacia ellos a la carrera, se lanzó a por ella y se la tiró a su compañero para que se defendiera contra el centinela.

—¡Es tuyo! —exclamó su amigo, apartándose.

El grito cercano de uno de los *infantes* hizo que Ray se girara para ver a la criatura caer al suelo a unos centímetros de él con una flecha atravesándole el cuello. Un *cristal* que el chico no conocía le saludó con un asentimiento de cabeza y regresó a la batalla.

Sin solución de continuidad, Aidan logró sobreponerse a Kurtzman y comenzó por fin a ganar terreno. Los filos de sus espadas entrechocaban a un ritmo cada vez más salvaje, hambrientas de sangre, hasta que el rebelde, en un giro equivocado de Kurtzman le alcanzó en la pierna y el centinela cayó de rodillas con un rugido de dolor e ira.

—¿Crees que matándome acabarás con todo esto? —se le

encaró Kurtzman—. Si no te mato yo, lo harán otros. Y luego irán a por Kore.

—No, Philip. Esto ya ha acabado.

La garganta de Kurtzman comenzó a borbotar bajo el cuchillo de Aidan. Su cuerpo agonizante se derrumbó instantes más tarde y el color rojo comenzó a teñir la arena que le rodeaba.

Los *lobos*, mientras tanto, avanzaban con la fuerza de un terremoto entre las filas de los humanos desnucando cuellos de *infantes* y centinelas.

—¡Ray! ¡Aidan!

Ambos se dieron la vuelta para encontrarse con Carlos, seguido de Eden y Simone.

—¡Carlos! —le saludó el chico—. ¿Ha ido todo bien? ¿Dónde están Madame Battery y Darwin?

—Es complicado... —dijo él.

—Darwin decía que su labor en el complejo no había terminado —intervino Simone mientras lanzaba una mirada a Eden—. Y Battery... se ha ido a buscar a Jake y a Samara.

—¿¡Qué!? —exclamó Eden, fuera de sí.

—¿Jake y Samara están en el complejo? —preguntó Ray, tan sorprendido como los demás—. ¿Qué leches hacen allí?

—Es una larga historia, pero están bien —les aseguró Simone.

—Sí —corroboró Carlos—. Por eso hemos venido a ayudaros.

Y dicho esto, le hizo un gesto a Simone y los dos se metieron en la primera pelea que encontraron. Eden se volvió en ese momento para mirar a Ray y a Aidan, preocupada.

—Ya los has escuchado: están bien —le dijo Ray, con una mano en su hombro—. Además, es igual que...

Las palabras se le cortaron cuando reconoció a la persona que los observaba desde la distancia, tan inmóvil que parecía una estatua o una alucinación.

—¡Dorian! —gritó.

El clon, sin perder ni un ápice de su sonrisa ladina, alzó el brazo en el que Ray descubrió que se había armado un Detonador muy parecido al suyo y disparó. El rayo les pasó rozando gracias a que los chicos saltaron cada uno en una dirección para esquivarlo. Sin embargo, en lugar de volver a intentarlo, Dorian bajó el brazo y corrió alejándose de la batalla.

—Quédate aquí —le pidió Ray a Eden—. Tengo que encargarme de esto yo solo.

—¿No te das cuenta? ¡Eso es lo que quiere que hagas!

—Por eso. Hoy acabará todo.

Y después de darle un beso, Ray salió corriendo tras Dorian dispuesto a enfrentarse por última vez a su *némesis* y sabiendo que, de aquella batalla, solo uno saldría con vida.

28

A pesar de no haber estado nunca en aquel complejo y de haber abandonado el anterior hacía años, Darwin recordaba la estructura del edificio subterráneo con todo lujo de detalles.

De camino a los pisos inferiores, su memoria sacó a flote decenas y decenas de momentos vividos en aquel pasado tan lejano: las tardes bajo la cúpula con Sarah y Ray, las interminables horas de estudio en la biblioteca, los primeros pasos de Jake por aquellos pasillos... o unos idénticos. No, su vida cuidando a Jake no había sido fácil, pero sabía que no se habría convertido en el hombre que era si no hubiera aprendido a tan temprana edad el significado de la responsabilidad.

Por Jake habían nacido los Hijos del Ocaso; por Jake había provocado las revueltas; por Jake, las horas dedicadas a los experimentos habían sido un poco menos duras... Por su hermano, la palabra *sacrificio* adquiría un significado más dulce, menos doloroso.

Por eso, cuando apareció en las pantallas del complejo y lo escuchó hablar con aquella seguridad, Darwin tembló de emoción y de orgullo. Él les había quitado la venda de los ojos a muchas personas en el pasado y su hermano lo estaba haciendo en el presente.

Jake merecía una vida tranquila, tal vez con Samara, sin tener que preocuparse por sobrevivir. Merecía tener la oportunidad que él no había tenido de luchar por sus sueños y hacerlos realidad; de ser quien quisiera y no quien le impusiese nadie. Por eso Darwin se dirigía a toda prisa a los laboratorios: para acabar con el verdadero enemigo; el artífice de aquel mundo que tanto les había arrebatado.

El repiqueteo de unos tacones vino seguido de su nombre.

—¡Darwin!

El hombre se dio la vuelta al identificar la voz de Madame Battery.

—¿Qué haces aún aquí? ¡Deberías estar fuera! —le dijo mientras ella se acercaba.

—Lo mismo podría decirte a ti. Yo al menos he ayudado a tu hermano y a Samara a que no los encontrasen. De nada por echarles una mano.

—Dudo mucho que te necesitaran —replicó él, poniéndose de nuevo en marcha.

—No, desde luego que no. Prácticamente han reunido a todos los habitantes del complejo en los jardines de la cúpula.

—Parece que le viene de familia... —comentó él, sin dejar de caminar.

—¡Darwin, por Dios! ¡Son solo unos críos!

—¿¡Qué es lo que quieres, Úrsula!? —exclamó Darwin, deteniéndose en seco y girándose para mirarla—. ¿Por qué sigues aquí?

Battery le miró con preocupación antes de suspirar.

—Sé lo que piensas hacer y entiendo que creas que tienes que hacerlo, pero no es así, Darwin. La guerra ha acabado.

—No. No hasta que él muera.

—Darwin, por favor...

—¡No! —exclamó con furia, agarrándola del brazo—. ¡Lo dejé escapar una vez y mira! ¡Mira lo que ha ocurrido! No parará hasta que consiga lo que quiere, Úrsula. ¿No lo entiendes? Él es el culpable de todo esto.

—Lo es. Pero gracias a él existo yo, Darwin. Y tú también. Y Samara. Y Aidan. Y Eden. Y...

—¡BASTA!

El eco del grito de Darwin reverberó por todo el pasillo.

—No le debo nada —añadió—. Y vosotros tampoco. Si por él fuera, estaríais todos muertos.

—Vas a hacer lo que te dé la gana, como siempre. Y una vez más, te apoyaré —confesó ella—. Pero quiero que sepas que esos chicos te necesitan.

Darwin sonrió, triste, mientras negaba con la cabeza.

—No, Úrsula... Ellos no me necesitan —le aseguró—. La mañana en la que estallaron las bombas nucleares, mi madre me encargó cuidar de Jake porque tenía que ir a recoger a mi padre a la que estación. Por entonces tenía veintidós años y estaba muerto de miedo. Le dije que la acompañaba, que no quería que fuera sola... ¿y sabes qué me contestó? Que no pusiera como excusa que quería protegerla cuando lo que me daba miedo en realidad era quedarme solo con mi hermano... y tenía razón.

Los ojos de Madame Battery se humedecieron por las lágrimas.

—Como ves, tuve que enfrentarme a ese miedo cuando mis padres no volvieron aquella mañana, ni nunca —concluyó él. Después, le acarició el rostro y añadió—: No tengas miedo, Úrsula. No tienes por qué tenerlo.

Battery le suplicó con la mirada que no lo hiciera, que no la dejara. Pero él se limitó a besarla en la frente y emprendió de nuevo su camino hasta el final del pasillo. Justo antes de meterse en el ascensor que bajaba a los laboratorios, se dio la vuelta una última vez y le dijo:

—Hace tiempo me preguntaste dónde estaba tu original y no te respondí. ¿Lo sigues queriendo saber?

Ella negó, aún sin habla, y Darwin asintió comprensivo.

—¿Ves cómo estás preparada, Madame Battery?

Con aquellas palabras, apretó el botón y las puertas del ascensor se cerraron. En el trayecto de bajada, Darwin volvió a sumergirse en los recuerdos de aquella tarde en la que descubrió al clon de su hermano. Se encontraba tumbado sobre la mesa de operaciones, con los ojos cerrados y la respiración tranquila. En ese momento, ni siquiera se dio cuenta de que se trataba de una copia de lo perfecta que era. Lo tomó en brazos y huyó de allí a toda prisa. Solo cuando regresó a su habitación y se encontró con el auténtico Jake durmiendo en su cama, comprendió la gravedad de lo que estaba sucediendo.

El pitido del ascensor le avisó de que ya había llegado a la planta deseada. A toda prisa, se dirigió al laboratorio más aislado con la convicción de que allí encontraría a quien había ido a buscar. Daba igual la maldita guerra, daba igual quién viviera o muriese. Él seguiría pendiente de sus experimentos y teorías sin preocuparse por el resto del mundo. Cuando llegó, pudo comprobar que no se equivocaba.

—Veo que por mucho tiempo que pase, nunca cambiaremos —dijo, abriendo la puerta de cristal.

El hombre, que estaba de espaldas a él, dejó de mezclar los compuestos que tenía en las manos al identificar su voz.

—Hola, Darwin.

—Ray... —contestó él, a modo saludo.

El científico se dio la vuelta y Darwin advirtió que, a pesar de los años transcurridos, seguía reconociendo en aquellas facciones a quien una vez fue su amigo.

—Mírate... Ni el tío más listo del planeta es capaz de hacer frente al paso del tiempo —comentó el rebelde.

—La búsqueda de la inmortalidad y de la eterna juventud no está dentro de mis planes —contestó Ray.

—Aun vacío por dentro sigues siendo igual de arrogante.

—Lo que tú consideras arrogancia es lo que me ha llevado al éxito.

Darwin soltó una carcajada al oír aquello y se acercó al científico.

—Que tu vacuna «perfecta» funcione no implica que hayas triunfado.

—¿Ah, no? —preguntó Ray, sin apenas inflexión en la voz—. ¿Y qué es el éxito, Darwin? ¿Seguir siendo seres dependientes? ¿Inferiores?

—No, evolucionar.

—La evolución implica avanzar. La vacuna *electro,* como el resto de los experimentos, son fracasos —explicó Ray.

—Lo dice un hombre que vive encerrado aquí abajo mientras el resto construimos el mundo de ahí arriba.

—No espero que lo entiendas. Siempre has sido demasiado cabezota para comprender la magnitud de todo esto.

—¡No, Ray! Eres tú el que no es consciente de lo que ha hecho. Has creado *vida*. La habéis creado todos vosotros y ahora queréis destruirla como si las personas que habitan en el exterior no fueran más que ratas.

—No son personas, Darwin. Personas somos nosotros. Bueno... Yo —se corrigió, mientras señalaba su brazalete—. Tú dejaste de serlo cuando te inyectaste la vacuna *electro.*

Darwin se acercó a él con la rabia y la impotencia marcadas en las venas de su cuello.

—Te animo a que salgas ahí fuera con tu vacuna y veas la clase de seres que somos —le dijo.

—No estás siendo objetivo, Darwin. Tu juicio está nublado por tu hermano —contestó Ray.

—Ni se te ocurra mencionarlo... —le advirtió el rebelde, con voz grave.

—Si Jake estuviera vivo...

—Jake está vivo.

—Ambos sabemos que ese no es Jake, Darwin. Es solo una copia.

Bastó con que pronunciara aquella palabra para que el rebelde se abalanzara sobre él y, sujetándole del cuello de la bata, lo estampara contra la mesa que tenía detrás.

—¡No se te ocurra hablar de él!

—No eres objetivo, Darwin —continuó insistiendo Ray, sin rastro de nervios o miedo en su voz—. Jake murió. Y entiendo que sigas culpándote por lo que sucedió, pero...

Del puñetazo que le propinó Darwin, Ray y los frascos de la mesa se cayeron al suelo.

—¡Cállate! ¡No tienes ni idea!

Ray se incorporó como si no hubiera sucedido nada y se limpió con la manga la sangre del labio.

—Entiendo... tu furia y tu culpabilidad, pero un clon no es el original. El Ray que anda allí afuera no soy yo. Del mismo modo que el Jake al que quieres ahora como a un hermano no es el mismo al que enseñaste a andar por los pasillos del complejo. Que tenga sus mismos recuerdos no implica que...

El segundo puñetazo le hizo tambalearse hacia atrás mientras la sangre de la nariz empapaba su bata.

—¡Todo esto es culpa tuya! —exclamó Darwin en pleno ataque de nervios.

—No, Darwin —dijo Ray desde el suelo—. A mí no me culpes por la muerte de tu hermano. No fui yo quien puso las bombas en la cúpula. Fueron tus Hijos del Ocaso.

—¡Basta!

Darwin fue a rematar al científico a patadas cuando Ray sacó del cinturón una pistola de descargas y le disparó al pecho. El rebelde cayó al suelo entre ataques mientras el científico se levantaba con su parsimonia habitual.

—Un humano necesitaría cien amperios para morir —dijo Ray—. Esta descarga no llega ni a veinticinco y mírate... El calambre de una simple tostadora o la sobrecarga de un teléfono móvil os podría matar. ¿Y dices que eso es evolución? Es patético.

Darwin volvió a incorporarse en pleno ataque de tos.

—Tienes razón... Somos más débiles que vosotros, ¿pero sabes lo que de verdad vale... en la evolución de una especie? —se irguió por completo y contestó—: la supervivencia del más fuerte.

Cuando Ray advirtió la pistola de Darwin, no dudó en ponerse a cubierto tras una de las mesas y las balas comenzaron a reventar todas las probetas y frascos, esparciendo por el aire los líquidos que contenían. Ray aprovechó para contraatacar y lanzarle una nueva descarga eléctrica a su oponente, pero Darwin tumbó otra de las mesas y se atrincheró tras ella.

—Ten cuidado con el metal —le advirtió el científico—. Es un buen conductor de la electricidad.

Darwin volvió a asomarse y a disparar a su oponente hasta que se quedó sin balas y tuvo que hacer uso del último cargador.

—Es muy inteligente por tu parte querer acabar conmigo, Darwin —gritó Ray—. Matar a la reina implica dejar huérfanas al resto de las hormigas. Pero olvidas que la vacuna ya es una realidad.

—No por mucho tiempo.

Darwin salió de su escondite y de un salto cayó al otro lado de la mesa que lo había cubierto hasta entonces. Pero cuando iba a disparar a Ray, el científico lanzó una nueva descarga a su brazo y aunque solo le dio de refilón, el rebelde tuvo que soltar su pistola. No obstante, la rabia era incluso más potente y arrastrado por ella se lanzó sobre Ray y comenzó a atizarle puñetazos con una furia desmedida. El científico, sin embargo, en lugar de intentar detener los golpes o suplicar clemencia, comenzó a reírse.

—Te mueve la venganza —dijo, soltando espumarajos llenos de sangre, cuando Darwin paró—. Me culpas a mí por la muerte de Jake porque tú no eres capaz de asumirlo. ¡Me culpas de tu fracaso!

Por primera vez, el hombre sonreía. Sin soltarlo, el rebelde se acercó a él y lo miró fijamente a los ojos.

—Para mí, Jake está vivo. Para mí, el futuro es esto —dijo mientras le enseñaba el brazalete—. Mis fracasos me han hecho más fuerte, Ray. Ambos sabemos que lo que tú consideras un fracaso es lo que está funcionando. Los errores de tu padre son también los tuyos. Porque él no pudo salvar a tu madre de la misma forma que tú no pudiste salvar a Sarah.

La sonrisa del científico se esfumó tan deprisa como había surgido y el recuerdo del odio veló sus ojos. El golpe que recibió Darwin fue tan fuerte que le dejó desorientado durante unos segundos. Cuando consiguió incorporarse, fue directo a por Ray, pero este le sorprendió disparándole una potente descarga que lo lanzó contra una de las paredes. Darwin cayó rendido al suelo, pero aun así, con las piernas temblándole y pegado a la pared, se fue incorporando de nuevo. El científico se acercó hasta él con la pistola de balas en la otra mano.

—Parece que... tu alma se está regenerando —logró decir el rebelde mientras intentaba recuperar el aire sin éxito.

—Los recuerdos y vivencias la regeneran. Del mismo modo que los clones han desarrollado una, yo podré volver a recuperar la mía.

Darwin comenzó a reírse, mientras tosía y escupía sangre.

—Dudo mucho... que la vayas a recuperar a tiempo. Voy a acabar contigo aquí y ahora.

El otro le miró perplejo.

—No sé cómo esperas hacerlo y salir vivo de aquí, Darwin.

Fue entonces cuando el rebelde sacó del bolsillo de su pantalón un dispositivo con un botón rojo.

—¿Y quién ha dicho que yo vaya a salir vivo, Ray?

No sintió nada. El tiempo se ralentizó y durante unas milésimas de segundo el ruido se convirtió en silencio. Los ojos de Ray dejaron de reflejar la sorpresa y dieron paso al miedo. Después llegó el dolor. Un dolor tan intenso que parecía irreal. Luego, solo oscuridad.

Por último, la luz.

29

Aunque estaba seguro de que lo estaba llevando a una trampa, Ray persiguió a Dorian hasta el interior del laberinto de roca y arena.

Habían ganado la guerra y los humanos no tendrían más remedio que rendirse y aceptar sus condiciones. Por fin, él había dejado de ser fundamental. Volvía a ser Ray y había comprendido que no podría vivir en un mundo en el que su clon también existiera.

—¡Dorian! —gritó con todas sus fuerzas.

Su voz se repitió a través de los estrechos pasillos de altísimas paredes de piedra. A lo lejos, escuchaba los pasos y la risa de Dorian. Estaba jugando con él.

—¡Cobarde! ¡Aparece!

—Por aquí...

El eco trajo consigo aquella voz melosa como el veneno de una serpiente. Provenía de delante, así que Ray se dispuso a seguirle cuando, de pronto, Eden gritó su nombre.

—¡Ray! —repitió la chica justo antes de aparecer a su lado.

—¿Pero qué...? ¿Por qué me sigues? Te dije que te quedaras allí.

—No. No te voy a dejar a solas con él.

Ray se llevó las manos a la cabeza.

—¡¿Pero no ves que esto es lo que busca?! ¡No puedes estar aquí! ¡Vete, por favor!

Eden, haciendo caso omiso de sus ruegos, salió corriendo tras él. El eco de una risa macabra volvió a reverberar entre las paredes de la montaña.

—Sabe que estás aquí —susurró Ray, acercándose a ella sin saber por qué flanco podría llegar el primer ataque—. Regresa con Aidan. Yo iré en un momento, te lo prometo. ¿Vale?

—Ray, no...

—Es lo único que te pido. No puedo volver a perderte. Además, ellos también te necesitan. Acaban de terminar una batalla y habrá heridos.

—No, Ray, te necesitan a ti. Yo...

El chico calló a Eden con un beso.

—Ayúdales —le suplicó mientras la soltaba—. Yo iré enseguida.

No esperó a su respuesta. Ray se dio la vuelta y echó a correr en la dirección que creía haber escuchado por última vez la risa. El camino parecía doblarse sobre sí mismo sin ningún tipo de orden hasta que, tras una repentina bifurcación del pasillo de piedra, un claro surgió ante él. Se encontraba en mitad de la montaña, rodeado por las mismas paredes de arena agujereadas. De Dorian no había más rastro que el recuerdo de sus carcajadas.

Y entonces lo vio: un agujero en la tierra. Como la madriguera de un topo, pero mucho más grande y con una escalera de metal que se perdía en las profundidades. Aquella debía de ser una de las muchas entradas a las rutas que los espeleólogos abrieron en el pasado para penetrar en la montaña.

Ray se acercó con precaución y activó su Detonador para prepararse ante cualquier amenaza. Después comenzó a descender por la escalera oxidada hasta tocar el suelo de la cueva. Con ayuda de la luz azulada que desprendía la palma de su mano intentaba desentrañar la oscuridad de las profundidades.

—¡Dorian! —gritó—. ¡Deja de jugar y aparece de una maldita vez!

Pronto volvió a escuchar la risotada de su clon y los primeros versos de una canción que Ray conocía muy bien.

—*Al lobo hambriento que das de comer...*

—¡Dorian!

—*...con tu sangre y tu carne se podrá relamer...*

Ray comenzó a desesperarse. La oscuridad, la melodía, la humedad helada de aquellas cuevas... A cada segundo que pasaba, más complicado era mantener el miedo a raya. Era consciente de que las cartas no jugaban a su favor. Dorian le estaba conduciendo a una trampa para intentar matarlo y él se estaba dejando arrastrar sin oponerse.

—*Evita las cuevas y la oscuridad...*

Ray cambiaba constantemente la dirección del haz de luz para iluminar todos los recovecos de la cueva, pero era en vano. ¿Dónde estaba Dorian? ¿Dónde lo estaba llevando?

—*...o los infantes malditos te vendrán a atacar.*

—¿Infantes? ¿Eso es lo que tienes preparado para mí? —preguntó Ray sin dejar de caminar. Escuchar su propia voz le otorgaba fuerzas para seguir adelante—. ¡Dorian!

—*Cristales de hielo, en el hueso y la piel* —seguía cantando—, *te ríes de uno, pero ¿qué harás con diez?*

Ray se detuvo en seco. Había algo detrás de él. El chico agudizó el oído y, al escuchar el crujir de una pisada sobre la arena, se giró de golpe y liberó una descarga eléctrica. La figura logró esquivarlo y de un salto se ocultó tras una roca del camino.

—¡Soy yo! ¡Soy yo!

—¿En serio, Eden? —preguntó él, recuperándose del susto mientras ella salía de su escondite—. ¡¿*En serio*?!

—Ya te lo he dicho: no pienso dejar que te enfrentes a él tú solo.

—¿Es que no me puedes hacer caso por una vez en tu...?

—¡Ray!

Una tercera voz los calló a los dos. Y esta vez el eco era apenas perceptible. Dorian estaba cerca.

—Quédate aquí —le ordenó a Eden, pero cuando ella fue a desobedecer, el chico liberó una segunda descarga contra el suelo que la hizo retroceder—. ¡Quieta! —repitió—. Primero déjame entrar a mí.

La cueva se ensanchó unos pasos más adelante y el techo se elevó varios metros sobre su cabeza. Sobre él, la luz anaranjada del sol penetraba en la oscuridad como un foco dorado que iluminaba la gruta con un tono cálido a través de una enorme apertura en el techo.

De pronto, escucharon el tintineo de algo que se dirigía hacia ellos rebotando en el suelo. En cuanto Ray reconoció el pitido que emitía el objeto, gritó:

—¡Granada!

Apenas tuvieron tiempo de saltar hacia atrás y ocultarse en un requiebro de la cueva cuando se produjo la detonación. Las paredes de la caverna temblaron como bajo un trueno por el terremoto que amenazó con sepultarlos vivos y todo se cubrió con una humareda espesa que impedía ver nada y que se metía en la nariz y los ojos.

—¡¿Eden?! —la llamó Ray, mientras palpaba a tientas su alrededor—. ¡¡Eden!!

—¡Estoy bien! —la voz de la chica le llegó distante—. El camino está bloqueado, pero puedo volver hacia atrás.

Ray logró abrir los ojos y entre la nube de polvo descubrió

la muralla de piedras que había surgido entre la gruta y el pasadizo por el que habían venido. Sin esperar ni un minuto, Ray comenzó a apartar rocas, desesperado, hasta que por fin apareció el rostro de la chica al otro lado.

—Estoy bien, tranquilo. ¿Tú?

—Sí, sí —contestó él, tras un ataque de tos—. Escucha, hazme caso y vuelve con los demás. Diles que estoy aquí y...

—¡Ray, cuidado!

El grito lo salvó del primer ataque. El rayo rojizo se estrelló contra la pared de rocas y dejó una mancha oscura sobre su superficie. Dorian apareció al fondo de la cueva, entre los haces de luz provenientes del techo dibujados en la nube de polvo. Su mano brillaba como si estuviera cubierta por las ascuas del infierno.

—Ya lo has oído, Ray, no está muerta —dijo—. Aunque podría. Me pregunto si será capaz de reconocer quiénes somos cada uno cuando nos vea.

El gesto de incomprensión de Ray fue suficiente para que Dorian soltara una carcajada.

—¿No te lo contó? ¿Lo de nuestro beso? ¿El beso que me dio antes de abandonar el bando rebelde?

—¿De qué estás hablando?

—Ella asegura que fue un error —añadió el otro, poco convencido—. Pero yo sé que era muy consciente de lo que estaba haciendo; de que sabía que no te estaba besando a ti —y se echó a reír.

Lo estaba intentando confundir, distraer.

—¡Maldito hijo de...!

—¿De qué? ¿Eh? ¿De qué? —le amenazó el otro entre risas amargas—. No tenemos ni padre ni madre. Y sin embargo somos más fuertes que el resto de los seres que caminan sobre este planeta.

—¿Qué estás diciendo? —preguntó Ray en un susurro—.

¿De verdad sigues pensando eso? ¿Aún no te has enterado de que hay más vacunas como la nuestra?

—Las había... ¡En cualquier caso, ellos no son puros, Ray! No como nosotros. Esas vacunas han sido creadas con almas clonadas. Las nuestras, no. Nosotros provenimos de un alma humana. Y eso es lo que nos hace superiores, especiales.

—Hablas igual que él.

—¡Porque somos él!

—¡No! —gritó Ray.

Dorian volvió a estallar en una carcajada.

—Ray, Ray... Qué ingenuo eres. Tu afán por hacerte el héroe te nubla el maldito juicio. Y ella —dijo mientras señalaba al derrumbe de rocas— te hace incluso más débil.

—¡Cállate!

Con aquel grito, Ray lanzó una descarga con su Detonador que Dorian esquivó sin problemas.

—¿Sabes lo que pasa? —preguntó el chico cuando se recuperó del salto—. Que no hay suficiente mundo para ambos. Nunca lo ha habido.

Ray no contestó. Cargó su arma de nuevo y comenzó a caminar en círculos sin perderle de vista, como dos espadachines listos para batirse en duelo.

—Voy a matarte, Ray —le prometió Dorian—. Y lo voy a disfrutar mucho. Y después voy a matar a Eden. Y a Aidan. Y a Kore. Y a todo tu maldito séquito de electros. Ah, y después voy a cargarme a todos los humanos que hay en ese maldito complejo —añadió cuando vio que Ray no reaccionaba—. ¿Sabes por qué? Porque soy más fuerte que ellos.

—¿Cómo no he podido ver antes lo loco que estabas?

—¡No es locura, Ray! —exclamó Dorian, divertido como un niño—. Es la verdad. ¡Seré el único que pueda respirar este aire con libertad! Y el resto... El resto me adorará y me suplicará para que les dé las baterías que necesitan para sobrevivir. Aunque... antes tengo que matarte a ti.

Con un rugido feroz, Dorian alzó el brazo y liberó una descarga de energía que Ray logró esquivar tirándose al suelo y rodando. Antes siquiera de levantarse, apuntó a su clon con la mano y la estela de luz azul iluminó la cueva hasta golpear a Dorian en el pecho. El ataque lo lanzó contra la pared del fondo, pero se recuperó deprisa y volvió a contraatacar con una rapidez animal. No podía poner el Detonador al máximo porque apenas le quedaba carga.

—¡Ray!

El grito de Eden al otro lado del muro le hizo girarse. La chica estaba quitando rocas tan rápido como podía para intentar cruzar y ayudarle.

—Parece que tu chica no quiere perderse cómo te voy a matar —bromeó Dorian—. Lástima que tú no vayas a ver lo que le tengo preparado a ella...

Las últimas palabras fueron suficiente para que Ray cargara contra Dorian hecho una furia. El otro clon intentó atinar con su arma, pero no logró acertarle con uno solo de todos los rayos que disparó y cuando Ray llegó hasta él, liberó una lluvia de puñetazos sobre su cara con la mano libre y con la estructura de hierro del Detonador.

La sangre no tardó en manar por la nariz de Dorian, pero el chico, en cuanto tuvo ocasión, le golpeó en el estómago con su Detonador y después se lo quitó de encima con una patada. Ray se precipitó de espaldas contra el suelo y esta vez fue Dorian quien saltó encima y le empezó a propinar un puñetazo tras otro.

En la distancia, Ray escuchaba los gritos de Eden, desesperada. Pero lo único que podía ver era el reflejo de su rostro desencajado por el odio. Fue entonces, a pesar de estar aprisionado bajo las piernas de Dorian, cuando Ray logró activar de nuevo su Detonador y sujetó el tobillo del otro con esa mano. La descarga que liberó sobre su pierna obligó al otro, entre temblores, a quitarse de encima, momento que Ray usó para separarse y recuperar el aliento.

—¿No te das cuenta... de que tu problema es que nunca has tenido nada por lo que pelear? —le dijo—. ¿Que por muy poderoso que llegues a ser... nadie te querrá? ¿Que por mucho que te idolatren... siempre estarás solo?

Por respuesta, Dorian soltó un gruñido y descargó un nuevo rayo rojizo sobre su clon. Pero antes de que llegara a alcanzarle, el otro hizo lo mismo con su Detonador y los rayos se encontraron a medio camino. Uno iluminaba la mitad de la gruta de rojo, el otro, de azul. Entremedias, las chispas de luz blanquecina salpicaban el suelo y el aire.

Cuando Ray percibió que a su Detonador apenas le quedaba ya carga, cerró el puño rápidamente, interrumpió su ataque y se agachó para evitar el fogonazo de Dorian. Corrió entonces agachado hacia su clon mientras el otro intentaba acertarle sin conseguirlo hasta que se encontró a su alcance y le lanzó una patada que lo tiró al suelo. Sin embargo, Dorian agarró un puñado de tierra y se lo lanzó a los ojos a Ray.

Ante aquel ataque tan inesperado, el chico se cubrió la cara con el brazo y Dorian aprovechó para hacerle caer también al suelo. Antes de que pudiera abrir los ojos, tenía sus manos alrededor del cuello de Ray, dispuesto a asfixiarle.

¿Cómo podía alguien albergar tanto odio? Era lo único que el chico lograba preguntarse mientras la falta de aire comenzaba a abrasar sus pulmones. Eso y la disculpa a Eden por haberle fallado; por estar haciéndola sufrir de aquella manera. Sus gritos, a lo lejos, no cesaban. Estaba allí, viéndole morir. Rogándole que aguantase, que luchara, que no se rindiese.

Motivado por aquellas palabras, el chico encontró las fuerzas para activar una vez más su Detonador sin saber cuánta energía le quedaba y liberar una descarga que golpeó a Dorian de pleno en el rostro. El clon gritó de dolor y se llevó las manos a la cara, abrasado.

—¡Te odio! —bramó mientras Ray volvía a recuperar el aire—. ¡¡TE ODIO!!

Le había acertado de pleno en el ojo y la piel de alrededor se encontraba en carne viva. Aun así, era tanta su ira contenida, que encontró fuerzas para volver a atacar a Ray. El chico fue a protegerse con su propio rayo, pero la batería del Detonador falló y él salió despedido por los aires tras recibir en el pecho la descarga de Dorian. Se golpeó la espalda contra la pared y cayó al suelo como un pelele. Del golpe, su cuerpo pareció olvidarse de cómo respirar. Sentía como si se hubiera roto hasta el último hueso. Desde el otro extremo, Dorian lo miraba mientras se incorporaba y recuperaba fuerzas.

¿Era así como acabaría todo para él? ¿Dorian esclavizaría al mundo y él quedaría enterrado para siempre bajo aquella montaña?

—¡Ray, por favor, aguanta!

¿Y qué sería de Eden? ¿Qué sería de sus amigos?

—¡No te rindas! —la escuchó decir.

Dorian sonrió victorioso y volvió a alzar el brazo en su dirección. El Detonador comenzó a cargarse de nuevo.

No podía rendirse, se dijo Ray. No ahora, cuando estaba tan cerca de acabar con aquella amenaza. Cuando tantas vidas dependían de él. Cuando aún quedaba un último rastro de carga en su Detonador.

—Hasta siempre, Ray —se despidió Dorian.

Lucharía hasta el final. Aunque fuera lo último que hiciera. Hasta su último aliento.

—¡Ray, no!

El grito de Eden llegó tarde. Cuando ambos rayos volvieron a encontrarse, el chico comenzó a avanzar tambaleante hacia Dorian. El otro tardó en comprender lo que estaba haciendo. Con un grito, Ray fue reduciendo el espacio entre él y su clon mientras la tormenta de chispas blanquecinas aumentaba a su alrededor. Aun así, no se rindió. Siguió avanzando, cada vez más deprisa, cada vez más convencido, sin apartar la mirada de la cara de terror de Dorian.

—¿¡Qué estás haciendo!?

—Acabar con todo —respondió Ray, y con un último esfuerzo, recortó los centímetros que le separaban de Dorian.

La explosión fue instantánea. Cuando las palmas se encontraron, la luz estalló a su alrededor y ambos salieron despedidos en direcciones opuestas hasta caer al suelo.

—¡Ray! ¡Ray, no! —gritó Eden.

Sin embargo, aquella vez no obtuvo respuesta.

Ambos clones yacían muertos en la repentina oscuridad de la cueva.

30

Cuando Eden volvió a mirar por el agujero que había abierto entre las rocas sintió que le faltaba el aire.

—No..., no, por favor... ¡No! —chilló, apartando las últimas piedras que le impedían pasar.

Una vez logró que el hueco fuera lo suficientemente grande, se escurrió entre ellas y, antes incluso de haberse levantado del todo, echó a correr hacia Ray, se arrodilló a su lado y le zarandeó de los hombros.

—Ray, por favor, despierta... ¡Ray! —exclamó, desesperada.

La cueva volvía a estar sumida en la oscuridad a excepción de los rayos de luz que se filtraban a través del techo y de las chispas que desprendían los Detonadores. Como pudo, Eden tomó el cuerpo inerte de Ray en brazos y lo arrastró hasta el foco natural para verlo mejor.

Tenía el rostro y la ropa cubiertos de arena y sangre. La máquina de su brazo había quedado destrozada y los hierros se perdían entre el amasijo de hueso, sangre y piel en el que se había convertido la mano del chico. Eden tuvo que controlar las ganas de llorar cuando acercó sus dedos temblorosos al cuello de Ray en busca de su pulso.

—No, Ray, por favor... —susurró, incapaz de encontrarlo—. Despierta. ¡No puedes hacerme esto!

Le sujetó entonces del cuello con una mano mientras con la otra le pellizcaba la nariz. A continuación, Eden tomó aire y se acercó a él para insuflárselo por la boca. Una, dos, tres, cuatro veces. A continuación, presionó el pecho con todas sus fuerzas para reanimarlo. Al ver que no reaccionaba, volvió a repetir el proceso sintiendo cómo las lágrimas se le escurrían hasta sus labios y, de ellos, a los de Ray.

—¡Ayuda! —gritó desesperada al cielo al ver que la reanimación no funcionaba, pero su voz quedó atrapada en aquella cueva—. ¡Por favor! ¡Que alguien me ayude!

Pero no sirvió de nada. Sabía que los demás estaban demasiado lejos como para escucharla.

—No puedes hacerme esto... —le regañó mientras le acariciaba el rostro—. ¿Me entiendes? No puedes.

Después de todo lo que habían pasado, de todo lo que habían peleado, no merecían acabar así. Eran tantos los sacrificios que Ray había hecho por ella que, sencillamente, le resultaba inconcebible una injusticia como aquella..., tanto como un futuro sin él a su lado.

Impotente, volvió a insuflarle aire en los pulmones y a repetir las presiones sobre el pecho.

—¡Vamos, Duracell! —exclamó, confiada—. ¡Vamos!

La chica estalló en lágrimas cuando comprendió que Ray se había ido y que no existía manera de hacerle volver. De haberse producido aquella pelea en cualquier otro lugar, probablemente hubieran encontrado algún desfibrilador con el que reanimarle, pero en aquella cueva no quedaba nada...

Excepto ella.

Eden recordó entonces cómo el Ray original se había referido siempre a los electros como simples baterías humanas. Cuerpos que guardaban la energía eléctrica que su corazón iba consumiendo poco a poco para mantenerse con vida. Si aquello era cierto, solo necesitaba encontrar la manera de cederle a Ray parte de su energía para que su corazón continuara latiendo. Al fin y al cabo, su corazón humano solo necesitaría una leve descarga para arrancar.

¿Pero cómo podría...?

El Detonador volvió a soltar un par de chispas en ese instante y Eden tuvo una idea.

—El amplificador —masculló para sí.

Se trataba del complemento del Detonador que permitía extraer la energía de las baterías y transportarla hasta el núcleo del arma, en la palma de la mano.

Con cuidado, la chica comenzó a desmontar el artilugio del brazo de Ray hasta extraer el artefacto. Era un objeto rectangular con un botón en el centro y una pequeña rueda que controlaba la cantidad de energía que transferir. En cada uno sus extremos, había un par de conectores que correspondían al polo negativo y al polo positivo, respectivamente.

Eden abrió su riñonera y sacó dos pares de electrodos con los que solía cargar la batería de su corazón y los conectó a la máquina. A continuación, rasgó la camiseta de Ray con su cuchillo para dejarle el pecho al descubierto y ella se quitó la chaqueta para quedarse solo con la camiseta escotada de tirantes. Después, adhirió dos electrodos al pecho de Ray y el otro par al suyo, echó un vistazo a su brazalete y comprobó que aún le quedaba suficiente energía desde la última recarga, y puso el amplificador al veinticinco por ciento de potencia. Tras un pitido, apareció una luz verde que avisaba de que la carga estaba lista y Eden, confiada, pulsó el botón del aparato.

Sintió un dolor desgarrador y su grito rebotó en las paredes de la cueva. Era como si le estuvieran atravesando el pecho con un puñal. Como si alguien estuviera sujetándole el corazón y amenazara con arrancárselo. El torso de Ray se había levantado al sentir la descarga, pero aún seguía inconsciente.

El dolor fue remitiendo poco a poco y Eden pudo volver a incorporarse. Probó entonces a hacerle de nuevo el boca a boca al chico, pero fue inútil.

—Te vas a poner bien —le aseguró, con las mejillas húmedas por las lágrimas—. Te lo prometo.

Esta vez, Eden aumentó la potencia antes de apretar por segunda vez el botón del amplificador. Lo hizo con miedo, sabiendo el dolor que le produciría. Pero tenía que hacerlo; tenía que salvar a Ray.

La fuerza de la descarga la tiró al suelo, donde comenzó a revolverse mientras el aparato extraía su energía y se la transfería a Ray. Su grito solo se interrumpió cuando la extracción concluyó.

Permaneció sobre la tierra intentando recuperar el aliento. Su brazalete destellaba con la luz de la bombilla dorada y sentía los latidos en el pecho cada vez más acelerados.

Desde aquella posición, la chica contempló el cielo a través del agujero del techo que había sobre ellos. Eden respiró hondo una vez más y asimiló las opciones que le quedaban.

Ray seguía sin responder. Las cargas que le había transferido no eran lo suficientemente potentes para reanimarle. Se giró para mirarle y una nueva lágrima se escurrió por su mejilla hasta la tierra. Ella le había metido en todo aquello. No era justo que muriera de esa manera. No ahora que los sacrificios habían terminado.

Jamás olvidaría el día en el que se conocieron, en aquel centro comercial donde descubrió que su corazón no dependía de baterías. Ella le había arrastrado hasta el campamento y, más tarde, prácticamente le había obligado a formar parte de la causa rebelde. Y él siempre lo había aceptado todo hasta el punto de convertirse en la esperanza de los electros... y en la suya propia.

No. Si uno de los dos tenía que morir, desde luego, no sería Ray.

Eden se incorporó por tercera vez y comenzó a cargar el amplificador, esta vez a la máxima potencia. El pitido se volvió más agudo y duró más que los anteriores, pero al cabo de unos segundos la luz se puso en verde. Estaba listo. Tomó entonces la mano de Ray, aún caliente, le dio un beso en los labios y sonrió. A continuación, cerró los ojos y pulsó el botón.

El dolor fue indescriptible, pero duró tan solo un segundo. Como si una aguja hubiera perforado su corazón de lado a lado.

De pronto sintió cómo se levantaba un viento inesperado a su alrededor y abrió los ojos. La brisa pasó a convertirse en un vendaval que agitaba su cabello mientras la luz del sol se teñía de color lila. El rugido del aire le impedía escuchar nada con claridad. ¿De dónde provenía aquel tornado que los envolvía? ¿Qué estaba sucediendo? Eran preguntas que duraron tan solo un instante en su mente antes de ser arrasadas por las paredes de aquel remolino violeta. Entonces bajó la mirada y advirtió que ya no estaba en el suelo; que se encontraba flotando... y que ahí abajo, sobre la tierra de la cueva, se hallaba su cuerpo junto al de Ray.

No tuvo tiempo de asustarse, porque entonces lo vio.

Ray se encontraba frente a ella, de espaldas, y parecía tan perdido y sorprendido como Eden.

Quiso llamarle, pero no hizo falta: bastó pensar su nombre para que el chico se girara. Sus ojos reflejaron el mismo desconcierto que los de ella, con su cabello y su ropa zarandeándose a merced del viento, mientras intentaba acercarse.

Sus ojos le preguntaban qué estaba sucediendo y ella intentó ocultar el miedo que sentía y le aseguró que todo iría bien. Pero entonces Ray cometió el error de mirar hacia abajo y descubrió sus dos cuerpos sobre la tierra.

¿Qué había hecho?, le preguntaba con tanta desesperación como fuerza llevaba el viento. Eden trató de tranquilizarle, de hacerle comprender que no sabía cuánto tiempo le quedaba, que confiara en ella una vez más. Pero Ray no entendía por qué lo había hecho; cómo pretendía que dejara que se sacrificara por él.

Sintió la calidez de sus manos cuando las colocó sobre sus mejillas; un hormigueo que le recorrió todo el cuerpo, idéntico al que sintió la primera vez que se besaron. Y supo, por el gesto de Ray, que él también había notado lo mismo cuando ella le secó las lágrimas con las manos mientras sonreía.

Nunca había estado tan segura de algo; nunca había sentido una paz tan profunda como aquella. A pesar del miedo, se sentía libre... del dolor, de la pena, del peso de la culpa. Lo extrañaría. Mucho. Pero saber que él seguiría adelante la hacía inmensamente feliz, tanto que, sencillamente, no había cabida para la tristeza.

De pronto escucharon un trueno sobre sus cabezas y notaron que el tornado se estrechaba a su alrededor. Había llegado el momento. Eden lo sentía dentro de ella, y cuando volvió a bajar la mirada y advirtió cómo sus pies habían comenzado a desintegrarse en una estela de polvo azul que el viento arrastraba consigo, no tuvo miedo.

Volvió a abrazar a Ray y cuando le apartó levemente, intentó hacerle comprender que debía dejarla ir. Que sus caminos se separaban en aquel punto. Que era el momento de convertirse en lo que siempre había sido para él, en lo que él había sido también para ella: su batería.

—Te quiero —dijo ella mientras le sujetaba el rostro—. Y siempre voy a estar contigo.

—Siempre —repitió él mientras acercaba sus labios a los

de ella para fundirse en un beso que trascendió las barreras físicas y las emociones humanas, y que los convirtió a uno en parte del otro.

El estruendo del tornado era cada vez más fuerte y ambos comprendieron que aquel era el final. Ray también había comenzado a desintegrarse, pero el viento, en lugar de arrastrar sus partículas hacia el sol, parecía estar devolviéndolo de vuelta a su cuerpo. Permanecieron juntos hasta el último momento. Ella aferrada a la espalda de Ray y él protegiéndola como siempre lo había hecho. Antes de desvanecerse, Eden volvió a sonreírle y su luz fue lo último que Ray vio antes de abrir los ojos.

El aire entró a trompicones en sus pulmones, provocándole un ataque de tos, mientras volvía a sentir el dolor de las heridas de la pelea por todo el cuerpo. Estaba vivo, comprendió, antes de girar la cabeza y contemplar el gesto tranquilo de Eden. Por un instante quiso creer que tan solo estaba dormida, que podría despertarla con un beso, como en los cuentos que recordaba de una infancia que nunca había vivido en realidad. Pero sabía que no era así; Eden había cerrado los ojos para no volver a abrirlos nunca más.

Las lágrimas inundaron a Ray cuando volvió la mirada hacia el cielo ya rosado del atardecer. Y en ese instante, como si supiera que lo estaba contemplando, una estrella fugaz atravesó el firmamento.

Solo podía ser ella.

Al fin y al cabo, los clones también tenían alma.

Epílogo

Había pocos lugares en la Ciudadela que le gustaran tanto a Ray como aquel. A la sombra del Luxor, el edificio con forma de pirámide que recordaba con tanto cariño, habían construido un precioso jardín en el que habían logrado instalar un sistema de riego automático que lo mantenía siempre verde. Aquel parquecito se había convertido en uno de sus escondites favoritos cuando necesitaba desconectar.

Se sentó cerca de la fuente en la que confluían todos los caminos de arenisca y se dispuso a inaugurar su nuevo cuaderno cuando un bumerán le golpeó en la rodilla.

—¡Disculpe, señor!

Un niño de apenas ocho años surgió de pronto entre los arbustos, riéndose, hasta que advirtió que se trataba de Ray y se quedó en el sitio, quieto y temeroso.

—No te voy a morder, ¿eh? —bromeó Ray mientras recogía del suelo el juguete y se levantaba para devolvérselo—. ¿Sabes? Si lo haces volar en la explanada del mercado, podrías lanzarlo más lejos.

—¿Ah, sí? —preguntó el niño, curioso.

—Sí, por el viento. Aquí te lo tapa este edificio —dijo Ray divertido para luego acercarse a él y añadir en voz baja—: ¿Puedo contarte un secreto?

El niño asintió y se acercó para que se lo contara al oído.

—Este bumerán que tienes es mágico —confesó Ray.

—¡Qué mentira! —dijo el niño, riéndose.

—No, no —contestó él señalando el arma de juguete—. ¿Ves esta marca de aquí? Es el símbolo sagrado de los *cristales*.

—¿De los *cristales*?

—Sí, dicen que forjaron solo tres con el tronco del árbol más antiguo de todo su bosque —relató—. Uno lo tienen ellos; otro, los *lobos*, y el tercero nos lo dieron a nosotros, pero lo perdimos... ¿Dónde lo has encontrado?

El niño fue a hablar, pero Ray le chistó.

—Mejor no me lo digas... ¿Sabes qué? Creo que el bumerán te ha elegido a ti y que quiere que seas su dueño y lo cuides.

—Pero... ¿qué poder tiene?

—Pues no lo sé... ¡Solo su portador puede averiguarlo! —exclamó Ray devolviéndole el juguete—. Así que espero que cuando algún día lo descubras, vengas y me lo cuentes. ¿Qué te parece?

—¡Lo haré!

—¡Pero no se lo puedes decir a nadie! Tiene que ser nuestro secreto, ¿de acuerdo? —el niño asintió y Ray le revolvió el cabello—. Anda, vete a jugar.

El crío se fue corriendo y Ray volvió a quedarse solo. Se sentó en un banco y de nuevo abrió su libreta en blanco, sin saber por dónde empezar...

Habían pasado casi dos años desde que terminó la guerra con los humanos. Dos años desde que venció a Dorian en aquella cueva; desde que Eden murió.

En aquel tiempo, la Ciudadela había prosperado mucho.

Cristales, electros y *lobos* habían logrado un consenso para gobernarse en igualdad de condiciones, protegiéndose los unos a los otros en un sistema que, hasta el momento, parecía estable.

El sueño de la fórmula perfecta se perdió en la explosión de los laboratorios, junto a Darwin y al Ray original. Cuando los rebeldes descubrieron a todos los humanos del complejo la verdad sobre aquellas vacunas y su ingrediente estrella, todos coincidieron en que no era justo que unos muriesen para que otros pudieran vivir y optaron, finalmente, por aceptar la vacuna *electro* y salir al exterior.

Madame Battery se convirtió en la nueva gobernadora de la Ciudadela, pero no lo hizo sola. Aidan, Kore, Gael, Crixo y el propio Ray la acompañaban en la toma de decisiones, junto a otros miembros elegidos por el pueblo. A todos ellos les bautizaron como los «Padres del Alba», en memoria de Darwin.

Lo primero que aprobaron fue la construcción de un suministrador de energía ilimitado para que cualquier habitante de la Ciudadela dispusiera de la energía que necesitara de forma gratuita. Para ello, construyeron en el centro de la ciudad una estructura de casi diez metros con forma de árbol cuyas hojas eran cristales fotosensibles que recogían el calor del sol y lo transformaban en energía. Aquella estructura fue bautizada como el «Árbol de Eden», en recuerdo de la chica.

Del mismo modo, se levantó una red eléctrica que permitía llevar la energía a todas las viviendas para que los habitantes dispusieran de un suministro ilimitado de luz y calefacción. Por último, se abolió la ley de conceder el brazalete electro a partir de los cuatro años, lo que ayudó a que la natalidad en la Ciudadela aumentara considerablemente.

—¿Ya estás en tu momento zen?

La voz de Aidan sacó a Ray de sus pensamientos. Cuando

se dio la vuelta se encontró con él y con Kore, que llevaba en brazos a su hija.

—Y yo que pensaba que este era uno de los lugares más tranquilos de la Ciudadela... —comentó Ray sonriendo mientras se acercaba a la niña y le acariciaba las mejillas sonrojadas—. ¡Hola, Eden!

La hija de Aidan y Kore nació unos meses después de la batalla y tuvo la suerte de contar desde el primer minuto de vida con todos los cuidados y atenciones que un bebé merecía.

—Dile hola al tío Ray, mi vida —dijo Kore, recolocándole la camisola que llevaba.

—Cada día la veo más mayor —comentó Ray—. Y al final veo que el rubio de Aidan ha ganado a tu melena pelirroja.

—Es normal —dijo Aidan, burlón—. Los pelirrojos están en peligro de extinción.

Kore le hizo una mueca a su marido y después dejó a la niña en el suelo para que gateara un poco y jugara en el césped.

—¿Qué tal estás? —preguntó después.

—Bien, bien —contestó él—. Es solo que cuando nos acercamos a esa fecha me da por acordarme de todo y...

—Bueno, para eso estamos aquí —indicó la chica, agarrándole la mano—. Ella estaría orgullosa de todo lo que hemos conseguido.

—Lo sé —dijo Ray con una sonrisa—. ¿Qué tal van los preparativos de la fiesta? ¿Habéis tenido problemas de presupuesto?

—Por favor... Hemos tenido de sobra.

El tron, la moneda de la Ciudadela, había regresado y Kore se encargaba de dirigir el sistema financiero de la ciudad. Gracias a su habilidad con las cuentas, el flujo económico hasta el momento se había mantenido constante y no había muestras que indicaran que esto fuera a variar en una larga temporada.

—La Nueva Guardia va a hacer un desfile y tú y yo, como jefes y fundadores, debemos hacer acto de presencia —añadió Aidan.

Mantener la seguridad en la Ciudadela era la misión principal de este particular ejército formado por las tres razas, pero también dedicaban parte de sus operativos a explorar el mundo exterior y encontrar otros reductos de humanos en el resto del planeta.

—Oye, ¿y respecto a la expedición con Gael y Crixo...? —preguntó Ray.

—Creen que en San Diego puede haber algo —le interrumpió Aidan.

—¿San Diego? ¡Pero eso está a siete horas en coche de aquí!

—Si los rumores son ciertos... —dijo Kore.

—No me extrañaría que hubiera clanes, la verdad —interrumpió esta vez Ray—. No sabemos si el nuestro era el único complejo. Pero queremos que esto sea un comienzo, así que habrá que empezar a comunicarse con el resto del planeta. Ver quién hay por ahí fuera...

En ese momento distinguieron la voz de Madame Battery antes de verla aparecer por uno de los caminos de tierra seguida de dos jóvenes que le echaban algo en cara.

—¡Que no, Samara! ¡Lucir un buen vestido es lo que más embellece a una señorita! ¡No pienso dejarte que asistas a la presentación de la ceremonia con un maldito pantalón!

—A mí me gustas con pantalón —decía Jake.

—Otro que tal baila —contestó ella mientras se abanicaba—. ¿Es que ninguno de los dos entiende la importancia de llevar un vestido? ¡La imagen es nuestra tarjeta de presentación!

—¿Se puede saber qué hacéis vosotros aquí? —preguntó Ray, acercándose a ellos antes de girarse hacia Aidan y Kore—. ¿Qué clase de encerrona es esta?

—Veras, Ray... —dijo Jake mientras se acercaba a él—. Llevábamos un tiempo pensando en darte una cosa y no encontrábamos el momento ni la forma de hacerlo y...

—Jake, al grano —le apremió Battery, sin dejar de abanicarse.

—Hemos pensado que... —añadió el chico, dubitativo.

—Mira, déjalo —interrumpió Samara.

—¿De qué va todo esto, chicos?

—Tú calla y ponte esto —dijo Aidan mientras le entregaba una venda para que se cubriera los ojos.

Sin mucha más opción, Ray obedeció y se dejó llevar. Sintió cómo abandonaban el parque y, al cabo de unos minutos, entraban en algún edificio. Una vez allí, se metieron en un ascensor y subieron durante varios segundos en los que Ray solo escuchó las risas nerviosas de sus acompañantes y el gorjeo del bebé. Cuando llegaron a su destino, la puerta se abrió y sintió la brisa despeinándole.

—Muy bien —dijo Kore—. Ya puedes quitarte la venda.

Cuando lo hizo, se encontró en un espectacular piso completamente amueblado y con unos ventanales desde los que se podía contemplar toda la Ciudadela.

—Esto es...

—El ático del Luxor. Tu nueva choza —confesó Jake.

—¿Cómo...? —dijo él, asombrado—. ¿Cuándo habéis hecho esto?

—Esas preguntas son irrelevantes, jovencito —le espetó Battery.

Ray se acercó a los ventanales del piso y apoyó la mano sobre el cristal.

—Sabíamos que este sitio era especial para ti y... bueno —Samara se acercó a él—, también para ella.

Ray le pasó el brazo sobre el hombro y dejó que ella se apoyara en él. No hacía falta añadir nada más; los dos sabían lo mucho que echaban de menos a Eden. Al cabo de unos segundos, Ray se giró hacia los demás.

—No sé qué decir...

—No te preocupes —sonrió Aidan—. Tu cara lo dice todo.

Se marcharon un rato después, deseándole que disfrutara de su nuevo hogar. Una vez solo, Ray comenzó a pasear por el inmenso piso con miedo de manchar o descolocar cualquier cosa. La decoración solo podía ser obra de Madame Battery, tan minimalista y elegante, con aquellos muebles artesanales. Todo era perfecto. Su nuevo hogar.

Ray se acomodó en el sofá con las vistas de la Ciudadela frente a él y alzó la mirada para dejarse invadir por los recuerdos de aquel lugar. A continuación abrió su libreta y comenzó a escribir la primera página de su nuevo diario.

Año Cero

Querida Eden, el futuro con el que siempre hemos soñado ha comenzado.

Agradecimientos

Ha pasado mucho tiempo desde aquella tarde en la que se nos ocurrió embarcarnos en la locura de contar esta historia esperando únicamente que tú, como lector, llegaras a descubrirla. Mentiríamos si dijésemos que el camino ha sido fácil y tranquilo, porque no lo ha sido. Hemos pasado muchas horas delante de nuestros (respectivos) ordenadores, esbozando tramas y descartando posibilidades, escribiendo nuestras partes y revisando las del otro hasta lograr el resultado que a ambos nos satisficiera, pero la espera ha merecido la pena. Por suerte, además de haber podido contar el uno con el otro, ha habido otras personas que nos han aportado ese rayo de luz, de esperanza y de ánimo cuando las fuerzas flaqueaban o cuando surgían las dudas. Estas palabras son para ellos.

A Reina y al equipo de Edebé, gracias, una vez más, por tratar esta trilogía con el mismo cariño, si no más, que nosotros mismos. Por dirigirnos siempre en el mejor camino para potenciar al máximo la historia y por confiar en nosotros con tanta seguridad.

NÉMESIS

A Ramón, por luchar todas las batallas sin descanso y sin perder la sonrisa, y por encontrarle el mejor hogar a la Saga *Electro*, tanto aquí como en el extranjero.

A Keko y Lucía, por esa tarde de Electrocraft que nos descubrió tantas grietas en la historia y también tantas cosas positivas que terminaron por convencernos de que merecía la pena todo este esfuerzo. ¡Ah, y también por resolvernos todas esas dudas médicas que nos traían de cabeza!

A Ana Campoy, por tantas conversaciones sobre el universo editorial, por el apoyo, los consejos y recomendaciones. Porque conocer a personas como tú es lo mejor que tiene dedicarse a esta profesión.

A Lola, por haberle ofrecido a *Electro* las portadas de nuestros sueños. Creo que ninguno de los dos tuvimos tan claro cómo tenían que ser hasta que nos mandaste tus propuestas. Gracias por todas esas horas de sueño dedicadas a nosotros y por escuchar cada una de nuestras sugerencias para después, si hacía falta, ignorarlas amablemente (¡y menos mal!).

A Mónica, por regalarnos siempre un rato entre concierto y evento molón para ponerle música y voz a la nana de la Ciudadela. Solo con recordarla se nos pone el vello de punta.

A Vero, por ser una lectora tan voraz y tan comprometida, por tus mensajes de emoción cuando te acabaste el primer borrador, pero sobre todo, gracias por tu entusiasmo y esa sonrisa que recarga de energía a todos los que te rodean.

A Laura, por cedernos tu mano para la portada y gracias también por esa sesión de fotos tan divertida y tan profesional.

A Lorena, por ese *tour* por Londres que nos despejó la cabeza cuando más lo necesitábamos.

A los rodaballos, porque queramos o no, las cervezas y reuniones con vosotros siempre son inspiradoras. En particular, a Lucy, por enseñarle a Madame Battery cómo ser una auténtica dama.

A todos nuestros amigos *youtubers*, por todas las veces que nos habéis escuchado hablar de *Electro*, antes de ponernos a escribir, mientras estábamos en ello y cuando lo terminamos. Por tentarnos a salir, ya fuera por la sierra o por Madrid, por mucho curro que tuviéramos acumulado. En especial, gracias a JP, porque, entre un millón de cosas, nos presentó en aquella primera fiesta de Septiembre 13.

A Javi, no solo por haber confiado en mi loca imaginación como cineasta para construir esta historia contigo, sino también por todo lo que he aprendido en este proyecto. Has sido un gran maestro en mi primera andadura como escritor literario. Espero haber estado a la altura como pupilo.

A mis padres y mis hermanos, Sandra y Álvaro, por el apoyo y entusiasmo que siempre me dan con cada loco proyecto en el que me embarco. Y gracias, especialmente a ti, mamá, por haber sido una de las primeras lectoras beta de esta historia.

A mis *Corleone* (los Cid-Carbajo) por esas reuniones familiares y vivencias de toda una vida que, sin duda, alimentan mi imaginación y me ayudan a inspirarme en multitud de situaciones geniales. Y por demostrarme que la palabra «familia» no solo está en la sangre.

A mi segunda familia: mi muy mejor amiga María, mi hermano Héctor y mi madre putativa, Carina. Os habéis convertido en un pilar fundamental de mi vida. Gracias por creer en mí.

A todos mis amigos de la URJC, en especial, Ali, Irene, Silvia, Vane, Oli, Morate, Luis y María, porque habéis vivido mis inicios vocacionales y seguís al pie del cañón. Y a Aurelio, profesor y amigo del que sigo aprendiendo.

A Ali, mi *pesetuca*, por llevar tantísimos años confiando en mí y en mi camino. A mi querida Jheny-Jheny, que tantos aplausos, abrazos, apoyos y sonrisas me ha regalado. Y a "la hermana Jeny", que siempre aporta su divina presencia a casas rurales y momentos importantes.

A mi pichón Laura (aka Besuguito), por todas esas horas de charlas con cañas de por medio en las que hemos compartido nuestros avances en el mundo del cine y, sobre todo, brindado por nuestra maravillosa amistad.

A Naza, que sigue pendiente del camino de su *minion* y compartiendo conmigo tardes en las que me ha dado la oportunidad de hablarle de este libro. Y a todos mis *exyouzeers*, en especial, mi *tronqui* Irene.

A Dani y mi *family* californiana, porque fue con ellos con quienes descubrí Las Vegas en primera persona y pude construir la Ciudadela y sus alrededores con los recuerdos de las vistas desde el Stratosphere.

Manu Carbajo

A Manu, por dejarte engañar para escribir no uno, sino tres libros, y por enseñarme a mí más de lo que imaginas. En definitiva, porque esta historia no tendría sentido si no la hubiéramos escrito juntos.

A papá, mamá y Marta, como siempre, por el interés que mostráis con cada nueva idea, cada nueva historia que al principio ni siquiera yo sé explicar con claridad. Gracias por vuestro apoyo, a distancia o en persona, que me impulsa a seguir con ello.

A Holly, Gary, Margaret y el resto de mi familia americana.

En particular, a Calvin, mi *bro*, por haberme acompañado en ese viaje épico a Las Vegas para que pudiera conocer de primera mano la futura Ciudadela. Gracias por no hartarte de esperar mientras hacía fotos y vídeos. ¡Ay, lo que hay que hacer por documentarse...!

A Laura, por hacer hueco, de nuevo, para ser una genial *beta-tester* y darnos tu opinión y tus ánimos.

Javier Ruescas

Y, por último, a ti, que lees estas palabras. Gracias por estar ahí, por acompañarnos en esta aventura y por atreverte a conocer la historia de Ray y Eden. Esperamos que la hayas disfrutado. Al fin y al cabo, tú eres quien le da sentido a nuestro trabajo.

LA SAGA ELECTRO